浴火重生

王 昶 著

东 南 大 学 出 版 社
·南京·

内容提要

地球环境日趋恶化，温室效应恶性循环。结果，在不到200年的时间里，海平面竟上升了120米，气温达到80摄氏度……

公元2200年左右，人类从地球上消失。

月球基地的一支中国星际远征队侥幸躲过了那场空前的环境大灾难。从此，残余人类卧薪尝胆历尽艰辛，人类终于重返故土并使地球重现生机。

本书描写了四位年轻星际探险家可歌可泣的英雄事迹。

图书在版编目(CIP)数据

浴火重生/王昶著. —南京：东南大学出版社，2012.4

ISBN 978-7-5641-3366-5

Ⅰ.①浴…　Ⅱ.①王…　Ⅲ.①长篇小说—中国—当代　Ⅳ.①I247.5

中国版本图书馆CIP数据核字(2012)第034619号

浴火重生

出版发行：东南大学出版社
社　　址：南京市四牌楼2号　邮编：210096
出 版 人：江建中
网　　址：http://www.seupress.com
经　　销：全国各地新华书店
印　　刷：南京玉河印刷厂
开　　本：850mm×1168mm　1/32
印　　张：9.875
字　　数：265千字
版　　次：2012年4月第1版
印　　次：2012年4月第1次印刷
书　　号：ISBN 978-7-5641-3366-5
定　　价：26.00元

本社图书若有印装质量问题，请直接与营销部联系。电话：025-83791830

前 言

宇宙如何诞生？又将如何毁灭？

有一种理论：宇宙诞生于大爆炸！

话说140亿年前，一个极其久远的年代。那时，令人难以置信的是：宇宙曾经是一个无限小的点——被形象地称为“原始火球”。当时宇宙内所有物质及能量都聚集到了一起，浓缩成如此小的体积，因此温度极高，密度极大，之后发生了大爆炸。大爆炸使碎片四散开来……

从此，宇宙空间继续扩大，无休止地膨胀，无限制地扩展。与此同时，温度也相应下降……后来相继出现在宇宙中的所有星系，包括恒星、行星乃至生命，都是在这种不断膨胀冷却的过程中逐渐形成的。

就这样，宇宙以人类难以想象的速度膨胀了整整140亿年！

并且至今还在继续膨胀。

其实不管哪种关于宇宙诞生或毁灭的理论，科学研究都表明：宇宙根本就是不可思议！

但无论怎样，科学家总要研究宇宙或想要表达如此浩瀚的空间。怎么办呢？于是人们想到了迄今为止人类所知速度最快的物质：光。

光的速度约为每秒30万公里。那么一年时间里光的行程应该是多少呢？而这正是应用于宇宙研究的衡量距离的单位：光年。也就是说，一年里光的行程即为天文学的一光年。

真是难以想象：仅仅一光年这把距离之“尺”的另一端该有多么遥远啊！

然而，宇宙空间里的距离动辄就是上亿光年。

太阳系的直径约为 170 亿公里。然而太阳也只是银河系1 000亿到 2 000 多亿颗恒星中的普通一员。这些数量浩大的恒星中有的甚至比太阳大几十倍到几百倍。由此可见，人类所在的银河系确实太大了，也只好用光年表达了，银河系的直径达 16 万光年。

仙女座星云类似于银河系，是离得最近的另一个“银河系”，它离人类的地球大约有 70 万光年。而银河系的这位河系邻居大约有 4 000 亿颗恒星，显然比银河系要大得多。除仙女座星云这位“近邻”以外，在银河系之外，已经发现 10 亿多个类似银河系的恒星系统，被称之为河外星系。几十个这样的星系聚在一起称为星系群，上百个星系群聚集在一起又构成星系团，而它们又都归于更巨大的集团——超星系集团。人类的银河系所在星系集团被称为本星系集团，它的核心是室女座星系团。无数超星系集团组成更庞大的总星系……

啊，宇宙之浩瀚超乎人类最天才的想象力！

宇宙茫茫难觅生机。回首地球，生命何其渺小、脆弱和短暂！

而地球的绿色，竟然是历经至少 40 亿年的风风雨雨一步一步无数次演化而来的。这种演变的推动作用基本有两大类因素：第一类因素是大自然内部各种驱动地球环境演变的推动力即自然界的物理化学作用；第二类是生物对地球环境演变的推动作用。

生命体对地球环境演变的推动作用尤其可歌可泣。仅仅以地球大气层为例，地球早期的大气里充满了氮气和二氧化碳，有点类似于金星和火星大气。从单细胞的水生藻类开始，经过亿万年的光合作用吸收二氧化碳，以及死亡植物体的有机碳沉积等漫长过程才逐渐降低了大气中的二氧化碳，使之仅占空气总量的0.03%。而氧气则渐渐增多，一直达到20%左右，从而构成了高级生命赖以呼吸的空气……

几十亿年！绿色的诞生与成长，多么漫长，多么艰难，生命环境多么来之不易啊！

岁月悠悠，沧海桑田。自然竞争中的物种不断惨烈搏杀，弱肉强食，适者生存，逆者淘汰。经过不断进化，保留下来的物种适应了地球环境及其变化，生物多样化的世界一片欣欣向荣，地球环境终于成了生命的乐园。

那是生物界最为公平和自然界最为和谐的时期。

讴歌那个时代吧！那就是生命的天堂；缅怀那个时代吧！因为她一去不复还。

一切都因为出现了人类。

是天使还是魔鬼？是福音还是丧钟？

人类，就其能力而言，不愧为大自然环境演化最伟大的杰作。但人类注定只是历史的匆匆过客。人类在地球的存在将是如此短暂——大概只及恐龙存世时间的一个零头！人类的文明史不过一万年，而从“工业革命”到地球能源枯竭（大部分转化为温室气体）的时间竟然只有区区几百年！

人类显然早就知道地球毁灭是必然的事情，但总以为那一切非常遥远与己无关。事实上，地球毁灭的题材不仅仅经常出现在科学家的学术论文里，更多地出现在报纸上、小说里、电影中，常常成为民间的调侃和公众的娱乐，或者竟成为人们醉生梦死的理由。

可怜的有识之士也曾经发出过许多实际上并不受欢迎或“不合时宜”的警告，但最终都不过是“杞人忧天”。

人类的世界早已是物欲横流。所谓文明归根结底只是碳源的燃烧方式，从钻木取火到火箭飞天。当然，个人幸福和社会进步也由于燃烧的多寡而定。

每天，当我们睁开眼睛迎接黎明的时候，我们又开始了一个燃烧的日子。我们要吃熟食，这已是天经地义的事情；城市的亮化只是为了美丽，而开着暖气的别墅可能空无一人；现代人甚至都不愿意走路……

朴素、简单和低碳的生活与我们渐行渐远。我们不经意间都成了资本主义的奴隶，不得不更在意金钱与物质。如果说不愿付出代价还容易理解一些，可实际上许多人只是因为怕麻烦一点点。

我们感慨人类社会从用火开始，但那种历史是否也会因为燃烧而结束？

时不我待，我们可能已经错过了扭转乾坤的最后机会。

一个明天的故事，真的不太遥远。好在我们都是剧中人，我们可以很容易发现剧情的进展：显示环境恶化的现象或征兆比比皆是。一叶知秋，也所谓冥冥之中自有天意。其实，本书中的大结局也只是一种文学意境，一个聊以自慰的美好愿望。

本书立足于许多严肃的科学理念和多方面的工程知识，也符合较为认真的推理思维，因此不应该归类于一般的科幻文学，而属于预言小说更为合适。当然，作为文学作品，为了深化主题或情节需要，书中必然有些纯粹的文学性描述或科幻描写而不符合严格的科学概念，请读者注意鉴赏。

本书的主题在于环境方面。而对于未来世界其他的威胁，比如战争尤其是核战争对于人类的严重威胁，书中基本没有涉及。

希望这本休闲读物有助于传播环境保护的理念和相关思想。

由于本书涉及知识面广泛，难免疏漏或有水平欠妥之处，敬请谅解和帮助。

谢谢您的阅读，但愿没有浪费您的宝贵时间。

目　　录

第一章　亡命天涯

公元2100年，南极洲的冰川已经变得很小，而北冰洋早已没有了浮冰。极地和永冻地区亿万年来被冰封住的大量甲烷和二氧化碳泄漏进入大气圈。大气中温室气体含量急剧持续上升。

2150年左右，愈演愈烈的地球温室效应终于唤醒了海洋和湖泊中沉睡的可燃冰（一种甲烷水合物）——天量的甲烷气体被释放。

开始于浅海中的可燃冰的气化很快造成温室效应的恶性循环，最终演变为不可收拾的局面。在短短几十年里，气温竟然达到了80摄氏度！由于极地和高海拔地区冰川的融化，海平面上升了120米！

地球极地与赤道、白昼与黑夜的温差急剧变小。主要由大气环流和海底洋流构成的地球能量平衡遭到彻底破坏。海洋开始缺氧，生物大批死亡，由此造成一种有毒气体硫化氢大量充斥大气层……

赤道附近的洋面上一片蒸汽升腾；灼热毒辣的阳光烧烤着陆地，所有的植物或是干枯或是在火灾中化为灰烬；大西洋的飓风和非洲撒哈拉的沙尘暴轮番扫荡整个地中海地区；可怕的海洋风暴彻底摧毁了大洋洲文明；而欧洲的天空则经常是一片漆黑，令人战栗的霹雳声声不绝……

随着绿色渐渐褪去，人类也从地球上消失。

公元 2220 年，月球南极，WT4103 环形山，人类月球基地（中国星际远征大本营）。

极少量的残余人类蜗居在此已经数十年。

眼下，月球的岁月捉襟见肘难以为继。密闭的月球基地作为一个生物圈的极限容量不过大约为 50 人，而这样的数量远不够维持物种基因多样性的最低限度。况且，某些关键物资供应或设备使用极限大约也只能继续维持区区几年时间。人们必须在这最后的若干年里找到能够生存的自然环境，解决生存与繁衍后代的基本问题。

仅仅剩下几年时间！人类物种岌岌可危！

大本营无奈孤注一掷，遂开始了最后的行动：拯救人类！拯救地球！

蓝天和柳青青将奔赴火星，考察火星的生存环境，以确定人类是否可以移民。

诺亚和白云将被派往地球，寻找人类在地球的生存环境。尤其重要的是：寻找人类在最后的岁月里竭其所能建立的“末日城堡”。那里显然埋藏着人类最辉煌的科技成就的详细资料或者丰富的物种资源，当然也包括人类自身的基因资源。

10 月 1 日。两个年轻人出现在人们的视线中，这就是蓝天和柳青青——一对热恋中的情人。

蓝天是个 19 岁的小伙子，1.62 米的个子比他的前辈矮小了许多。看上去有点瘦，黑色的头发理得很短，一身蓝色的轻便制服显得很有精神。

蓝天平时沉默寡言，甚至有一点腼腆，但他作风踏实意志坚定，基本属于一种凡事令人放心的稳健性格。这次远赴火星的探险行动由他负责，大本营比较放心。

柳青青刚满 18 岁，似乎比蓝天还高一些。她长得很壮实，举手投足之间充满力量和信心，颇像一个男孩。

“再见了，亲人们！”两人含泪与大家挥手道别。

“再见了，祝你们好运！”大本营的人们更是热泪盈眶，依依不舍。

蓝天和柳青青来到月球基地进出口预备室。

这是一间拱形并带有活动穹顶的房间，内部保持 0.8 个地球大气压。一个小型航天器停放在那儿，那是被称为飞碟一号的宇航飞行器。

这样的飞碟大本营一共有两个。这两个飞碟本是从前地球上带来用于月球交通的小型装备，性能并不十分先进。性能更为先进的某些装备由于缺乏维修或缺少备件而无法利用。不过最近飞碟底部安装了一部称为“遥远的感觉”的反重力仪，从而使得这两个飞碟的性能有了很大的提高。

反重力仪是大本营多年来最主要的科技成果。该仪器的神奇之处在于它运作时可以干扰重力场，使万有引力变小，仿佛在距离上产生“错觉”。于是，两个相邻的物体似乎一下子变得非常遥远，沉重的物体就会变得有如一片树叶般轻飘飘的。

克服了重力障碍的星际旅行变得十分经济安全。当然，克服惯性所需的能量无法改变，所以飞碟仍然要携带许多燃料。

蓝天和柳青青钻入飞碟内部，关上舱门。紧接着进出口预备室连接大本营城堡的钢门被关闭，预备室的一个连接着月球真空外界的阀门被打开，室内的空气被迅速放空。然后，预备室上面的穹顶慢慢敞开。

黑洞洞的宇宙星空赫然显现，像一个极大的黑锅倒扣着，满天的星斗显得特别明亮。

“感觉怎么样啊？……不用紧张。”蓝天关切地询问柳青青。

虽然只大了一岁，但蓝天总是以大哥哥自居。这次航天远行，他更是格外关心体贴。

“去你的！你才是胆小鬼呢。”柳青青一脸的不在乎。

看到青青自信的样子，蓝天放心了许多。他果断地开启了“遥远的感觉”反重力仪。

随着月心重力作用的逐渐减弱，两个年轻人感觉飘飘然像泡在水中一样。似乎周身的热血都在涌向大脑，脑部的静脉开始膨胀起来，头变得沉重而且难受，视线也变得有些模糊不清，甚至眼球都一阵阵胀痛。

片刻，安装在飞碟下面的弹射器强劲地加速度弹射，飞碟沿着定向轨道被迅速推向天空，然后在惯性的作用下飞行。

几十秒钟后，飞碟底部射出一股高速射流。飞碟一号开始加速、加速，不久便顺利进入了绕月轨道。

飞碟继续加速、加速，在绕行月球几圈后达到了 7.9 公里/秒的第一宇宙速度，进入绕地轨道。

飞碟一号进入地球卫星轨道后进一步加速、加速，渐渐达到 11.2 公里/秒的第二宇宙速度，终于挣脱了地球引力，在太阳的万有引力和自身惯性的驱动下飞向火星。

这将是一次漫长的旅行，大约要行进一亿多公里，历时接近一年。

第二章　啊……地球

10 月 5 日，诺亚和白云的飞碟二号也从月球基地起飞。

飞碟二号急速地射向太空，在太阳的光辉照耀下，如同一颗明亮的新星急急地投向宇宙的怀抱。

诺亚今年 20 岁，是个 1.65 米身高的棒小伙子。他有明显的欧洲血统：一头金发卷曲着，高高的鼻梁和一双炯炯有神的蓝眼睛。

1.60 米高的白云和诺亚同龄，黑发飘逸，身材苗条但显得有些单薄，是个典型的中国姑娘。

和蓝天柳青青一样，他们都属于经过人类基因工程改良的新人类。基因手术最大限度地剔除了人类的遗传病和劣根性基因，保留了人类许多优秀的心理和身体素质。并且，诺亚和白云还是一对新婚夫妻。

飞碟经过调整和加速后，挣脱了月球引力的束缚，奔向 38 万公里外的地球。

飞碟二号在太空中极速飞行。

然而过于遥远的星星无法作为牛顿运动的参照点，所以人在飞碟里竟没有动感，就好像自己也是一颗悬挂在空中的普通星星，一动也不动……

太空的一切不免单调，但宇宙却因此而永恒。

生命虽然太过短暂，简直就像一颗流星，可爱情却是美好和崇高的，哪怕将要燃烧成灰烬，也要放射出最为绚丽的光辉。

极目远眺，浩瀚的太空中繁星满天，或星星点点或团团片片。星空是如此高远，以至于神秘莫测，可望而不可即。茫茫宇宙除了星星以外就是一片漆黑。不过，看不到的东西可能更多，即使不包括“暗物质”这样的高科技概念，诸如行踪诡秘的彗星或小行星等也比比皆是。

黑暗是如此深邃，幽幽深空似乎蕴藏着许许多多的玄机和奥秘，漫漫旅途由此也显得危机重重。不知道那些遥远的星星上究竟都是个什么样子，因此从前的人类对于星空总有许许多多的想象和传说。比如月亮，古代中国人认为那里有一个叫嫦娥的女神仙住在月宫里，并有一只温顺可爱的月兔与美人相伴。可是当人类登上月球后才发现，事实上月亮上一片荒凉什么也没有，一切都不过是一些美好的想象。

但是，话又说回来，太空中的星星看起来无限地多，难道就不会发现更多绿洲吗？

那么，神仙在哪儿呢？传说中的天堂又在哪一颗星星上呢？

可是，所有的星星都实在太过遥远了，以至于不论上面有些什么大概都没有实际意义。

即使知道了天堂或神仙在哪一颗星星上又怎么样呢？宇宙里的距离动辄就是几百亿光年，就算以光速运动的理想飞行器也要几百亿年才能抵达——星空的浩瀚不是令人恐惧就是让人沮丧。

不过现在想来，天堂不就是鸟语花香的地方吗？难道竟然就是从前的绿色地球？

正所谓：不识庐山真面目，只缘身在此山中。或者说，失去后才知道弥足珍贵！

三天后，地球越来越近了。

眼前的这颗星球看起来如同一件涂鸦作品。与遥远的星星相比，庞大得煞是吓人。由于飞行姿态的原因，整个地球现在就像压在头顶上似的，而飞碟则像一颗小小的弹丸在抛向那里。

不过也许是一种天性，对于这一从未到达却充满凶险的地方，诺亚和白云现在非但没有恐惧感，居然有一种莫名的亲切。

那里，曾经是人类的美好家园。在人类鼎盛时期人口几达100亿！根本就不像月球上那个样子，区区几十个人总是蜗居在地下小小的工事里。而且整个月球一片荒凉，连空气都没有。

如果不是地球人早就经营几十年，一切都准备停当，那么在地球大劫难来临时，犹如漏网之鱼和丧家之犬的残余人类，成功移民月球绝对是不可想象的。

呵……地球！……地球！

很小的时候，就听说过您曾经的美丽和美好的生活：湛蓝的天空，白云朵朵，小鸟儿飞翔；绿色的大地，麦浪滚滚，鲜花儿开放；几声鸟鸣，几声狗吠；村里是袅袅炊烟，田头有劳动歌唱……

这就是地球的过去，过去的地球，也是诺亚和白云一次次对于故土的美梦。今天，他们终于来到了一直以来梦牵萦绕的人类故乡。

诺亚和白云深情地眺望着那片一直以来的梦幻之地，轻轻地在心中一遍又一遍默默念叨："我们回来了！我们回来了！"片刻间两位年轻人已然是泪流满面。

飞碟进入低轨道作环绕飞行。

当诺亚和白云再一次透过窗口向地球眺望时，他们不禁万分惊讶。

今天的地球，从太空看去，这颗原本蓝绿橙色相间的美丽星球业已变成灰雾蒙蒙的世界。原来蓝色美丽的海洋已经变成了浅灰色，若干块大陆像垃圾一样漂浮在骇人的汪洋大海中。完全没有了一点绿色。海洋中还有好几处狂暴肆虐的巨大台风气旋，似乎要将已经十分可怜的陆地撕扯得更加支离破碎。

不过屈指算来，人类的恣意糟蹋已经过去很多年了，地球环境的恶化也已渡过了最糟糕的峰值阶段，而在一定程度上进入了一个漫长的回归过程。

然而综合种种迹象看来，地球环境依然极为严峻。

沉重的心情都写在脸上，两人默默地对视了一会儿。

地球引力使飞碟开始加速，并且很快流星般坠落。这很危险，如果马上进入大气层，飞碟会燃烧熔化为一片烟尘。

说时迟那时快，飞碟自动启动小动量火箭迅速调整姿态，将尾流动力喷射口对准地球抵抗巨大的惯性作用。反重力仪也启动以减弱万有引力。仪表马上显示重力加速度迅速降低，飞碟坠落的速度开始得到控制。

飞碟中的计算机开始对气流扰动与着落点之间的数据进行计算，并自动矫正航向。

飞碟终于顺利降落在西藏东南靠近雅鲁藏布江的一处山坡上。

这是人类历史上最伟大的时刻：公元 2220 年 10 月 10 日，人类重返地球。

两人口服下早已准备好的若干药丸。片刻，诺亚看了看白云，她朝他点了点头。

诺亚毅然关闭了“遥远的感觉”反重力仪。

随着反重力仪的关闭，月球人先天不足的致命弱点马上暴露无遗。诺亚和白云很快开始在飞碟里大口大口地喘起粗气来，地球六倍于月亮的地心引力使他们的心脏不堪重负。尽管他们几乎从一生下来就进行重力适应训练,直到今天,他们付出了足以感动上苍的非凡努力,但现在仍然感到自己的身体无比沉重,双腿更好似灌了铅般难以挪动。全身都在发麻,上半身似乎完全没有了血液,好像到了生命的极限。

所有的肌肉都在酸痛,骨头里像有许多蚂蚁在啃咬。

他们甚至不敢过多地挣扎。除了考虑心脏负担以外,还因为月球环境里成长的骨质根本不能适应地球重力,人随时都有骨折的危险,而那些促进骨密度增长的药物至少需要一周时间才能产生效果。

此时的白云两眼金星直冒,四肢都在抽搐颤抖。她好像看到了魔鬼的狞笑,胸口闷得想把心都给吐出来……她竟然羡慕死亡:要是能够马上死去就好了。可是她这会儿甚至连去死的力气也没有。

白云的手不禁胡乱挥舞,一下抓到了诺亚的手掌。

白云感觉诺亚也在颤抖,而且他的手很凉。啊……也许他要死了,那么让我也死去吧!

一阵剧烈的恶心袭来,白云不停地干呕。现在她的胃里已经什么都没有了,只有肠胃冲动带来的压力好像要将眼珠从眼眶里喷出来了……

时间的流逝一分一秒地似乎太过缓慢,而生命的煎熬却好像没完没了地没有尽头。

白云感觉自己徘徊在鬼门关前而生死两难。挣扎得太久了她便丧失了信心:唉,干脆与他马上双双离开这个痛苦的世界吧!

就这样,诺亚和白云昏昏沉沉地躺在飞碟里。偶尔挣扎着喝一点儿水,三天三夜。

到了第四天,白云感觉稍稍缓和了一点,她努力挣扎着拿了一小瓶营养液,喂了一些给诺亚,自己也喝了少许。他们尽量减少活动，以便让心脏减轻些负荷，自然地让身体慢慢适应这里的重力环境。

整整一个月。

当诺亚和白云终于有心思仔细观察对方时，都不禁大为惊骇：两人都已经形容枯槁，面目全非，活像刚从古墓里爬出来的一般。

又一周时间过去了，他们的身体才慢慢开始适应地球的重力环境。

然而，要踏上地面仍然很不容易。

现在的地球环境，对于生命体而言，真可谓危机四伏。极端恶劣的危险气候；大气、土壤和水中无处不在的可疑微生物；从前人类散布于全球的各种各样的有毒有害物质，这包括有机毒物或重金属毒物；当年地球高温使得有机垃圾产生了大量和品种繁多的环境激素，由此导致的那场“荷尔蒙灾难”曾经使全球雄性生殖力几乎丧失殆尽，不知那些可怕的物质现在是否还大量存在。另外，冰川融化后，亿万年来无数古老的微生物也从“潘多拉魔盒”中被释放了出来，而人类却对此几乎没有免疫力……

但相对而言，西藏高原大概是目前唯一危险性较小的地方。虽然这里白天气温也可能高达 60 摄氏度，但由于高原空气稀薄大大削弱了温室效应，因而晚上的温度依然较低。而高原强烈的紫外线又可以有效杀灭病菌。这就是大本营选择西藏高原登陆地球的主要原因。

诺亚和白云穿上微生物防护服把自己严严实实地封闭起来。

打开舱门，一股热浪随即扑面而来，诺亚本能地迅速重新将舱门关闭。两人都有些害怕，不禁犹豫起来。

片刻，只见白云踉跄而出，竟像个蹒跚学步的孩童一般。随后诺亚出来了，他更加摇摇晃晃气喘吁吁，看起来依然病得不轻。

突然，诺亚一个趔趄，差点跌倒在地上，幸好白云帮着扶了一把。

诺亚不光身体状况不好，而且满腹心事，顾虑重重。他小心地一点一点挪动着脚步，并且不停地察看周边的环境，就好像行进在一个布满了地雷的阵地……

天色已近黄昏，气温明显下降。

两人不知不觉停下了脚步。他们默默地视察着这片陌生的土地。

朦胧中，隐隐有群山重重。云雾缭绕之间，有些山头钻入了云海而更显得高深莫测。残留的一点点霞辉照耀着山巅，凸现出远山雄伟高大的英姿。

山上似乎都看不到积雪，只能看到灰色或黛青色的凹凸不平的坡面和棱角。远近的那些大山就像一个个沉睡中的巨人，在静态的宏伟中显示出无比的庄严和无穷的力量，令人心生畏惧或敬意。

诺亚和白云都被一种无形的精神力量所感染。他们不再说话，而是在默默感受，在拼命地汲取。他们觉得自己开始成为真正的高原人，因为他们似乎感觉到了许多来自广袤大地的信息。人类曾经自以为是地轻视甚至唾弃过那些信息，使得高原过于陌生和遥远。

西藏高原的人们从来都十分尊重或敬畏大自然，他们把这里的山山水水都赋予生命的灵性，世世代代都流传着关于神山和圣湖的动人传说。他们珍惜每一棵小树和每一只飞禽走兽：只要是生命，都是珍贵和崇高的。如此的珍惜这片土地，就像呵护自己的孩子或供奉自己的老母亲，或者像经过一个熟睡中的美丽少女旁，悄悄地，悄悄地，不忍心去打扰她。

与此形成鲜明对比的是，在世界的其他文明地方（西藏一直被认为是缺少文明的蛮荒落后地方），人类贪得无厌地索取自然资源，疯狂地破坏生态环境，为一己私利或贪欲恣意调戏和糟蹋大自然。

唯有西藏高原，始终坚守了自己的贞操，终于保留了最后的纯洁。

高原的处处险峻宏伟犹如烈女或猛男，无不昭示着大自然的凛然不可侵犯，她的严厉冷酷的极端气候也显示了大自然法则的绝对严肃！也只有在这里，不可一世和贪得无厌的人类才终于放缓了践踏的脚步。

“释迦牟尼的故乡在哪里?”白云附着诺亚的耳朵轻轻问道，她那神情似乎有点惧怕佛祖的威严，或者是怕惊扰了这处神圣的宁静。

“听说佛祖诞生在一个叫尼泊尔的地方，离这儿已经很近了。”神奇的喜马拉雅山脉，一片佛光普照的土地。诺亚凝望着西方，神情肃穆。他的内心泛起激情的波澜，他的思想已经穿越了时空，仿佛看到了那位最早具有绿色思想和绿色实践的伟大先驱。

暮色中，诺亚和白云伫立在那儿一动不动，他们完全融化在群山峡谷间。

只有思想在升华……恰如两尊佛像，点化了高原的神圣与灵性。

第三章　峡谷迷雾

一个星期以后，白云已经完成了许多次微生物实验。

“总算没有发现瘟疫病菌。”白云长长地舒了一口气。

“哇……太好了！我彻底解放啰！”诺亚一把抱起白云狠狠地亲了一口。

“看你高兴成啥样子啦？你这下可以不穿防护服出舱了。”

“那当然啦！你看我的吧！”

“我都累死了，谁还有心思看你哪。”一脸倦容的白云转过脸去，她懒得理他。

突然，又听到“哇……”的一声。白云忍不住扭头一看，竟看到诺亚光着屁股跑了出去。这家伙边跑还边喊：“我解放啦！……我解放啦！……”手舞足蹈的样子简直像个疯子。

白云“扑哧”一声笑了起来，这个不要脸的家伙，真是疯了。

白云能够体谅到诺亚此刻的心态。

从小到大，人们都在全封闭的月球基地里生活。虽然电子图书馆提供了极其丰富的文化娱乐，但无论如何都掩盖不了一个基本事实，那就是人们活动的空间实在太过狭窄了，尤其对于年轻人，以至于大多数人都患上了一种空间妄想症。人们常常幻想在无垠广袤的空间里自由奔跑，就像电影里从前的地球人那样。他们甚至希望成为绿色地球上的一只小鸟，自由飞翔在蓝天碧水之间，哪怕这样的生命很短暂也会感觉很幸福、很值得。

……

忽然，白云若有所思。她望望外面火辣辣的太阳，不禁担心起来。她赶忙大声呼唤："喂！你不要命啦！赶快回来！"

可诺亚已经跑远了，他没有听到。几十分钟后，大概感觉不妙，他才转身跑了回来。

白云赶忙为诺亚检查皮肤，看看是否被太阳灼伤了。

不过检查下来，除了一身臭汗以外，好像没有什么异常。

一直到了晚上，诺亚才感觉到问题严重，因为他身上有些地方开始疼痛起来。

"哦……让我瞧瞧！让我瞧瞧！"白云忙不迭用嘴向诺亚身上被紫外线灼伤的地方吹气。凭经验，这样能减轻疼痛。可是最厉害的地方就在脖子和屁股上，白云不得不一下站着吹脖子一下又蹲下来为他吹屁股，弄得她很快满头大汗。

诺亚也多少有点尴尬，但是他浑身刺痛，没有办法，只好麻烦白云。

就这样折腾了半宿，诺亚趴在那儿哼哼，头上沁出来一颗颗汗珠，有时还要龇牙咧嘴地喊叫几声。幸亏这次来地球带了许多清凉解毒的药膏，还真想不到这么快就派上了用场。

看来，被彻底破坏的地球臭氧层还远远没有恢复。当然，也由于月球基地环境里成长的皮肤对于紫外线的抵抗力比从前的地球人退化了很多。

白云为诺亚身上的许多地方敷上了药膏，这家伙才稍稍安静了一些。

大约一周时间，诺亚才慢慢恢复过来。他身上许多地方一片通红，好几处地方甚至都起了许多水泡，后来就慢慢开始掉皮。这下诺亚领教了日光的厉害，他白天老老实实地待在飞碟里，再也不敢随便出门了，更不用说裸奔浪漫了。

飞碟里的空调一直在费力地开着，才勉强应付酷热的天气。

一天，为了寻找食物和水源，诺亚和白云来到了雅鲁藏布江大峡谷。

大峡谷深不可测，气度不凡。不过令人遗憾的是，在搜索了几个小时后也没有找到一滴水。尽管藏东南地区的海拔相对不算太高，可雅鲁藏布江里完全看不到水。

“这就怪了！举世闻名的大江里竟然没有一滴水?”诺亚显得沮丧。

“大概是最近雨水特别少的缘故，或者还没有到雨季。”白云为了安慰诺亚故意轻描淡写。

“唉……也许是吧!”诺亚叹了一口气，无可奈何地说道：“这鬼天气真吓人。看起来，好像一百年都没有下过雨了。”

“还是再找找吧!”白云努力鼓舞士气：“说不定什么时候就来运气了。”

就这样，他们不顾疲劳，继续搜索。

……

临近傍晚也没有发现什么有价值的目标。

两人的情绪都不太好，无精打采的。但无论怎样，也只有在大峡谷地区，才会有些希望，所以诺亚和白云还是坚持继续巡视。不久后他们发现，虽然没有找到水，但在峡谷的一处地方，竟弥漫着淡淡的雾气。而旁边山坳里，更有山岚阵阵，缥缥缈缈地使人遐想。

“怎么会有这么一处地方?”白云十分惊奇。

“难道在如此恶劣的自然环境里，真的会有一处世外桃源?”诺亚也感到不可思议。

“那里也许有一户人家。”白云忽然说了一句非常古怪的话。大概是由于渴望，她竟然有一种梦游的感觉，因而说话有些不着边际。

“不会是你老家吧。”看到白云高兴，诺亚不想打击她，于是他顺着话题继续调侃道：“也许你爸爸妈妈就住在那儿。”

“为什么？”白云有些迷惘。

“有古诗为证：远上寒山石径斜，白云生处有人家。”

“哦……”白云转动了几下眼珠，一下子明白了诺亚是在调侃她。她便使劲地拧诺亚的膀子：“那你准备好礼物去见你的丈母娘吧？”

“哎哟，你还真使劲啊？”诺亚被拧得很疼，不禁叫了起来。

白云却没有松手，“那不是我的老家，而是你的世外桃源。赶紧上那儿去吧，没准你能交上桃花运！”

“好了好了，不跟你开玩笑了。”诺亚赶忙说道：“其实我真是在吟诗，后面还有两句呢：停车坐爱枫林晚，霜叶红于二月花。”

“谁跟你做爱啊，人都累死了，你美梦吧！”白云趁机又推了诺亚一把。

“哟……果然没有文化吧！古人哪有这么浪漫的？那是停下了休息，观赏风景的意思。我的小傻瓜。”诺亚微笑着解释。

白云看了看天空，果然已是薄暮时分，来不及进行深度考察了。大峡谷里，雾气似乎更浓重了一些。于是，他们只好将飞碟停在山顶上。

一天辛苦，又没有什么成绩，两人都感觉特别疲乏。由于情绪都不太好，所以连话都不愿意多讲。他们胡乱吃了点东西很快就睡着了。

半夜时分，白云被一阵阵古怪的吼声惊醒了。她吓得缩成一团，赶紧推醒了诺亚。

“你……听，你听……什……什么东西在……在叫？”白云语无伦次。

“你吵什么呀！”诺亚被打搅了有点不高兴。他从来就不曾想过，现在地球上还会有什么活物能够威胁人类。所以，这会儿他慢吞吞地坐起来侧耳细听，可是峡谷里传来的声音竟然变了。

“有点像萨克斯管乐声。”诺亚带着睡意嘟囔道。

白云生气了：“你以为这里是美国科罗拉多大峡谷啊！你以为你在21世纪啊？还萨克斯呢！”

可是白云也觉得奇怪，那声音确实和刚才不一样了。

那时隐时现的声音一直持续着。虽然谈不上多么好听，却已经不再那么令人恐怖。两人听了一阵子，看看附近也没有什么大动静，诺亚朝白云翻了翻白眼，又躺下身子睡觉了。白云坚持了一会儿，最后禁不住瞌睡也迷迷糊糊睡着了。

快到天亮时白云醒了。这时她听那声音又变了，只好又推醒了诺亚。

“啊，有点像中国人吹的笛子。”诺亚再一次被吵醒本有些不快，但看到白云有些紧张的脸色，还是尽量说得好听一点。

“不对，应该像箫，一种和笛子类似的乐器。”白云也自我安慰道。

古怪的啸声时断时续地继续响着。白云慢慢地也就不再害怕了，诺亚还想再睡一个回笼觉。可是，那种低沉的声音怪怪的，总是搅得人心烦意乱。

终于天亮了。

“我先到那山坳里去看看吧。”看到白云还是不安，诺亚自告奋勇地说道。

“不忙，先看看再说吧。”白云有些不放心，于是她拿起望远镜观察起来。

“那云雾怎么有些泛黄？”白云感到奇怪。这时，一阵风吹来，一股怪怪的味道。

“什么味道啊？”诺亚也注意到了异常。

“有点像臭鸡蛋味道。”白云嗅了嗅空气后说道。

“……啊，硫化氢！”两人不约而同惊叫起来。诺亚马上关紧了飞碟的舷窗。

“你穿上微生物防护服吧！那东西也可以防毒气。”白云提醒诺亚。

“好的。”诺亚的脸色有些凝重。好不容易找到了这个地方，他原本寄予很大的希望，虽说不大可能真的有人家，但至少可以弄些水或者食物什么的。可现在看来就很难说了。

但不管怎样，还是不能放弃哪怕一点的希望。于是，诺亚马上开始行动。他跨出飞碟，很快来到悬崖边。然后，观察了一会儿，接着四肢并用努力从山顶往下爬去。

这是一处狭窄的山坳，或者说是大峡谷的一处岔裂口。对面的崖壁朦朦胧胧看不清楚，使用飞碟显然有一定的危险性，所以还是人直接攀爬比较稳妥。

诺亚艰难地下坠了很长一段悬崖，才来到了比较有利于行动的斜坡面。他抬起头来朝上方望去，只见两边的悬崖夹着一线迷迷茫茫的天空，就像马上要倒塌下来一样，令人害怕。峡谷里阴森森的，仿佛来到了地狱里一样。

诺亚发现，崖壁的许多地方都有人工开凿的痕迹。也许是地质过程形成的裂谷容易让人们发现深埋的矿藏，于是就有所开发。不过这地方交通运输实在是太不方便了，大概要存在某些经济价值很高的矿藏才合算。

诺亚一边走一边细心观察。虽然这地方很怪异，但却是个凉爽的地方，因为裂谷深处不断有阵阵阴风吹来。

出太阳了。虽然峡谷里仍然被阴影笼罩着，但气温还是渐渐升高，所以能见度也有所改善。

走着走着，突然看见了一只死鸟，随后又零零星星发现了其他一些小动物的尸体。动物的尸体都保存在比较高的隐蔽处或偏僻处，因而历经暴雨或洪水能够保存下来。而有几处的悬崖石缝里还悬挂着树枝，一处小洞穴里甚至有枯枝残叶乱七八糟地分布着……看起来，这里的某些景象似乎还保持着当初地球灾难时的状态。

可是，为什么其他地方的灾难景象都随着岁月流逝而烟消云散，最多只剩下若干动物的尸骨，唯独这里却能够完整保存了下来呢？真不可思议。

另外，既然这里完全没有生命迹象，为什么会有那些古怪的声音呢？

诺亚顺着悬崖向峡谷的纵深前进。前进了好几百米，雾气竟越来越重。终于，诺亚发现了一处冒着浓雾的地方，虽然看不清是不是洞穴，但估计至少有一条大裂缝，因为一股股的浓雾从那里不断地冒出来。

为什么会有那么多的雾气冒出来呢？是不是里面有某种类似于温泉的水源呢？

但诺亚再也不敢往前走了，因为那样很容易会掉进深渊。这时，某种低沉的吼声又传过来，感觉像是从地底下传过来的一样。

诺亚确实有些害怕，无论是某种恐怖想象或者是科学猜测，都使人感到非常危险。于是，他只好无奈地放弃原来的计划，顺着原路倒退回来。然后又朝着刚才相反的方向前进。

顺着新的路线前进，雾气渐渐稀薄了一些。虽然离想象中的水源越来越远，但脚下的路却比较好走，因而诺亚有了一些安全感。不过那种声音在峡谷的作用下仍然很清晰地从后面传过来，仿佛就在屁股后面，所以还是让人紧张。

走着走着，诺亚居然看到了一间石屋。

这是一种搭建在山坡上半房半窑很简陋很原始的屋子。从破败的门口看进去，竟然有一个人头靠着椅子斜躺在里面。突然，恰好又有一阵怪声传来，诺亚毛骨悚然，吓得差一点晕过去。可屋子里的那个人却毫无反应，好像睡着了一样。

诺亚努力使自己镇定下来，然后在门口用一块小石头“笃笃”

地敲了好几下算是打招呼。但屋子里的人完全没有反应。

也许是个死人。诺亚战战兢兢地进了屋子,慢慢绕过去一看,果然这人面目狰狞。一张焦黄干枯的脸,双目紧闭。

随后,诺亚拿了一根小棍子捅了一下。"啪嗒"一下这人就倒了下来,把诺亚又吓了一跳。经过仔细检查,诺亚确认这人早已死亡,因为尸体已经风化干瘪了。由于这人穿戴得比较多,不走近仔细观察还真看不出来。

然后,诺亚细细察看了周围的情况,又想起刚刚看到的那些死去了很多年却保存完好的动植物。

为什么都不腐烂呢?似乎是一种完美的厌氧环境。但这是一处敞开的峡谷,不可能完全屏蔽自然界的氧气。诺亚下意识地摸了摸自己的呼吸罩,颠了颠背上的氧气瓶。他这才发现自己已经满头大汗,身上也已经湿透了。然而,他自己也搞不清楚是由于天气热还是由于紧张的缘故。

诺亚大着胆子在这间破屋子里面搜索。他想,无论从前的这个人多么贫穷,总比眼下自己要富裕许多。所以,好歹也要拣点破破烂烂。可是,诺亚转了好一会,确实没有什么东西好拣的。若干不知名的破工具似乎没有什么用场,几个瓷碗也都是破的。看来看去,只有墙旮旯里一个瓦罐是完整的。诺亚过去掀开盖子一看,居然是一罐粮食。如此简单保存的粮食经过几十年甚至上百年的时间,能够基本完好真是不可思议。诺亚万分高兴,要是慢慢节约使用,这罐粮食应该可以维持一段时间。

诺亚弯腰正要抱起瓦罐离开,突然看到自己身上好几个衣服扣子居然都变了颜色,而且变了几种颜色。他清楚地记得,早晨出发时还好好的,怎么会变化呢?而且这颜色抹也抹不掉。

诺亚这才想起来,他身上的这几个装饰性纽扣都是特制的毒物指示剂,可以用于指示若干种毒气。因为实在想不到真的会有那样的事情发生,他早就忘记了这么一回事。

啊，难道还有砷化物？或者水银蒸汽？怪不得这里的东西都不会腐烂！诺亚突然意识到，原来这是一处剧毒的地方，居然弥漫着好几种毒气。

诺亚万分震惊，竟然一时不知所措。他茫然地看着这个毒气弥漫的裂谷，慢慢地有了一些想象：

人类社会末期，虽然资源竞争更加激烈和残酷，然而生产力却已经相当低下。这处天然裂谷暴露出的矿藏由此变得异常珍贵。也许这里是一处高品位的黄金矿，曾经进行了多次小规模的开发。最后一次可能是用汞的络合物进行黄金浓缩。或者这里是某些更为贵重千百倍的稀土矿区，疯狂的人们不惜用多种毒物进行化学提炼。处于穷途末路的人们异常地急功近利，他们完全没有采取任何环境保护措施，于是裂谷深处日积月累了大量剧毒物质。经过漫漫岁月，在多重复杂的物理、化学以及高温天气等自然因素综合作用下，最后终于使这条裂谷变成地狱般危险和恐怖的地方。

想到了这些，诺亚不禁倒吸了一口凉气。多亏平时白云啰嗦，也好在峡谷里比较凉爽，这次他始终坚持佩戴齐全。要是他脱下防护服哪怕一会儿，就会马上丧命。

于是诺亚立刻放弃了好不容易到手的宝贵粮食，急急忙忙顺着原路返回。

气喘吁吁地爬到了山顶上，诺亚顾不上跟白云解释，立即发动飞碟向天空飞去。

峡谷里又响起了一阵阵古怪的吼声，淡黄色的雾气也继续在飘飘荡荡地弥漫着。

诺亚和白云决定，离开这个可怕的地方，向高海拔地区转移。

第四章　有了一个家

不能坐以待毙。

诺亚和白云决定抓紧探索喜马拉雅山地区，希望能够找到水、食物以及可供居住的地方，从而一举解决基本生活问题。他们的第一个目标，就是寻找从前中国在喜马拉雅山脉建立的某个“末日工程”。

早在两百多年以前，人类感觉到地球环境越来越不妙的时候，许多国家的政府或有实力的企业就开始计划或着手建立各种各样的末日工程。

结果，在上百年的时间里，全球就星罗棋布地建立了许多五花八门古怪的工程。其中有储藏植物种子的，也有储藏人类或动物遗传样本的，也有为特殊人群或某个私人准备的避难所。

当然，很多工程（尤其是民间规模较小的项目）根本没有用处或有效期太短。

不过，人类也有屈指可数的几项未雨绸缪的英明措施。

较早且公之于众的一项是在公元 2008 年由当时的挪威政府兴建的大型植物种子冷藏库。那座基因储存库建在偏远寒冷的永久冻土地带，距北极点约 1000 公里的斯匹次卑儿根岛的砂岩山里。冷藏库中一般种子的储存期为 1000 年，但有的（例如高粱种子）可达 20000 年！

而最宏伟的当然要数公元 2110 年的那个火星改造工程。据说当年使用了若干颗热核炸弹，对准极冠水冰、深埋地下的（二氧化碳）干冰区域或碳酸盐岩石区进行了一系列大轰炸。

……

想不到白云竟然生起病来了。

诺亚意识到，现在这种居无定所的生活再也不能继续下去了。

无奈，只好请求大本营支援。大本营一方面遥控指导白云吃些药物，吩咐她好好休息，调养身体；另一方面调集资料进行分析研究，以便能够对于地球方面的寻找提供帮助。

在大本营的指导下，诺亚不久就找到了一处特殊的人类遗迹。

这是一片历经风雨侵蚀和洪水冲刷的地面，到处堆积着乱七八糟的石块，没有石块的地方显出斑斑驳驳的混凝土。诺亚经过一番考察，最终他确认：这就是从前中国最后一次登月出发的地方。

不过这个地方大约只有半个足球场那么大，实在不能与早年人类全盛时代的航天基地相比。如此简陋和狭小的场面也隐隐透露出当时人类穷途末路的匆忙和虚弱。

“你好好在飞碟里边待着吧！”诺亚在白云的脸颊上吻了一下对她说，“外面热，风沙又大，总不如里面舒服。”

“没事的，我自己慢慢走。”白云在飞碟里待腻了，她总想着要到外面散散心。

诺亚抬头看看天气，浓重的乌云遮住了太阳，气温还不是太高，只好答应了：“好吧，你自己有数，不要累着。”

经过半个小时的搜索，诺亚终于发现有一处地形有点怪异。看起来不像自然形成的一处坡地，而更像一处人工地下建筑的顶部。他找到一块斜倚在坡地上的巨大水泥块，用钢锤敲掉了一些水泥露出里面的钢筋。他劲头十足，用绳子系好连在飞碟上，稍稍开动飞碟，即把巨大的水泥块掀翻，随后露出了一个黑黢黢的洞口。

真是太好了，诺亚高兴得发疯了："快来看！快来看！"他一边挥舞着两只手，一边一个劲地冲白云大喊大叫。

白云坐在那儿休息，离诺亚有一截距离，她没有听明白诺亚在喊什么，不过看情景也猜着了几分。于是她也来了精神，挣扎着站了起来。

白云还没有走出多远，诺亚已经赶过来了。诺亚赶紧将刚刚发现的情况简单地说了一遍。

"哇……真的？"白云高兴地两手拍着巴掌。她立刻来了力气，一把推开诺亚急急地向那边走去。

果然是一处地下工事。

掀开洞口的好几块水泥块，露出了一个很高大的大厅。厅后面还有一个大门，打开后就是一条不长的走廊，两侧分列着几个房间。有的房间可能是用于办公，有的房间里则都是锈蚀得破败不堪的机器。

"这下可好了。咱们可以把飞碟停在洞口的那个大厅里。"白云眼尖嘴快手指着大厅嚷道。

"啊……大概差不多吧！"诺亚的眼睛里也同样发出兴奋的光芒，喜形于色。

虽然白天非常闷热，但在洞穴深处，没有空调人还能忍受。诺亚非常满意能找到这个地方，白云更是高兴得像一个小孩一样，顷刻间她的病也好了一大半。

总算有了安身之处。

这是一个美好的夜晚。

和风习习，一轮圆月悬挂在天上，大地显得格外恬静。月亮上明暗相间的朦胧犹如一幅寓意深刻的水墨画悬挂在天空中。

站在高原之上，更容易浮想联翩。似乎离月亮很近，好像在这里大喊一声就能让月亮上的人们听到。此时此刻，此情此景，不禁勾起人的无限思念：不知道大本营里的人们究竟怎么样了……

诺亚和白云感觉就像远方归来的游子，徘徊在家门口。可是，没有一杆天梯，甚至没有一道彩虹，可以架起连接亲人的桥梁。无限的亲情，无尽的思念，只好化作相思的泪水涟涟。

月亮还是那么可望而不可即，那里肯定有一双双亲人的眼睛在焦急地眺望着这里。

月色变得更加朦胧。而这种朦胧抹去了遥远的距离，感觉恍惚间可以飞跃过去推开家门和亲人相拥相吻。

……

茫茫的夜空下，大地显得虚幻飘缈。远方隐隐的是一座座山峰，月光映衬下的天空中悠悠然漂浮着几片云朵，偶尔有几颗星星闪烁着。漫漫夜幕遮盖了这个世界全部的荒凉和所有的肮脏，含蓄地昭示着媚人的明天。想象中的美好攫住了人的灵魂，让如痴如醉的善良人终其一生为理想而奋斗。

周围没有一点儿声音，好像连岩石都睡着了。是如此的安静，似乎能听到血在血管里奔流，甚至能听到人的思想在飞翔。过去的时光如同一本书，几多嗟叹几多悲歌。或者历史也像个大舞台，喜怒哀乐的一幕幕都已经过去，现在灯光再一次暗去，一片寂静，新的一幕就要闪亮登场，可不知演出的是悲剧还是喜剧。但无论是悲还是喜，人类最为美好的就是纯洁的爱情，两情相悦的甜蜜总会让生命熠熠生辉。

白云感觉比什么时候都更需要诺亚。她一只手紧紧地搂住诺亚的腰，好像他随时会飞走一般。诺亚也把一只手放在白云的肩上，不时地还要看看已经被紧紧地搂住了的这个可心的娇小人儿。如胶似漆的人们就好像昨天才刚刚认识一般，时而在朦胧的月色中痴痴地相互对视，时而又窃窃低语着缓缓前行。

突然，白云停下脚步把另一只手也搂住了诺亚，她的一双黝黑而发亮的大眼睛火辣辣地直视着诺亚："……我喜欢你！……我真的很喜欢你！"白云重复着这句不知说了多少次的话。她从不直接说出"爱"这个词，总是说"喜欢"。每当激情涌动间，这种从心坎里迸发出的声音总是那样令人心醉，带着一袭香气和热切的呼吸声，使人像遇到一阵狂风般任其挟裹而去，或者像一块冰碰到了烙铁而任其融化为柔柔的水。

但见白云那姣姣的脸上荡漾着青春的万千妩媚，诺亚情不自禁地用两手托住她的两鳃，轻轻地、轻轻地将嘴唇贴了上去。立刻，白云只觉得整个身体都开始燃烧起来，一种麻麻的感觉，好像有许多许多小虫在挠着痒痒，甜蜜的暖流淌遍全身，从头到脚，然后一直流淌到了她的心窝……

忘却了世界，忘却了时间。就像一股洪水，疯狂地掠过万水千山，淋漓尽致地荡涤着一切；又如一只小船，久久地奔腾在激情的长河，醉生梦死地漂流向一个叫桃花源的地方；或者又好似火山在尽情地喷发，只有气吞山河的爆发才能充分表达……直到灼热的岩浆变为花岗岩而化作永恒。

也不知过了多久，白云发现自己躺在一片石坡地上，男人的体温和岩石的余热让她感觉有些发热，可诺亚仍然紧紧地搂抱着她。

"亲爱的，让我们永远就这样吧，我们的爱将和宇宙永恒。"诺亚说着，整了整衣服将白云的身体包裹好。

"好啊！"白云用一只手钩住诺亚的脖子，咬着他的耳朵："我要和你生一大群孩子……"

不知不觉地，已到了后半夜。闪烁的星星暗淡了许多，月亮也害羞地靠近了大山的边上，不知她有没有看见刚才那一切。地球上已经很久很久没有了激情，爱的撞击竟然变得古怪而稀罕。

好在有微风阵阵，掩盖了一阵阵卿卿我我让人脸红的悄悄话；好在有流云朵朵，为一对相爱的人儿聊以遮挡。

夜，变得愈发深沉。只有山梁上残余的月亮正努力放射着今宵最后的光辉。

与此同时，在奔向遥远火星的征途上，飞碟被降低了温度，蓝天和柳青青相拥在一个蛋形密封器里。这个蛋形密封器的表面包裹着一层纳米工程膜，这种神奇的材料能够阻挡和捕捉一些高能粒子。此外，密封器壳里还有许多复杂的超导电路，振荡电流一经启动就会无休止地循环流动，由此造成的某种奇特电磁效应也可以有效阻止许多宇宙射线的有害辐射。蓝天和柳青青在低温下处于冬眠状态，这可以极大地降低新陈代谢，从而降低生命体的能量消耗。

飞碟一号早就关闭了发动机，进入大本营遥控的自动飞行程序，在宇宙引力场和惯性的作用下极速飞行。

第五章 水！水！水！

2221年1月1日，没有一点点过新年的气氛。

白云悄悄提醒诺亚："水已经不多了。"

"噢，知道了。"诺亚显得很平静。

"马上就要没水喝了，你知道不知道啊！"白云看到诺亚一副漫不经心的样子，十分焦急。

"唉……我当然知道。昨晚我都没有睡好觉，我何尝不着急啊！"诺亚这才把他的心事兜了出来："你身体不好，我怕你着急。"

"不睡觉有什么用啊！怕我着急又有什么用，得去找啊？"白云一点都不领情。

"好吧，我们明天就出发去寻找水源。"诺亚嘟嘟囔囔地，颇有些委屈。

诺亚和白云一大早就出发了。

就眼下的困难局面，真是做梦都难以想象，几百年以前西藏水资源竟然是多么丰富！

从前，亚洲著名的恒河、印度河、湄公河、萨尔温江、伊洛瓦底江等都发源在这里。在中国境内发源于青藏高原的著名河流除了长江和黄河以外还有怒江、金沙江、澜沧江和雅鲁藏布江。

当年的西藏地区简直就是世界的"水塔"。这些水哺育了差不多占全世界一半的人口，这是多么了不起的成就啊！

闪着银光的飞碟时而在千里高空纵横驰骋,风驰电掣;时而上上下下在云中翻飞,若隐若现。飞碟将人类驾驭高科技的野性表现得淋漓尽致。

高高地飘浮在云层之上,远离了地表的闷热,飞碟外面的温度已经降低到了摄氏零下二十多度了。看来尽管地球升温非常厉害,但距离地面较高的大气层并没有受到严重影响。也就是说,到目前为止,受温室效应严重影响的范围应该不到一万米的空间。尽管空气中水分含量增加了不少,但估计地球大气层中水汽层的高度并没有增加很多。这应该是一件极其幸运的关键事情。因为要是地球再高一些温度,水汽层跃升可能会超过一个临界值,在太空辐射作用下,水分子电离产生的轻(氢)气体就会向外太空大量逃逸。由此将造成海洋的大量蒸发,从而形成温室效应的急剧增加和恶性循环。如果那样,地球不可避免就会成为第二个金星:那里的温度是460摄氏度,真是一个可怕的炼狱!

显然地球还远没有糟糕到如此程度。虽然绿色似乎已经绝迹,但与金星相比,只是小巫见大巫而已。地球也许只是发了一次高烧,80摄氏度的气温大概只能算是对于生命世界一次小小的惩罚。虽然气候的回归需要一段极其漫长的时期,但毕竟地球已经在慢慢退烧了,至少在高空感觉温度还比较正常。

“你看,前面那个山顶上怎么会有一些白色?”诺亚有些吃惊。

“啊,好像是一些雪。”白云有些激动:“真的是一些积雪!想不到我们终于看到雪景了,这太奇妙了!”

飞碟离得更近了,诺亚发现果然是稀稀拉拉的一些积雪。可他并没有高兴,反而显得失望:“怎么就这么一点点,这有什么用呢?”

“唉,老天爷为何如此吝啬,为什么不多下一些呢?”白云的语调也变成了无奈。

突然间,两人心里都明白了:现在是冬季,也不过落下一点点雪花，那以后的季节里，肯定不会再出现什么奇迹了。

阳光照耀着整个喜马拉雅山脉，远山重重，苍苍茫茫。放眼四周，再也看不到疑似积雪的山头。

寻找高山冰雪看来已经不可能，于是诺亚和白云转移目标，向低洼处、峡谷或开阔地带搜索。他们再一次希望能够寻找到湖泊或泉水。

据说在21世纪初，西藏地区还有大小湖泊1 500多个。

可眼下，极目远眺，一片荒凉，不是沙漠就是裸露的岩石，整个世界都在忍受着太阳的烘烤。干渴的大地裂开了横七竖八的一道道口子，周围的一切看来比人们更需要水分，就甭说能够看到大片的水面了。

继续搜索了两个多小时，还是一无所获。

“怎么办呢？从前的湖泊都不见了。”诺亚的声音有些嘶哑，“我们到哪里去寻找水源呢？”

“唉！”白云忍不住一声叹息，“没有了雪山和冰川，怎么会有细水长流呢？”

“那么，我们是不是去喜马拉雅山南麓？”诺亚忍不住冒出了一句。

“你疯啦！你忘记了前几天的危险？”白云来火了，她的小嘴像连珠炮一样一阵噼里啪啦：“你敢违反大本营的禁令？大本营不许我们随便离开高原，外面到处都是危险，你是不是想死啊？你知道当年南亚大陆有多少亿人死于瘟疫？那里是印度洋暖流直接到达的地方，到处都是病菌和瘴气……”

“我不过随便说说而已，不就是病急乱投医嘛！”诺亚嘟嘟哝哝地有点心虚。

“出来已经大半天了，什么都没有，真是浪费。”看着诺亚没有出息的样子，白云有些泄气，她感觉有点累了。“我想回家了，还是回去再想想办法。”

“好吧！看来今天运气不好，再怎么找也不会有什么收获了。”诺亚只好同意了。

于是，两人驾驶飞碟回到了家中。

白云作为女人自然心细一些，生活方面心里大致有一本账。她回家先去看了看存水，心里一阵嘀咕：虽然盛水的容器里还有些水，但以后的日子怎么过啊！

两人都尽量想回避水的话题以免刺激对方，可又抛不开这个恼人的念头。白云建议先休息休息，大家冷静下来，减少能量消耗。无可奈何之下，这成了一种明智的选择。所以，诺亚只是淡淡地微笑一下表示同意。于是两人都懒洋洋地躺下来休息。

但无论怎样也难以驱除不安的气氛。无所作为，一天就这样过去了。

接下来又是难挨的一天。外面的太阳就像一个冷酷无情的暴君一样高高在上，照样肆无忌惮地发挥着令人恐惧的光和热。天空没有一丝丝云彩，太阳的热量把所有的水分都榨干了。难以想象，在晚上或明天的某个时候，会来一场及时雨以解燃眉之急。蛰伏在洞穴深处的人们着实一副可怜相，两人都只喝了一点点水，能看出来白云依旧很渴。

诺亚忽然对白云说：“我来给你讲个关于水的故事吧！”

“去你的！”白云一听就来了火：人家都快要渴死了，你还要惹我嘴馋？真是哪壶不开提哪壶！

“古人有望梅止渴的传说，我们来个听故事止渴也不赖嘛。”诺亚边舔动着干裂的嘴唇一边照样轻轻地说开了。

“我的名字取自基督教圣经里的一个故事。”诺亚干咳了一下接着说道：“这就是‘诺亚方舟’的传说。……由于偷吃禁果，亚当夏娃被逐出伊甸园。亚当活了 930 岁，他和夏娃的子子孙孙越来越多,逐渐遍布大地。……后来夏娃和别人偷情生的私生子杀死了弟弟,从此开始了人类无穷无尽的怨恨、暴力和罪恶。”

“这就像从前的旧人类吗?”白云终于被吸引忍不住插了一句嘴。

“也许是吧。”诺亚的脸上带着一丝苦笑。

诺亚继续说道:“上帝看到人类的种种罪恶,愤怒万分,十分后悔创造了亚当夏娃,后悔创造了人类,于是决定用洪水毁灭这个已经道德败坏的世界,想把他创造的一切人类和飞禽走兽统统消灭。……但后来又有所可惜。”

“哦,我知道了,上帝后来找到了你们家。”白云闪动着狡猾的眼神揶揄道。她这会儿完全忘记了口渴。

“是的,上帝终于看中了一个叫做诺亚的义人。”诺亚瞟了白云一眼:“这下知道本人大名的来历了吧?”

“哦,我知道了,你跟上帝是亲戚。”白云继续讽刺诺亚。因为身体难受,正好有个发泄的机会。

诺亚却并不在乎,他看到白云的情绪有些转变,更加来劲:“上帝只允许诺亚留下有限的生灵,并要求诺亚用歌斐木建造方舟。方舟长 300 尺,宽 50 尺……如此这般。”

白云后来真的被故事吸引住了,但她那伶俐的嘴巴却还是不饶人:“我以前怎么没有听说过这个故事呢?你莫不是瞎编来哄我吧!”

“这真是圣经里的故事,谁骗你啊!那是关于上帝的事情,我怎么能骗你呢?”诺亚一脸的正经,颇有几分基督徒般的虔诚。看上去真不像胡说八道,况且他也没那现编现说的口才。

“从此以后,诺亚一边赶造方舟,一边劝告世人悔改其行为。他在独立无援的情况下,花了整整 120 年时间终于造成了一只庞大的方舟。诺亚按照上帝的意思,把全家八口人搬了进去。许多飞禽走兽也一对对赶来,有条不紊地进入方舟。七天后,洪水果然骤降，竟然一连下了40个昼夜，人群和动植物全部陷入没顶之灾。除诺亚一家人以外，亚当和夏娃的其他后代都被洪水吞没了，连世界上最高的山峰都低于水面七米……”

听着听着，白云终于进入了角色，她的眼睛里闪着激动的光芒。

白云还是蛮喜欢这个故事的。现在，她的诺亚和这个故事里的主人公一样是个善良的人，而好人终会有好报的，她和诺亚也一定会像“诺亚方舟”故事里的那个“诺亚”一样化险为夷，走出困境。

果然，白云的心灵得到了许多安慰，她对着诺亚像个懂事的孩童般发出了宽慰的微笑，她躁动不安的一颗心终于暂时平静了下来。

诺亚把白云抱在怀里，她慢慢就睡着了。

水！水！水！诺亚的脑子里又在疯狂地旋转着这个闹心的词。

没有什么比“水”更重要了：吃喝要水，卫生要水，生产食物也需要水……

最好是大量的水，源源不断的水。因为总归要进行农业生产，人类不可能老是靠瓶瓶罐罐培养一点菌类流质过活。如果那样，注定不可能兴旺发达起来。

这颇具讽刺的意味，因为地球环境的变迁实际使得地球的液态水大大地增加了，甚至海平面都上升了120米。不过这其实也并不奇怪，对于整个地球而言，水似乎已经足够多的了，因为地球表面的大部分都是海洋。但局部地区水的缺乏从来都是问题，这是由于水在区域上分布的不均衡而产生的相对性匮乏，而现在不过是更加严重而已。现在的极端气候极大地加剧了这种水分布的不均衡性，地球高温也极大地增加了水分的蒸发量。一般越是缺水的地区空气湿度越小而水的蒸发量却越大，以至许多地方极度干旱的状况令人难以想象。

真是祸不单行，水的问题没有根本得到解决，白云的身体却似乎越来越成为问题。

起先老是食欲不振，吃点东西也会吐掉，还常常拉肚子。开始以为是刚来地球那会儿落下的病根，但现在的病状与刚来地球那会儿又不大像。说不清什么毛病，但总是这里那里的不舒服。

万般无奈之下，诺亚只好再次请求大本营帮助。

“哎，真是糟糕透顶了！”诺亚闷闷不乐。

眺望远处，只见一片片云团遮住了大山，令人有一种沉重的压抑感。但云团在气流的挟裹和推动下翻滚涌动，就好像在进行着一场生死较量。

过了一会儿，一片乌云飘过后，雄伟的山峰重新显露，依然顽强地高高耸立，而余下的云层稀稀拉拉地缠绕在山腰。

这就是大山的精神：只要坚持总会有出头之日。

诺亚若有所思：不能这样消沉下去，要振作起来。想到这里，他返回洞里，来到了白云的身边。

“亲爱的，好点了吗？”

“好一些了，你坐下吧！这几天你也够累的了。”白云说着，疲倦而消瘦的脸庞露出了一缕笑容。

“可是……我却不能把你的病治好。”看着白云勉强的笑脸，诺亚一把紧紧地抱住了她。诺亚的心都快要操碎了，无助的热泪又在眼眶中打转。可是他不能流泪，他甚至没有权利流泪……

外面，令人讨厌的太阳终于下山了。天色渐渐昏暗下来，远山开始蒙上面纱。

按理说，二月份差不多是一年中温度最低的时候，可现在白天的天气还是觉得热，因而傍晚温度的转变照例成了每天期待中的一件快乐事。

太阳刚一落山，月亮就斜挂在西天角上。月儿弯弯像只翘起的小船，这是上玄月也称作新月。弯弯瘦瘦的月亮在黑黢黢的夜空里显得格外富有诗情画意。月亮每天都有些不同，尤其在不经意之间总有意外的表现，这种变化使人感觉到自然界的生动，使人感觉到了一种幽幽的灵性。

月光斜斜地穿过洞口一直照了进来，显得洁白而又温柔，就像照射进了诺亚的心坎里。……呵，那是亲人无限温暖的手在抚摸着他的心脏。诺亚感觉到了自己心中的热血在涌动，他似乎觉得有一种能量在身体里燃烧，燃烧。

诺亚的头脑一阵眩晕……

白云的身体一直不太好，充其量时好时坏一点儿。

已经很清楚了，白云得的是微量元素缺乏症，只是不知道缺乏何种元素。

这种毛病古时候中国人称为"水土不服"，这在中国民间本不算什么大不了的问题。通常易患这种毛病的人远赴他乡时，只要带上一些家乡的泥土，不管你去多远的异国他乡，若遇到上吐下泻无药可用这种莫名其妙的毛病，即使十分厉害，有时甚至百药不解，只消将家乡的泥土少许冲水服食下去，即可收到立竿见影、药到病除的神奇效果。

不过，外星人水土不服的问题虽然与此类似，但其复杂性和严重性却不可相提并论。

诺亚终于决定，要早一点离开西藏高原，去寻找治疗白云毛病的灵丹妙药。他有条不紊地做着准备，并且居然做通了白云的思想工作。

也许，白云也已经意识到，无论怎样，他们的行动总有一些冒险甚至赌博的成分，过于谨慎可能反而贻误战机。

虽说世事无常，但愿苍天保佑吧！

第六章 龙虾的故事

一天，诺亚驾驶飞碟飞行了两个小时来到了中国东南部地区。

这里原本是中国最为美丽富庶的地方。

天目山和武夷山都是著名的大山脉，不但有巧夺天工的奇异自然景观，而且有历史悠久的宗教人文遗产。

这里也曾经是中国最为肥沃繁荣的平原地带——自古被誉为天堂的地方。

想当年，这里随处都是如诗如画的景观：森林、竹海；渔歌、稻香；更有“白蛇传”和“梁山伯与祝英台”之类的动人传说，甚至苏杭地方男人们操的也是软软嗲嗲的吴侬细语……

而现在，西太平洋的海水无情地扫荡了一切。无论是帝王将相的壮丽江山，还是文人墨客的瑰丽诗篇，统统成为昨日黄花，成为太平洋海底的一部分。

尤其令人难过的是，天目山下的那个小小的会稽山也早已不见了踪影，那里并没有因为埋葬了一位伟大人物而具有特别的魔力。真想不到，人类最伟大的治水英雄大禹，几千年后同样也为大水所淹。

诺亚的心中充满了莫名的惆怅和忧伤。他接着往东又飞行了一个小时，来到了日本的上空。现在从高空往下看去，从前那个强悍的国家已经变得很小很可怜，只剩下一线排列的几个普通岛屿。

诺亚降低高度继续考察。他向北方飞行了几百公里后好不容易才找到了从前著名的富士山。这座极具象征意义的雄伟山峰已经变成孤零零的一座十分难看的荒山秃岭，过去的片片樱花盛开与富士山顶雪景相映成趣的景象早已荡然无存。

富士山的东北面原本是日本著名城市东京和横滨，但由于离海洋太近，人类的遗迹容易受到破坏，所以现在到处都是汹涌的海水，已经很难辨别那些特大城市的残留建筑。在太平洋猖狂风暴年复一年的打击与摧残下，过去发生的惊天地泣鬼神的所有经济伟业都已经消失得无影无踪。

据说从前的日本人老是担心自己脚底下的土地会沉沦下去，这多少有些莫名其妙。大概是一种岛国心理作祟或受到科幻小说家危言耸听的影响，也生动体现了人类野心勃勃与有限资源环境的巨大落差的矛盾。

但结果却很有点讽刺意味。脚下的土地并没有沉沦下去，因为这不过是一种科幻或想象而已，而出类拔萃的日本人与全人类的伟大工业化努力却使海平面快速地升起来了（仅仅几百年!），一直升了120米并引发了一系列极其严重的环境灾难。

其结果没有什么两样：终于还是没有逃过灭顶之灾。

当然，日本终究不是一个平凡的国家。

当海平面年复一年地显著升高，全世界陷入极度恐慌之中的时候，日本突然出奇兵占领了遥远的贝加尔湖地区。

那时，靠近蒙古的一大片区域都已经成为若干实际上独立的地区。在空前的地球灾难面前这些小的割据政权显得十分脆弱，根本就不堪一击。周边的地区大国也由于环境灾难、政治动荡和经济崩溃而自顾不暇。为了躲避太平洋的恶劣气候，仅剩下一亿多人口的中国的重心不断移向黄土高原和青藏高原，而残余的俄罗斯人则在遥远的东西伯利亚地区苟且偷安，由此日本人竟然顺利得手。

贝加尔湖是地球上最为神奇和最巨大的湖泊，而最难能可贵的是：它是一个淡水湖。这个巨大湖泊的水量占世界总淡水量的五分之一，长达 760 公里。湖泊的周围有许多高达 1000 到 2000 米的悬崖峭壁。这个湖泊的平均深度达到 800 米，而最深处竟然达到 1750 米。

离开了可怕的海洋，老谋深算的日本人终于获得了一些喘息的时机。

据说日本人将他们的末日城堡建立在深深的水下，大和民族以自己的古怪方式抵抗了地球环境的可怕变迁。

但由于那个地方后来一直陷入动荡与混乱状态，气候也越来越恶劣，那里发生的一切竟渐渐不为世人所知。

温室效应，谁都知道，可实际上谁都不当一回事。

有一个古老的“温水煮龙虾”的故事。海洋中有一种龙虾味道极其鲜美，但这道美味的做法很特别。有经验的厨师，会将洗净的龙虾放入冷水锅后，用很小的微火加温。龙虾感觉非常舒服，昏昏欲睡。贪图享受的它们正在渡过一生中最美妙的时光……

根本不用担心它们爬出来。

据说，这样煮熟的龙虾味道特别可口，甚至都保持着优雅的姿态。

人类尽管具有非凡的智慧，也不乏有识之士。但就总体而言，就历史而论，未必比龙虾聪明多少，他们的理智与他们的普通生物学本性相比根本就微不足道。

所以，上帝如果不再喜欢人类而要毁灭他们，就像对于亚当和夏娃那样，其实不用弄脏了自己的手。贪欲使人愚蠢，短视使人毁灭，就像“温水煮龙虾”甚至都不要锅盖。

世上其他的种种生灵如果嫉恨人类的残忍与霸道，也不用悲观泄气。人类生活的一切其实都可以归结为碳排放，争先恐后的温室气体大排放，穷奢极欲和自作聪明使得自掘坟墓的速度空前地快捷……

唉，这世上的事情真是说也说不清、道也道不明，还是想想自己的闹心事吧。

诺亚突然想到，如果寻找到月亮的陨石，那么这种陨石应该在化学方面具有特别的意义。设想一下，这种陨石不仅含有月球的基本元素，而且经过亿万年的地球水土浸润，照样会含有地球的基本元素。当然，最关键的是种种微量元素，以及它们的神秘含量或微妙配比。这样的陨石甚至陨石周围的土壤显然可以作为治疗白云毛病的灵丹妙药。

太湖！据说中国的太湖就是亿万年以前月亮形成时一颗巨大的陨石砸落地面而成的。这颗陨石应该是月亮的孪生兄弟或者就是直接从月亮上脱落下来的。

想到这儿，诺亚开始返回，他于是接着往西飞行。

很快，诺亚就来到原本中国的长三角地区。从前的长江三角洲地区是最为举世闻名的地方。可是今天，只有汪洋一片，一切都似乎从来就没有存在过。

上海，这座曾经拥有 3 000 多万人口的世界级大都市现在已经完全不见了踪影。本来应该有一些高楼露出水面，但水的侵蚀作用加上海啸的巨大威力，如今只有一片海浪滔滔。而世界第一大砂岛——崇明岛也早已化作流沙被冲到太平洋里去了。

遥望北方，长江临海的广大苏北平原全成了海洋。

一个人类文明发祥地，几千年盛名的天堂之地、鱼米之乡，已经变成了西太平洋的一部分，令人震惊不已，令人欷歔嗟叹。

真是世事难料，也所谓沧海桑田。伟大的长三角城市文明竟成为人类历史的水下敦煌！

诺亚闷闷不乐，在这片水域的上空徘徊实在太压抑了。

可大海茫茫，太湖究竟在哪里？

唉，即使能够找到，那也应该在水下两百几十米的地方了。在湖底厚厚的淤泥里，即便能够挖掘，会有所收获吗？诺亚的信心开始动摇。

可诺亚不得不继续在天空巡游。

浩瀚的海面看不到尽头，水天相连，天水一色，似乎整个世界都充满了水。然而昨天，人们还在为水发愁。

水！水！水！糟糕的水！要命的水！

根据海拔推算，现在的太平洋海水已经逼近了中国的南京地区。

诺亚很想看看南京那座城市究竟怎么样了。

那是座古老悠久的历史名城，也有过许多不幸与灾难。在二十世纪曾因民族战争竟被屠城30万人口，诺亚很想知道后来的人们是否仍有热情居住在如此很不吉利的地方。

诺亚的飞碟很快抵达这处现在由长江口和海洋明显标示的临海地区，不禁大吃一惊。古城墙的残迹依然隐隐可见，后来扩展的城区形成的废墟也不难分辨。古老明代城墙圈出的老城区与后来形成的新城区相比，城市竟扩展了有二十倍之多！

城市的魅力真是那么令人不可抵挡吗？霓虹灯变幻莫测的美丽色彩下，飞蛾扑火成为一种充满激情的自愿行为。悠悠然绿色生活和美好的田园风光，只是城市人大客厅里一幅漂亮的山水画而已。

人类寻求美好生活本无可厚非，可大自然终有它自己的规律。

看来，在太湖里是捞不到什么好处了。

诺亚于是向南方飞去。海面上开始卷来滚滚乌云，眼前一片晦暗，他只好提升高度。飞碟穿过云层跃入高空。

……哦，多么耀眼的太阳！

炫目的阳光带着灼热向所有的方向放射着威力。这种威力势不可挡无与伦比，仿佛在向生命展示着温暖的危险或代价。无比渺小和脆弱的生命少有机会可以苟且偷生，茫茫宇宙里是多么难得恰如其分的理想环境啊！所以，这个世界也许应该是个死亡的世界。

宇宙里的生命大概真是一种偶然、意外或者不合常理。

诺亚继续向前飞行。突然，他看到有好几座山峰兀立在茫茫云海之上。

真奇怪：这千里方圆都是海洋的世界，云雾中怎会有如此奇峰异石呢？

接着云层一阵涌动，露出了一个很大的岛屿。……啊，想起来了，那莫不是台湾？

台湾，是中国历史上数度游离于中央政府统治的一块地方，后来也一直存在某种独立倾向。这么小的一块地方，却在很长一段时间里曾经是引起全球紧张的热点地方。

可是，大自然的残酷结束了一切争论。

海平面的急剧上升，淹没了台湾大约三分之一的面积。台湾西部的大片地区以及周围沿海地区都淹没在海水中。

温室效应的全球恶性循环和海平面大幅提升这样的地球环境灾难，使太平洋兴风作浪的魔力达到无以复加的地步。狂暴的旋风卷起千万吨海水劈头盖脸地砸向这个风雨飘摇的弹丸之地。

仅仅几十年间，台湾岛上几乎所有动植物全部死亡。

与此同时，也有令人哭笑不得的奇怪事。太平洋的暖湿气流却强劲地穿过半个中国，令昔日荒凉的西部高原奇迹般地繁荣昌盛起来，尽管后来证实这不过是绿色世界的某种回光返照。

但不管怎样，昔日荒凉的黄土高原竟然一度沃野千里，一派鸟语花香人丁兴旺的繁荣景象。

到处都是熙熙攘攘的中国台湾人或新加坡人，甚至还有许多日本人。冥冥之中人们都回到了自己的祖籍之地，曾经被鄙视和唾弃的荒凉地方竟也成全了人类历史和谐美好的一顿“最后的晚餐”。

一股莫名的冲动在驱使着诺亚。他决定登陆台湾岛，亲眼看看这个迷人和充满传奇的地方。他缓缓降低高度，穿越在云层中。云雾时稀时密地越过舷窗，就像一团团蒸汽腾向上方，下方的景象反而看不清了。

好不容易穿过云层。本来以为云层底下一定黑咕隆咚，看不到什么东西，却不料云层底下竟然是别有洞天。云层像一个锅盖一样压在头顶上，但有若干处破洞，阳光有棱有角地从空洞处直泻下来照亮了一大片山坡。

云雾盘绕着海拔 2000 米的阿里山，诺亚在云雾缭绕的群山峡谷中缓缓穿行。一会儿，隐隐看到，在重重群山环抱之间有一颗明珠闪耀着粼粼波光。啊，日月潭！这个著名的湖泊已经变得很大，虽然少了昔日的矜持，却多了几分粗狂，看起来仍然是个迷人的地方。

诺亚决定在此逗留一会，也许可以找到什么吃的。要是有东西带回家那就更好了，可以让白云高兴一下，这一阵子她可是够辛苦的。诺亚将飞碟停在一处高地上，像个调皮的孩子，跨出飞碟，向着日月潭跑去。

闷热的空气里透着一股咸味，使人能够感觉到海洋离得很近。天空的云层也在不断地移动，间或有阳光刺穿云障闪耀出绚丽无比的色彩。日月潭湖水波光粼粼，近处的山峰倒映在湖水中，更显示出湖水的深不可测。一阵风吹过来，泛起涟漪，倒映的山峰变幻着踪影。天上的云彩也沉落在湖底，飘飘然而过就像动画一样，不禁使人有一种梦游的感觉。

岸边的水底都是灰暗的泥沙，看不出有什么生机。诺亚忘记了危险，情不自禁地捧起一些湖水，尝了一下。……啊，咸而苦涩。要是有什么生物待在这种环境里，恐怕不太好受。

忽然，诺亚觉得自己有点儿冒失。万一有什么危险的微生物，万一有什么有毒物质，岂不是完蛋了吗？……不过，也许问题不大。

诺亚站在那儿，闭上眼睛挨了一会儿。他想象着可能因为中毒而“啪！”一声倒下了，然后再也爬不起来，再后来慢慢就腐烂变成泥土。

诺亚忽然又想起来海洋地区空气中可怕的硫化氢毒气。这在以前的环境变迁中非常严重，千千万万腐败的有机体都产生这种非常有毒的气体。

诺亚扭动着他的鼻子使劲地嗅了又嗅，还好，似乎闻不到那种臭鸡蛋味道。忽然，他又自嘲地傻笑着摇了摇头：如果有硫化氢毒气，我还是感觉不到，因为我早已经死了。

正当诺亚沉浸在浮想联翩之际，一阵大风刮来，湖水弄湿了他的衣服。

诺亚惊讶之余，猛抬头看天。刚才还是温文尔雅的天气，这会儿却是乌云滚滚，狂风一阵接一阵紧似的扫将而来。

诺亚的脸也像这天气一样，顿时大变，他忙不迭奔向飞碟。

诺亚不知道，他今天遇到的是罕见的好天气。处于狂暴太平洋的茫茫海面上，台湾这座孤岛，大自然极少给好脸色。

飞沙走石，诺亚的脸上一阵阵刺痛，身上披挂的几块金属竟叮叮当当地响了起来。他不顾一切发疯似的奔跑，眼看离飞碟不远了。

飓风刮得更猛了，整个人感觉就像一根羽毛一样要飘起来了。实在太危险了！此时，恰好看到有一处大石缝，迫不得已，诺亚只好嵌了进去。

就在诺亚躲避的一刹那，他猛回头看了一下，他的飞碟已无影无综。

诺亚倒并不担心飞碟，因为飞碟只要在无人控制的情况下移动两米，或者超过三个小时的时限都会自动启动，自己回家去。这次为了安全起见，诺亚和白云事先对飞碟计算机输入了某些指令，现在果然有惊无险保护了飞碟。

外面大雨倾盆,没有办法,诺亚只好继续往石缝里面钻。却不料这石缝越来越大,到后来竟然变成了一个像模像样的山洞。

虽然看着周围的一切并不舒服,但有个地方落脚,多少是个安慰。

就这样,诺亚躲进了山洞。他听着外面的狂风暴雨,“轰隆隆、哗啦啦”地响着。

乌云包裹了整个天空,密集狂泻的雨水使人感觉好像身处大洋水底下,周围一片天昏地暗,竟看不出是白天还是晚上。

大概有一天过去了,诺亚有些饿了,他这才想起来已经好长时间没吃东西了。而且,更为糟糕的是,他忘了带水了。因为是临时停车,他全然没有什么准备。他不顾微生物危险,赶紧去接雨水。然而,雨水打进嘴里,竟又涩又咸,甚至连空气里也全是海水的腥咸味道。诺亚这才明白,所谓的雨水其实大部分都是附近被狂风挟裹而来的海水。

天哪！被困在这里可怎么办呢?

今天总有些心神不宁。也许是累了一点吧,白云这样安慰自己。

但无论怎样,她还是一直在想着诺亚。不知他怎么样了,会有危险吗？是的,危险总是有的,每时每刻。可诺亚是那样的聪明,无所不能;是那样的健壮,出类拔萃。对于他没有克服不了的困难,没有化解不了的危机,以前不都是这样过来的吗?

突然,外面一阵熟悉的响动。呀,他回来了!

白云的反应有些神经质。她急急地冲出门去,只见飞碟已停在门前的空地上。她像往常一样,跑过去,打开舱门。可上前一看,心里“咯噔”一下:不见了诺亚。

“这是怎么回事啊？怎么诺亚不在呢?”白云的两手颤抖着,她的双腿也软软地几乎支持不住了。这可是从没有过的呀！她的心怦怦乱跳，却不知道怎么办，一时竟失去了主张。

片刻，白云强迫自己稳定情绪：必须稳住，要坚强！急是没有用的，反而会坏事的。对了，与他联系一下，他的头盔里有一个小型无线电台。

想到这里，接上联络无线电，可耳机里只是一片"沙沙"声。联系不上。大概是距离太远了，功率不足。

白云忘记了病痛，回到屋里稍稍准备了一下，立即登上飞碟，准备去救援遇险的诺亚。蓦地，白云惶然了。诺亚在哪里呢？她这才想起来自己压根儿不知道他在哪儿。她越发着急，终于禁不住"呜呜"地哭了起来。

忽然，白云的脑子一激灵：唉！我多笨啊！

白云打开电脑的存储记忆，一下子调出了飞碟前一个落脚点的坐标，然后根据地图比对起来。很快，她就知道了诺亚所在的地方：台湾。

心急火燎的白云立即朝台湾方向风驰电掣般地赶来。不到一个半小时，就来到了中国的东南海区。

可是，一到这里，白云就傻眼了。目力所及，一片乌云滚滚，电闪雷鸣，以至于她在万米高空，根本就不敢下降，当然也无法找到目标。

诺亚在哪里呢？这里简直就是地狱！这个呆子怎么会到这种地方来的呢？

白云望眼欲穿，泪水模糊了她的眼睛，她的整个头脑里乱哄哄的。她只好一遍又一遍地呼唤她的诺亚：亲爱的，你在哪里啊？诺亚，你可要挺住啊！不管风浪有多大，我一定会把你救出来的。

白云一直在那一带盘旋飞行。很久……很久……

第七章　绝处逢生

诺亚感觉饥渴难耐，可他现在什么都没有。他暗暗告诫自己，不能慌张，最重要的是保持理智，所谓天无绝人之路嘛。

于是诺亚尝试着静下心来，他要好好思考思考，先想办法弄到一点合适的水喝，至于吃的则可以稍缓一步。

诺亚坐在一块大石头上，想啊想啊，居然真的想出了一个好办法。要是以前，这么聪明的主意，他准会在白云面前炫耀一番。可他这会儿完全没有那种雅兴，他知道自己处境危险因而不敢有丝毫懈怠。他立刻行动起来，拿出一把随身携带的很小的铲子，在洞内寻找没有被污染过的黏土。

这不是一件十分困难的事情，因为只要找到一处不渗水的干土挖深一些就行了。他挖了很多，足足有一大堆。

诺亚整理好这些黏土，用头盔盛了一些外面低洼处的苦咸水，将水一点点滴入土中。

诺亚知道，这些千年古老的泥土保持着从前的化学成分，有稀释、过滤和吸附盐分的作用。当然由于是天然物质，离子交换的能力十分有限，所以诺亚搞了很多这种泥土，摆成长条形而且有一点倾斜。

大约四十分钟后，终于在土堆的下方，慢慢渗出了一点点的水。

诺亚匍匐在地，吮吸或舔食这些水分。

啊，果然获得了淡水！那些苦涩海水中的多余盐分或者细菌都被黏土吸收了。

水，带着一股泥土味竟还有点儿甜，真是无比地刺激！可以感觉到有一股清凉和滋润在沿着干裂的嘴唇流向喉咙，舒服的感觉一直漫过全身，生的希望也伴随这些水分慢慢渗入了诺亚的心里。

白云那天实在无法在台湾登陆。

第二天白云又去了。但那里依然是一片片云团覆盖着，偶有云层破残之处，也只能看到大洋的滔天狂浪，好像世界的末日，似乎连海底都翻过来了。

白云的心在滴血，她的手不停地颤抖，有几次，飞碟差一点失去控制。

万般无奈，她只好又返回家中。

白云没有她自己期待的那么坚强。一天又一天的焦急等待，不堪打击，她终于病倒了下来。没有一点点精神，也没有一点点食欲，差不多连思维都要停顿了。

难熬的白日，漫漫的长夜，三天过去了，就好像等待了几百年。

突然，白云的耳机里竟传来了一种熟悉的声音，好像是从很遥远很遥远的地方随风一阵阵飘过来的。

啊！竟然是诺亚的声音，虽然是那样微弱，时隐时现，但那无疑是天籁之音，每个音符都令她无比震撼，激荡着她那颗差不多快要死去的心脏：啊，我的天哪，我的宝贝，你在哪儿啊？……忽然，声音越来越小，白云都快要急死了，她拼命挣扎努力睁开眼睛，原来是一场梦。白云最近身体很不好，常常做些乱七八糟的梦。

不知道哪儿来的劲，白云居然从床上爬了起来。尽管走起路来摇摇晃晃，两个脸颊没有一点儿血色，但她的两眼却发出坚定的神情。

十分钟后，白云就出发了。她驾驶着飞碟一路狂奔台湾岛而来。

一路上，白云一直在向神灵祈祷。她并无宗教信仰，但这会儿却充满了虔诚。她甚至想起来了，台湾应该算是她的故乡，千万年宝岛从来也是一个有灵性的地方。听说那里的神仙叫妈祖，台湾人祖祖辈辈都十分虔诚地供奉既是人类先祖又是神仙的女菩萨。上辈的积德一定会荫及子孙，妈祖一定会保佑诺亚平安无事。

果然，这次白云的运气很好。

在整个东南沿海地区，虽然仍然有大片的云团不断翻滚、追逐，显示一派气势汹汹的样子，但那些云团没有完全连成一片，有些地方甚至有很大的空隙。

灼热的太阳光从云层间隙里直射向海面。海面上依然有几十米高的巨浪，浪花把阳光折射成一片片扑朔迷离的闪亮。

这次看清楚了，台湾岛犹如一片树叶一样孤零零地漂浮在浩瀚的洋面上。由于被淹没了许多面积，这片"树叶"显得很瘦长，实际上台湾岛现在仅仅是一条由座座山峰连绵而成的狭长地带。

白云将飞碟停留在原来的地方。因为一般情况下，诺亚不会离开飞碟很远。

飞碟还没有停稳当，白云就挣扎着出了舱门。她努力瞪大眼睛四下里张望，希望诺亚从哪个山背后突然转出来。即使是一场恶作剧，她也不会责骂他，而会忙不迭地将他搂进怀里，要好好地温情一番，两个人一定会缠缠绵绵地没完没了。

或者也希望诺亚一下子从地底下冒出来，一把从背后把她的眼睛蒙住：猜猜我是谁？

可是白云眼巴巴地等了好久，什么也没有发生，什么也没有出现。她的眼泪水又流了下来，和着脸上的汗水黏糊糊地模糊了视线。

后来，白云实在支持不住了，只好找了块干净石头坐下来，闭上眼睛休息。

忽然间好像有诺亚的呼唤。难道又在做梦吗？白云立刻睁开了眼睛。

真是令人难以置信，诺亚竟然踉踉跄跄地跑过来了。这家伙一边跑一边手里还挥舞着什么东西。

白云立刻冲过去，一把紧紧地抱住了诺亚。

喜悦的眼泪水止不住像串串珍珠般流淌了下来，白云的头来回摆动着拼命往诺亚怀里钻，两只手不住地颤抖着。再后来，她低低的啜泣变成号啕大哭。

白云的眼泪鼻涕都流在了一起，她也顾不上去擦一把，而是用两只手不住地捶打着诺亚的身体。"你跑到哪儿去啦？……你跑到哪儿去啦？人家都快急死啦！……"

诺亚被弄得不知所措，他只顾着与危险作斗争，却想不到自己的行为让白云如此担心。诺亚看着白云那种样子，也挺感动，心头一热，竟然也心酸地哽咽着哭了起来。

好一会儿，白云发泄够了才渐渐放松了下来，她仰起头仔仔细细地打量和检查起诺亚来。看上去，这个家伙尽管弄得脏兮兮狼狈不堪，但精神状态却不错，好像没有什么大问题，这才稍稍放下心来。

由于外面很闷热，他们就登上了飞碟。

一上飞碟，诺亚赶紧将好消息告诉白云："我带来了这里的泥土，日月潭的泥土。"一边说着一边扬起手里的一包东西给白云看，而且显得有点神秘。

"泥土有啥稀罕的，不就是给我做微生物试验吗？"白云觉得诺亚有点夸张。

"不用做试验啦！我在这儿生活了几天了，这不是好好的？"诺亚说着鼓起肌肉转着身子给白云亮相，就像从前旧人类的运动员。

“你怎么能这样做呢？违反纪律！”

“唉，不就是心里着急嘛。”

“着急也不能这样，多危险哪！”

“好了，不说这些了。我这趟的收获可大了，回家就让你吃泥土。”

“才不呢！难道我嫁给你就是为了吃泥土？”

“这是一种很特别的泥土，一定可以为你治病。”

两个人在拌着嘴。白云因为诺亚擅自冒险而对他有意见，所以不停地顶撞他。不过她看诺亚的身体确实没问题，也就只好算了。

白云用眼睛瞥了一下诺亚就不再跟他啰嗦了，因为多说了也于事无补。这家伙已经与这里的环境亲密接触这么多天了，大概什么微生物都让他吃进肚子里去了。

飞碟急急地赶回家去。

一方面白云的身体吃不消了，她在见到诺亚后精神放松竟然一下瘫软下来了；另一方面，诺亚由于接触陌生地域也需要进行微生物病理方面的进一步观察，以最终确定他的安全性。

经过几天的观察，证明诺亚的身体没有问题。大概是由于台湾孤立狭小的地域和酷烈的自然环境使得有害微生物不易滋生，真是幸运。

谢天谢地，白云心中的一块石头终于落地。

既然没有危险发生，那么诺亚的这次鲁莽实际上就变成了一件大大的好事，他们可以进行新的尝试，以后的活动范围也可以有相当的拓展，这将给他们很大的便利以争取生存机会。

诺亚从台湾岛带回的泥土经过消毒后开始让白云试着服食。她服用若干次以后身体竟真的明显有所好转。

日月潭的土壤果然神奇。从那以后，这个家庭开始有了一些生气，困难的局面也缓和了许多。

去过海边以后，诺亚的脑子里就充满了水：一片汪洋，一望无际。大洋的浩瀚令人生畏，瓢泼大雨将天地与大海都搅拌成一团糟。滞留在台湾岛上的那些日子，只觉得这个世界都是水，除了水还是水，其他的都太渺小都可以忽略不计。水成了最可怕的威胁，水成了最讨厌的东西，人无时无刻不在盼望着赶紧离开那可怕的水世界。

而这里依旧是如此缺水，以至于到了危险的境地。诺亚想起了搬家，但看看外面的灼热骄阳，又不禁犹豫起来。若真要是离开了高原去了低海拔地区，即使不被烤焦也至少会被蒸熟。就像一只用水煮熟的鸭子，尽管有很多水在泡着，但它也不能享受什么快乐，因为它已经死了。别看这里的白天天气也很炎热，也许并不比低海拔地区好多少，但夜晚气温却低了很多，由于热量的平衡作用，就使得人能够生存下来。况且，低海拔地区毕竟不能完全排除许多危险。所以，还是不能搬家。如果实在不行，暂时就用飞碟运输一些水吧！

日子一天天过去，生活的担子再次像大山一样压来。

困难越来越大越来越多，除了水的问题至今没有很好解决以外，食物也一直短缺，其实几乎什么都缺乏，因为真正是白手起家。

但归根结底，最紧迫和最关键的还是老问题：水。

诺亚和白云终于被迫向困难低头，向大本营求救。

想不到三天后，大本营就传来了好消息。就在目前居住地的前方约十公里处，可能有一座被深深掩埋的亿万年形成的大冰川。

根据资料，那里曾经有一个大峡谷构成的大冰川。为了更有效地抵抗温室效应，留住越来越宝贵的淡水资源，当时的中国利用深山峡谷的有利地形，使用了大型核能装置先后移动了好几座山，从而把那条大冰川彻底地埋藏了起来。

真是一个好消息！尽管一百多年过去了，虽然由于气候变暖会有大量的冰被融化，但深埋于地底下的偌大冰川不可能完全融化掉。再说，既然在此地进行如此浩大的工程，必然有地质地理方面的许多有利条件。而如果顺着下游的方向，部分融化的水流有可能显露出一些痕迹。

诺亚和白云立即行动起来，他们驾驶飞碟在高空仔细地考察周围的地形地貌。

现在居住的地方，正处于一条绵延上百公里山脉的中段，许许多多的高大山峰错落有致地层层叠叠伸展向远方。但前方十几公里的地方并没有什么特别显眼之处，只有一条弯弯曲曲的山沟与这里联系在一起。

水在哪里呢？在地球绿色的那些年代里，这里的每一座山峰几乎整个都覆盖着厚厚的冰雪，许多峡谷之间都填满了一条条亿万年形成的大冰川。然而现在不要说冰川了，连一滴水都看不到，水都到哪里去了呢？

晚上，诺亚和白云仍然在一起讨论这个对他们生死攸关的大问题。

“我们沿着大峡谷垂直方向挖一条深沟，切断地下水脉，就一定能找到泉水。”诺亚充满男子汉的豪迈天不怕地不怕地说。

“那怎么能行呢？亏你想得出来，这要费多大的工程啊！你真当你是神仙下凡啊！”白云瞪大了眼睛怪怪地看着诺亚的脑壳，那眼神似乎刚刚发现里面原来是装了一腔的大粪。

诺亚不甘被奚落，随即反驳道：“那你想办法找到水源啊！要不然，咱们早晚要完蛋的。”

白云有些生气，她想发作但觉得没什么意思，因为诺亚说的也是大实话。她的心情变得有些沉重，她以女人的天性再一次感觉到问题的严重性。

第二天十分罕见地下了一场雨。

白云用盆接到了一些水，但那水肮脏浑浊有很多沉淀物。

诺亚禁不住尝了一下，竟有点苦涩。可能是由于地球植被在遭到全面破坏以后很容易产生沙尘暴，过多的尘土污染了大气从而影响雨水的结果。

雨后片刻太阳就出来了，天气更加闷热得让人喘不过气来。

阳光照在地面上，地上剩余的水分很快被蒸发得一干而尽。还是没有水，刚才那么多的水一下子都无影无踪。那场雨好像压根儿没有发生。唯一的物证就是那小半盆脏水，它说明刚才确实是下过雨的。

然而，事情似乎并没有完。

大约三个小时以后，诺亚的肚子剧烈地疼痛起来。他一手捂住肚子一手扶住墙壁，整个脸上的肌肉和五官扭曲成一幅可怕的图画，豆大的汗珠从额上滚落下来。自从台湾岛冒险成功以后，诺亚变得有些大大咧咧，而且不听别人劝告，这次终于尝到了病菌的厉害。

白云从没见过诺亚这副模样，她心疼得不得了可又六神无主，只好蹲在那儿嘤嘤地哭起来了。

诺亚来火了，他咬紧牙关冲白云吼了起来："你干吗？我还没有死呢！快与大本营联系，请求支援！"

在大本营医生的指导下，白云给诺亚服用了一种抗菌药。接下来两人又折腾了老半天，诺亚终于好了许多，恢复了平静，安静得像个小孩一样睡着了。

白云也累得趴下了。

几天后，真找到了泉水的出口。

由于水来自深层地底下，因此倒也不用担心细菌或病毒污染。诺亚忙不迭喝了几口，那味道犹如甘霖般清甜可口。

水源的发现实在是太重要了。

那是在一个特别清凉的早晨（以后诺亚和白云都一直记着那个有意义的伟大日子），天还没有完全放亮，诺亚史无前例地起了个大早，来到了居住地前500米的那一片不知找了多少遍的斜坡上，竟然奇迹般地发现了一点点润土。

咦？我以前怎么没有发现呢？诺亚挠着头觉得很奇怪。

……哦，可能是以前没有起得这么早，太阳一出来马上就被晒干了，诺亚很快就想到了这点。

"喂……快来呀！"诺亚高兴地狂喊起来。

待白云赶到时，诺亚竟吃了一些潮湿的土壤，弄得嘴巴上都是泥土，当时他正在用手拼命地扒那泥土……

"你疯啦……慢慢来，慢慢来。"白云赶紧劝他不要太心急，因为既然有水，总也跑不掉地方。于是，他们两人趁着天还早，抓紧时间开始行动……

现在，诺亚和白云终于可以松一口气了。

"……这太好了！"诺亚又开始唠叨了。

"什么太好了？你快成神经了。"白云明显嫌他啰嗦。

"嘿嘿！我们终于有水了。"诺亚毫不介意傻乎乎地继续高兴着。

"那好吧，你今天晚上就给我洗洗脚。我们自从来到地球还没有洗过澡呢，现在洗一次脚总不算过分吧？"白云趁机想占他的便宜。

可诺亚却有些惊讶，显然他还很不习惯那样的用水方式。白云却得意了，故意缠着要诺亚帮她洗洗脚："你就让我难得奢侈一回吧！你不见得总喜欢一个脚臭烘烘的老婆呀？"

"有了水，我们就可以在这里建设我们的家园。我们要盖一个大房子，要有一个大菜园，大概还会有一大群孩子……”诺亚狡猾地把话题扯开滔滔不绝地讲开了。一会儿指手画脚地像个指挥千军万马的将军，一会儿又手舞足蹈地兴奋得像个小孩。

“唉，慢慢来吧！我可累死了。”几天的辛苦把白云累坏了，听说以后还有这么多事情，她泄气地一屁股坐在了地上。

连着苦干了好几天。

他们准备顺着水源沿山坡挖一个窑洞。这本是白云的主意，她说要建起一个称为坎儿井的建筑，并且嚷嚷着要将家搬到这里来。

“什么是坎儿井啊？”诺亚瞪大了一双蓝眼睛有些莫名其妙。

“就是几千年以前中国新疆居民发明的一种水渠。在炎热干燥蒸发量极大的沙漠地方，水流只能用地下暗渠流通，而每隔若干距离，则间隔有一处水井样子的汲水处。不过这种汲水处做得比一般的井要大一些，上面还搭个棚屋，人家就可以居住在上面，既方便又凉快，这就是坎儿井。”白云耐心地作着解释。

“啊，新疆人真是神了！”

“那也是没有办法的办法，人的智慧都是大自然逼出来的。”

“不错。所谓天无绝人之路，我们也一定能最终战胜所有的困难。”

由于有了关键的清凉水源，激发了两人极大的热情。但因为天气很热，所以基本上只能利用晚上的时间。而为了保证睡眠，一般也只能干半夜的活。

好在这几天月亮也帮忙，所以一周下来，居然初具规模。

由于水池是建在窑洞里面的，所以既能够享受清凉贮存下多余的水，又可以防止太阳的暴晒将水分蒸发。

诺亚和白云还找了些材料在门前作了支架，再在上面盖了许多泥土石块，这样就搭起了一个小小的凉棚。不过凉棚的支撑面做得既矮又小，一个人进出都要弯腰屈膝才行。

这样做也是迫不得已，因为首先要做得十分牢靠，用以抵御恶劣的天气，再说搜集合适的材料非常困难。

所以，即使有坎儿井这样的杰作，这个家也显得十分原始简陋。

“唉，也只能这样了。”诺亚不太满意。

“我已经很满足了。而且这样也不妨碍生儿育女。”白云说道。她显得很知足，因为这已经大大超出了她的预想。

“可是我总想给你盖一座宫殿一样的房子，就像从前旧人类非常气派豪华的那种。等我将来发达了就马上盖。”诺亚像在给白云表决心。

可是白云却不领情：“算了吧！爱情总是穷时真。我还是穷着安心一点。”

“好了，好了。我们就不要争论了好不好。现在这里好像还没有别的女人，你暂时就不用烦了。”诺亚想结束争论，因为要干活了。

白云还是有些生气，她还在嘟嘟囔囔地说着：“你就是野兽，所以我现在只能住山洞。谁知道以后你发达了会怎样啊……你发达了以后更不是人，我还得回来住山洞。”

就这样，两人吵吵嚷嚷地又接着干了几天。

真可谓一处难得的世外桃源。地下冰川来水的温度很低，而且不断有凉气冒出来，驱散了闷热的暑气。

第八章　踏上火星

公元 2221 年 6 月,飞碟一号。

经过近九个月的漫漫长途旅行,比预计提前了两个多月,蓝天和柳青青终于靠近了火星。

此行可谓任务艰巨。要实地考察火星环境现状,确定人类是否可以移民,或者至少找到一处比月球更适合残余人类的避难处。根据资料,从前几个颇有实力的大国都曾经在此进行了一些基地建设。但由于各国互相竞争有所提防,或者那些建设尚处于初始阶段,因而大本营不知人类火星工程的具体规模或都有哪些设施。一般说来,如果能找到一处现成的生存设施,火星环境应该要比月球条件好得多。

如果一切顺利或理想的话,可以考虑将大本营搬迁至火星。

另一个附带的任务是:蓝天和柳青青将在火星环境中经受锻炼,尤其锻炼重力环境的适应能力。与诺亚和白云相比,他们两人在大本营对于地球重力环境的适应性训练不足,将来难以完成可能的地球之旅。而火星重力虽然比地球要小不少,但比月球强大得多。这次探险活动可以检验他们身体的适应能力,更重要的是可以极大地提高他们各方面的身体素质,为将来新的星际旅行进行必要的准备。

飞碟进入火星卫星轨道作环绕飞行。

青青趴在舷窗口瞪大了眼睛向火星眺望,蓝天的注意力也随即被吸引了过去。

火星上漂浮着淡淡的一片片云彩。不过那些云彩呈淡黄色，而且稀稀拉拉地没有气势。

大体上看来，火星荒凉依旧。那一望无际的橙色沙漠地表上，正在涌动的两股巨大沙尘暴气旋清晰可辨。沙尘漩涡上升的高度竟然超出了云层，如此狂暴不羁果然名不虚传。

火星的两颗月亮就像两个坑坑洼洼有缺陷的马铃薯，一南一北遥遥相对，悠悠地在自己的轨道上飘荡着……

随着不断地进入更低的轨道，飞碟在惯性驱使下来到北极上空。在进行若干次适量的制动后，飞碟结束了优美的抛物线运动，缓缓垂直下降。

飞碟顺利降落。苦不堪言的旅行终于结束了，蓝天和柳青青都挤到了窗口努力向外张望。

透过舷窗可以看到，一轮火焰样炽烈的太阳悬挂在离南方地平线很近的天上，放射着耀眼的浅橙色光芒。

看来，火星的大气层仍然比较稀薄，飞碟外面的紫外线辐射肯定相当厉害，其他许多有害的宇宙射线一定也会比较容易穿过大气层直达火星。

由于知道了诺亚和白云在登陆地球时的危险遭遇，蓝天和柳青青做了充分的准备。

首先，他们平躺在飞碟里，让身体与火星表面保持平行以降低心脏的重力负荷，然后服食了一些出发前就准备好的药片。他们也没有完全关闭反重力仪，而是留下了少许功率任其在一周时间内慢慢关闭。

但登陆的生理反应也很厉害，全身到处酸痛并且不断地想要呕吐，十分难受。不过由于火星的重力效应比地球小得多，蓝天和柳青青只是气喘吁吁，疲惫不堪，昏昏欲睡，似乎并没有多大危险。十天后，他们的身体状况有了明显的改善。

两人终于有心思注意周围的状况。火星上没有一点声音，连风声都听不到，一片死气沉沉。这种情形似乎比月亮好不了多少，这不免让人感到郁闷。

蓝天无意间关闭了空调，结果很快就觉得有了些凉意，再后来竟至发起抖来。

青青一看温度显示不禁尖叫起来："你看看，舱外的温度是零下摄氏 90 度！"

"怎么会是这样？"蓝天也很吃惊，"看来我们对于当年的火星改造效果过于乐观。"

"原来竟是这么个鬼地方。"柳青青不禁恼怒地说起了埋怨话，"大本营不是让我们来送死吗？真是的，我们吃了那么多年的苦，到头来居然要变成冻死鬼！"

"唉！不急嘛，待我们详细调查以后再下结论。也许，目前的情况还不是太糟糕。"蓝天一边重新开启空调，一边尽量安慰青青。他虽然也没有思想准备，但还是努力保持镇定。

"喂！要是我冻死了，你可不能把我一个人丢在这里。我这个人最怕冷了。"青青继续在发泄着她的牢骚。

"行啊！就算你冻成一个冰坨，我也保证把你带回月球。"蓝天调皮地继续道："到了月球上，再慢慢把你重新化冻过来。要是果真如此，那倒是挺好。你呢，不会难受；我呢，不用心烦。"

青青鼻子里喘着粗气，也斜着眼睛，看了蓝天一眼没有说话。她懒得理会这个书呆子，这家伙从不会为自己考虑，永远都只有吃亏的份。也许是死到临头了，还在说风凉话。

随着空调的启动，舱内的温度很快上升。飞碟的空间不大，并且保温材料的性能优异，所以不仅空调所需的功率较小，而且温控效果极好。才一会儿，飞碟里便暖和起来，柳青青的脸色才稍稍缓和一些。

青青姑娘脾气不好，这在大本营是出了名的。曾经有人开玩笑地说过："这丫头是遗传学基因工程的一个错误作品。"虽然是一句笑谈，但源于人们私下的一些议论，大概也多少有些道理。当然，由于伦理方面的麻烦，并没有人认真考证过当年生殖基因手术是否确实有什么疏漏。

虽然柳青青的秉性不尽如人意，但差不多是长大后才渐渐引起人们的注意。由于月球人对于重力环境的先天不足，培养宇航员的工作从孩子们一出生就开始了。所以，当人们对于青青的某些素质产生争论的时候，其实一切都木已成舟无法改变了。不过好在青青最近几年非常努力，也由于有蓝天这样的细心人在一起，人们也就放心了许多。

“要么我们去赤道附近吧？”看着青青的脸色，蓝天小心翼翼地提议。

考虑到火星极地温度过低，虽然有固态水却十分危险，人根本就不能出舱活动。再说，飞碟老待在如此的低温区，将会出现严重的能量亏损。所以，去赤道附近应该是个明智的选择。

柳青青没有吱声，于是蓝天启动飞碟迅速升空。

飞碟在大约 5000 米高度的空中急速地向南方飞去。

太阳渐渐升高，机舱里更加暖和。两个人的心情也慢慢好起来。

……

“啊，多么巨大的火山口！”蓝天一声惊叹，吸引了柳青青的目光。

“很像一个巨大无比的盾牌！”青青也很惊讶。

“这应该就是奥林帕斯火山，据说火山口的直径达 80 多公里。好像是人类迄今为止所遇到的最为巨大的火山口。”

“既然如此，我们就到火山口里面去看看吧？那里一定很好玩。”

“你不害怕？我们还从来没有到那种地方去过。”

“这有什么，不是说这是一座死火山吗？难道会凑巧在今天重新爆发？就算爆发了，大不了就是烧死，那样跟冻死也差不了很多。”

“今天当然不可能突然爆发。大概也不至于烧死人，但火山口总不会是个好玩的地方，还是小心为妙。”

“你怕什么！抖抖呵呵的。不是有飞碟吗？你还怕掉进去出不来啊。”柳青青一副初生牛犊不怕虎的样子，说得蓝天有点不好意思。就这样，两人在强烈好奇心的驱使下驾驶飞碟进入了火山口。

飞碟缓慢地盘旋在离地面大约一千米的高度。

奥林帕斯火山口里，果然是无比峥嵘！但见不远处的悬崖峭壁高高耸立，几十公里高度几乎垂直的陡壁令人惊讶和不可思议，而齐刷刷几百公里绵延出去更是吓人。难以想象，当年的火山喷发是多么的壮观！

中央盆地大部分的地方还比较平整，大都是带有流线型纹路的熔岩。火山口盆地似乎分成若干块高度不同的区域，偶尔也有一些沟沟壑壑的地方。

“这里面特别温暖。”青青看了看温度仪高兴地说道。

“哦，果然如此。我们也许可以将落脚点选择在这里。”蓝天这会儿已经没有了一开始的疑虑。他也觉得这里是一个很奇妙的地方，至少这里很容易聚集热量。

太阳升起来了，阳光照亮了盆地，温度仪显示的气温竟然达到了摄氏 10 度，这对于火星来说真是难能可贵。两人更加来劲了，他们加紧搜索，希望尽快找到一处最合适的地方登陆考察。

可巡视了好久，也没有更多的发现。火山口里的景色大致都差不多，大部分的地方都是重复的流线型熔岩。由于到处都是光秃秃的样子，并没有什么令人感兴趣的东西。

他们驾驶飞碟继续往前面搜索。蓝天忽然发现老远有若干处闪亮着光泽的东西甚为奇怪。这与周围光秃秃的景象相比十分显眼。

由于太过奇怪和突兀，蓝天不敢贸然前往，他显得有些犹豫。

“哎！你瞧瞧，那是什么东西呢？”蓝天手指前方向柳青青问道。

“管他什么东西，我们过去看看不就知道了吗？”柳青青快人快语果断地说道。

飞碟贴近地面缓慢地向目标接近。两人都有些心跳，不知是害怕、紧张还是激动。

突然，飞碟发动机竟然停机了，刚才还正常工作的仪表此刻全部归零。紧接着一声巨响，飞碟狠狠地摔落在硬邦邦的地面上，并且又连续反弹了两下。蓝天和柳青青立刻都陷入了昏迷状态。

直到黄昏时分，飞碟里的救生系统和空调系统才自动开启。半夜里，两人终于慢慢醒来。他们的鼻子里都震出了血，每人身上好几处地方都有剧烈的疼痛感，不知有没有骨折。幸亏当时飞碟的飞行高度很低，要不然就要机毁人亡了。

无奈，只好躺在飞碟里休养了三天。不过虽然发生了这么大的意外，飞碟的机器或仪表好像没有什么大问题，这多少让人感到宽慰。

到第四天早上，蓝天和柳青青都觉得身体恢复得差不多了，他们终于决定要出舱考察。

随后两人都穿上了一套轻便宇航服，背上一个小小的液态氧气罐。这种超强有机材料制作的氧气罐相当轻便，看起来就像一个小小的旅行背囊。

出舱后，两人马上检查飞碟的各个部位。经过一番仔细检查，结果发现飞碟居然完好无损，尤其是飞碟的外壳。看来，从前地球人的材料科技果然了得。地球人将碳元素的神奇发挥到了极致，从金刚石、石墨烯到后来的系列新型材料。如此坚不可摧和优异的弹性避免了一次极其危险的灾难。

检查完飞碟后，蓝天来到了一根旗杆模样的东西下面。这显然是根金属杆，因为它具有金属光泽，而且敲起来当当作响。金属杆的旁边没有任何别的物件且地下的岩石也很完整，整个杆就像冒出地面的一支笋。其它同样闪亮的若干金属物件形状各异，稀稀拉拉地分布在一大片地面上。

难道秘密都在地底下？蓝天觉得不可思议，他下意识地用手摸了摸地面，果然有些发热。大概有许多机关在地底下，从前的人们可能利用光或者热获得持久而巨大的能量。看来这座规模巨大的发射装置至今还没有完全损坏，而且采取了间歇性的发射方式。可能是巨大的发射能量影响到了飞碟的控制系统，从而导致了飞碟突然瘫痪……但无论怎样都需要十分复杂庞大的能量转换系统和若干超级能量储存器。

"可是，怎么才能够进入地底下？"蓝天自言自语，"我们总得找到进入地下的通道吧！"

"啊……救命啊！救命啊！"突然听到柳青青歇斯底里的声音从耳机里传来。

发生什么事情了？居然会让这个天不怕地不怕的丫头如此惊恐。蓝天感到非常奇怪。

原来在蓝天全神贯注进行观察调查的时候，青青跑走了。她到处游荡，后来居然发现了附近崖壁上的一个石窟……

蓝天急急忙忙过去一看，一下也惊呆了：石窟里居然有许多人类遗骸。没有衣服之类的东西，而且只有一具是完尸。一边堆放着一大堆白骨，一边是被肢解并放置得整整齐齐的各类肢体。最令人恶心的是一小堆切成整齐小块的人肉。这些尸体或被切割的人肉一点都没有腐败，甚至基本保持了原来的形状。因为这里没有阳光直接照射，以火星的超低温，冷冻保存当然是没有任何问题的。两人面面相觑，不知是寒冷还是害怕，很快他们就都发起抖来。

突然，蓝天像发了疯一样在石窟里搜查起来。看到蓝天如此模样，青青也赶快过来帮忙。

搜索了半天，只发现了一块指甲盖一般大小两面闪闪发亮薄薄的金属片。

两人回到飞碟里。蓝天努力寻找小金属片上的电路连接点。可是经过一番努力，他始终无法将这个可能的硬件接入计算机。实在没有办法，蓝天只好找到一个光敏检测器，以便对金属片的表面进行光学扫描。他又经过一番努力，还是没有效果。飞碟计算机上给出的信号始终是一片混乱，他们完全无法解码，当然也无从阅读。无奈，蓝天只好将扫描的原始信息直接发送给大本营，请求大本营的大型计算机和中心数据库支援。

等待结果的时间有些无聊，蓝天和青青议论开了。

“我想这是从前火星考察队在食物匮乏时发生了自相残杀。”柳青青说道。

“这不太可能。而且从现场看来也不像。”蓝天回答。虽然这种事情旧人类的确发生过很多次，但这次的情形蓝天却不这么看。

看到蓝天不相信自己的判断，青青很不高兴。她赌气地说道：“难道是外星人干的?”

听到青青随意的这句话，蓝天似乎有些触动。就在这时，大本营的信息传输了过来。于是，一个令人极度震惊的故事一下把两人都惊呆了。

原来真是外星人干的。金属片储存的是一封外星人尚未发出的密电。经过复杂的解码和解读，大本营读懂了其中大约60%的内容。

密电中的一些可能是称呼或寒暄语没有翻译，已经译出的主要内容有些断断续续：

……我们发现人类喜欢的猪和羊并不适宜作为家畜。那些动物没有智慧因而缺乏自理能力，而且极为肮脏……经过考察和研究，我们认为人类才是理想的家畜。没有任何一种动物可以和人类媲美。人类的繁荣昌盛也令人印象深刻，他们聪明的脑袋和能干的手居然把地球搞得面目全非。猴子虽然也有手，但却不会劳动，只会惹麻烦。而猪或者羊就长了一张嘴，只知道吃其他什么都不会。除了人类以外，其他动物统统没有出息。那么，所有事情都让人类去干吧。好的、坏的、卑鄙或残忍的，我们什么都不用干了。我们不用劳动就能解决粮食问题，我们将成为宇宙最舒服和最绅士的物种。

“怎么把我们当作家畜啦?”看到这里，柳青青忍不住喊了起来。

“唉……这就叫弱肉强食嘛!”蓝天的内心虽然也极度震惊，表面上却显得比较淡定。他怕青青的情绪失控，所以他要努力使自己缓和一些。

青青不满地看了看蓝天，也不好意思继续嚷嚷。于是，两人继续看下去：

人类在地球的畸形繁殖和横行霸道是因为没有一个更加智慧和理性的优势物种管理地球。最为可笑的是，人类竟然一直一厢情愿地梦想着外星智慧对自己文明礼貌……

不过看起来，人类利用的潜力非常巨大……人类确实是一种理想的家畜。

根据我们的研究，人类是一种十分势利的物种。在绝对优势的物种面前，人类的明智或奴颜婢膝会令人吃惊……人类互相残杀的程度绝不亚于对待异类，比如奴隶社会，比如阶级斗争，可以根据这些人性以人治人……饲养猪羊真是太不划算了。辛辛苦苦把它们养大了才能吃到肉，去他妈的，我们才不干呢！……

……只有人类讲究卫生，而且是唯一肉有咸味的物种，烹饪时无须加以作料。初步研究的结果，白种人的肉味道特别鲜美，而黑种人的肉则更有滋补功能……不过有些西方人有点膻味，但用于烧烤就没有这方面的问题；东方人体毛极少可以降低屠宰成本。……人类喜欢吃烤乳猪或乳鸽，而一大堆煮熟的旺鸡蛋里面原本都是活的幼雏。根据人类的这些经验，我们发现清蒸儿童果然是一道美味佳肴……

人类喜欢吃野生动物，只是为了尝尝味道。许多巨型凶猛动物的死亡只因为很小的原因：鲨鱼因为它小小的鱼翅；巨熊因为它的胆；而大象竟因为牙齿……100 亿人类每天要吃掉或挥霍多少东西啊！！！天地良心，最应该被吃的实际上是人类，这样最有利于生态平衡，又有益于我们的智慧。按照人类的说法，就叫吃什么补什么……

由于人类如此奢靡的饮食文化，从今以后不需要发明新的烹饪技术。而且，对于他种生物的肆意杀戮竟然符合人类的道德标准。所以，我们也不用不好意思。说起来，人类的烹饪手段用于人类本身真是最合适不过了。所谓以其人之道，还治其人之身——人类说得多好啊！

……

“那些外星人简直不是人！”看到这里，柳青青终于怒不可遏。

“其实我们也不必过于介意啦！再说了，地球物种间的竞争从来都是这样，游戏规则都是强者制定的。”为了使气氛轻松一些，蓝天尽量轻描淡写地努力安慰柳青青。

青青还是很激动，看上去就像准备与人搏杀一样。蓝天只好继续道：“你想起来啦？其实人类也一样。难道还有人类没有品尝过的东西吗？小到蚂蚁，大到老虎鲸鱼。而且原始社会里，人吃人的事情也很平常嘛。”

看着柳青青不领情，蓝天揶揄道：“怎么样？被人家当作牲畜吃掉的滋味不好受吧？”

“那么你应该被人家吃掉!”听到蓝天这么说青青竟把怒气朝蓝天发泄。

“唉,这都已经是过去的事啦！至少那个石窟还不错。”蓝天有些无奈,为了转移青青的注意力,他就换了个话题,说起了那座石窟。

“我可不想住在那么恐怖的地方。”

“你放心吧！我不过是说说而已。没有找到水源,目前看来这里还不宜居住。”

等青青的情绪稳定以后,两人又继续研究地球传输过来的资料。

从电文的其他内容看来,外星人对于地球的这次探险行动并不顺利,好像他们的飞行器也出了问题,以至于他们后来无法返回。

大概这是一支类似于人类哥伦布探险队的外星人队伍。他们的目的之一,就是要寻找合适的家畜物种。不知那些外星人是否由于懒惰、有洁癖或者口味独特,总之,他们居然看上了人类……

那些冷冻的人类遗骸可能是用于研究,而切成许多小块的大概是外星人的一顿晚餐……可是,那么多的遗骸是哪里来的呢?

会不会就是火星基地的地球人呢？怪不得从前人类一批又一批的探险队最终都在火星失踪了。蓝天和柳青青都想到了这个问题。于是,他们决定抓紧时间考察火星。

蓝天和柳青青驾驶飞碟升上了天空。他们希望尽快找到人类火星基地,这样,或许可以解开一些谜团。当然,也极有可能一举解决诸如水之类的迫切问题。

突然,一阵噼里啪啦的金属撞击声传来,舷窗外出现了一片片橙黄色的尘云。没有想到,飞碟在空中转移时钻进了一个巨大的沙尘暴中。

顿时，飞碟剧烈地震动起来。还没等人回过神，飞碟竟然翻起滚来。

马上，蓝天和柳青青头晕目眩，肚子里也随之翻江倒海起来。再后来，两个人的眼睛发黑就什么都看不清楚了。由于飞碟翻转得太厉害了，以至于像他们这样千锤百炼的航天人也经受不住。

柳青青不时地发出阵阵歇斯底里的尖叫，蓝天也控制不住自己了，情势已经到了千钧一发的危险关头。

火星上沙尘暴的规模与力量极其惊人，其破坏力难以想象。相形之下，地球上最狂暴的飓风都只能算小菜一碟！

蓝天紧闭双眼咬紧牙关努力控制自己的情绪，凭着他过硬的飞行技术，他摸索着在复杂的仪表盘里寻找自动控制开关。因为完全没有预料到会出现如此险情，他们没有设置自动飞行模式。

由于飞碟在不停地上下翻飞，蓝天的动作大失水准，就这样摸索了好一会终于成功地启动了自动控制开关。

立刻，飞碟的另一台发动机紧急启动，强大的功率终于使得飞碟调整好了姿态，然后迅速升空，不过几分钟飞碟就穿出了沙尘暴的漩涡。

待到飞碟终于钻出尘暴圈，已过去了好几百公里了。接着又飞行了一个多小时后，蓝天发现已经稍稍越过了赤道，而且方向也向东有些偏移。他们很快就发现：竟然来到了赫赫有名的水手大峡谷。

飞碟盘旋在一万米的高空，火星景色一览无遗。

从高空看起来还是没有绿色，赤地千里犹如大火烧过许多遍一样。水手大峡谷深壑险峻蜿蜒曲折不见尽头，据说长达几千公里，这差不多等于火星地表五分之一的周长。

空中飞扬着橙黄色的沙尘，极目远眺是一片红色的茫茫荒原。这种浅浅的红色是由于表面土壤中富含高价铁氧化物的原因，火星、金星和月亮莫不是如此。

其实，地球与其他几个星球一样也是红色的，例如澳大利亚荒漠就是如此，甚至地球实际上比火星的颜色还要红。只要有大量的铁和氧就会有茫茫一片的红色，从前地球由于绿色的兴起遮盖了原本的红色，因此才呈现出多重和生动的色彩。

天空中，淡淡的几朵云彩在飞碟下方慢慢漂移着。

这时，最为奇妙的景色出现了。火星的两颗月亮居然已经走得很近，一颗大一些，像一块大石头，而另一颗较小的则像一块残缺的玉石。这很像蓝天和柳青青的性格有着极大的反差。

这是两颗非常奇特的卫星：一个急急忙忙从西向东，一天要西升东落两次；另一个慢慢悠悠地从东移到西，要五天多才能东升西落一次。

看来，这两颗月亮每天都忙忙碌碌，天生一对老"朋"友。

现在，两颗月亮正在一点点靠近。触景生情，蓝天也紧紧地搂住了青青……

火星，依然充满了魅力，承载着人类的美好期望。

蓝天和柳青青将继续待在火星上一段时间。他们要经受火星重力环境的锻炼，要准备好返程的物资，还要继续考察火星环境，评估人类移民火星的可行性和火星环境对于人类的承载能力。

第九章　生死地球人

夏天无疑是一个死亡的季节。

诺亚和白云从未经历过如此酷热。太阳像是从附近山背后冒出来的大火球一样，悬架在头顶上喷射着灼人的热线。没有一丝风，周围的山坡都在闪烁着热空气升腾时的微微光芒。整个地球就像一只正在烧烤的烫面包，人们只觉得自己成了正在被烤熟的肉馅……

真正让人体味到了什么是温室效应，真不知道几十年前 80 度高温是何等感觉。

热浪从洞口不断扑进来，白云涨红了她那张变形的脸，嘴巴一张一合地喘着大气，满脸的汗水把头发都搞得一缕缕沾在一起，像只受伤的小猫一样躲在窑洞的最深处，连话都不愿意讲一句。

诺亚实在没有办法，只好找了块片状的东西给白云扇凉。

只有到了夜晚，暑气才会很快退去。

诺亚几乎每天夜里都会陪同白云去洞外漫步一段时间。工作也都在夜晚进行，至于睡觉休息当然也要抓紧在夜里完成，所以夜晚是个黄金时段。

白天整个就是一个倒霉的时间，活受罪，挺着挨着熬过去。

不过这样也并不是完全没有好处，至少白云觉得诺亚陪伴她的时间比以前要多了许多。这是这个可怜的女人大白天里唯一的安慰，这多少也补偿了夏日的艰辛和乏味。

2221 年 7 月，白云怀孕了。

其实，白云怀孕已经有两个月了。由于来到地球后一直身体不好，她的生理周期一直不太正常，以至于怀孕了她自己都不知道。

诺亚觉得自己肩上的担子更重了。因为要不了多久，又要增加一张嘴，而眼下他们两人的日子都几乎无法维持下去。唉，怎么办呢？他到底是该高兴还是忧愁呢？

诺亚知道自己应该加倍努力。于是，他对白云更加温存体贴，以至于每日里的睡眠都很少。他甚至还代替了实验室里白云的一些工作，所以时常看到他疲乏的面容。

白云看在眼里，痛在心里。

“你多歇歇吧！咱慢慢来。”白云含情脉脉的眼神令诺亚无法拒绝她的建议。在这种时候，诺亚会立刻忘记所有的辛苦和委屈，变得轻松愉快，就像一只温顺的小狗。

“好吧！我休息一会吧。”诺亚总是轻轻点点头，宽慰地一笑。就好像没日没夜的辛苦就只为了某一句安慰的话语。

诺亚有时也会趁机倒下来偷懒，甚至还会讨好地紧挨着白云。他这么一倒下来，转眼之间，就会打起呼噜来。这人胡乱地躺在那儿像一根沉沉的大木头，别人就甭想能搬得动他。每每这种时候，白云只好替他扇凉。除了让他好好休息一会儿外，也免得这家伙一股汗臭味熏人。

尽管炎热天气实在难受，但忙忙碌碌地倒也能打发日子。

转眼间，又一个月过去了。

有一天，出现了一件稀罕事：水池里居然出现了几条小鱼。那些小鱼实在很小，还不到两厘米长，白白净净的好像没有眼睛。

说来有点好笑，诺亚居然不认识那些小东西，刚看到时竟说它们是小虫子。

等到白云过来一看，她一下子乐开了花，哈哈大笑起来："哪里来的小虫子？那是鱼！你这个傻瓜。"

"……噢，原来鱼可以这么小。"诺亚完全不在意白云的奚落。他兴趣盎然地继续叨叨："难道鱼就是这么一点儿小吗？难道……"

在诺亚以前看到的影像资料里，鱼都是比较大的一种动物。他看到以前的人类很喜欢吃鱼，也听说海洋里的大鱼甚至会吃人，所以鱼总不至于很小。

白云没有心思理会诺亚的唠唠叨叨。她很惊讶，他们完全没有预料到泉水道里会流出几条小鱼来。

尽管鱼很小，却意义非凡。这表明古代大冰川附近可能有一个地下湖，或者当时的人们在冰川下游建了一座大型地下水库用以抵御地球环境的恶化。怪不得那个大冰川可以延续得这么久远一直到现在。诺亚和白云原来有些怀疑和争论，现在的解释就比较合理。

地下水系本来就有一个生态系统，存在着一条完整的食物链。而冰川融化的水分可以作为长期的水源，得到滋润的水系有效抵御了外部世界剧烈的变化。于是，某些小型和顽强的生物就保存了下来。

要是再有绿色的植物出现就完美了。

真是心想事成，几天后，水中竟又长出来点点绿色。很小，在水中漂漂荡荡的，大概是什么藻类。

真是令人高兴，看来天无绝人之路啊！

诺亚被新的发现所鼓舞，他又对未来充满了信心。

白云的胃口好起来了，她的食量居然超过了诺亚。

可俗话说，巧妇难为无米之炊。从月球上带来的一些消耗品早已经用完了，因地制宜所能够取用的材料十分有限。除了吃的，穿的和用的就更谈不上了，生活越来越艰难。

诺亚决定去低海拔地区碰碰运气，最近的微生物实验也没有发现过于有害的细菌或病毒。

白云也看出诺亚耐不住寂寞，只好说道："你晚上出去逛逛吧，但不要飞得太远了。"

得到放行的命令，诺亚别提有多高兴了。当天傍晚，在稍稍准备了一番后，诺亚就出发了。

太阳还没有落山，圆圆的月亮就悬挂在了天上。西边的云彩呈现出各种各样稀奇古怪的形态，在太阳余晖中一片色彩斑斓的瑰丽。不过那些艳丽的云彩离太阳太近，因而那种烈焰中的美丽就像吐着信子的眼镜蛇一样，令人望而生畏。

诺亚驾驶飞碟迅速升上天空。他背着晚霞向东飞去，仿佛是在躲避炎热的追逐。

一个小时后，大概飞行了接近 1500 公里了。

前方有几座山峰露出在云层的上方，那些突起的山头在高空看起来就像一座座坟墓一样黑咕隆咚怪寒碜的，看来是到了一片大山里来了。

诺亚继续前进。

稀稀拉拉的云层遮挡了视线。诺亚驾驶飞碟慢慢下降，一会儿穿过了云层。皎洁的月光下竟然出现一片波光粼粼的水面。……啊，居然是一个好大好大的湖泊。

诺亚的飞碟在湖面上空飞行，几百公里下来苍茫的水面还是不见尽头。他有些纳闷：只知道中国的西南地方有个著名的巨大盆地，那里一直是几千万人类生活的鱼米之乡。可从来都没有听说过有一个如此惊人的巨大湖泊。

难道从前的天堂变成了今天的大湖？诺亚觉得非常奇怪。他接着又飞行了大约一百公里后，才终于望见了湖泊黑乎乎的水岸线。

诺亚将飞碟停在大湖边。风势不大，但水边仍然有阵阵波涛。

一打开飞碟的舱门，一股使人窒息的热浪就迎面扑来。显然，这里的夜晚与高海拔地区完全不同。诺亚咬紧牙关鼓足勇气一下子冲了出去。

蒸腾的热气使人眼睛都睁不开。诺亚呼吸局促，大口大口地喘气，很快就大汗淋漓。他坚持着走向水边，接着捧起一些湖水闻了一下，有一股怪味。

或许会有些水生生物存在，诺亚还是心存希望。为了进行较为详细的检测，他接着用一个瓶子取了一份水样准备带回去给白云作水分析试验。

能见度太差，诺亚没有发现什么有价值的东西。而且很快人就受不了，诺亚只好躲进飞碟里喘息片刻。

虽然没有什么成果，但诺亚还是决定要继续考察。为了第二天的活动，诺亚抓紧时间在飞碟里休息。

黎明时分，诺亚又一次来到了湖边。

不久，一轮红日从东方升起。当这个红彤彤的大火球一冒出地平线，一股灼热就开始烧烤裸露的皮肤。

太阳显得格外鲜红，红得有点令人害怕，也大得有点夸张，像个大匾挂在东方的天边。诺亚甚至能感觉到温度在节节上升，大地上的一切都开始被烘烤起来，风卷热浪滚滚而来。

无奈，诺亚只好马上躲进飞碟里，启动空调系统，从舷窗处向外张望。

大约一个多小时以后，湖面开始蒸发起来，阳光在扰动的蒸气流里忽悠悠地闪着磷光。飞碟里的诺亚有些丧气，很显然这里的气温比高原要高出不少，人压根儿就出不去。

这样又过了大约一个小时，天边一阵阵乌云卷来，很快电闪雷鸣中下起了狂风暴雨。

那雨的密集真是难以想象，弹珠一样的大雨滴噼里啪啦狠狠砸在飞碟上，飞碟完全像浸没在水里面一般，以至于周围黑咕隆咚就像到了晚上。

只听外面在劲风的鼓吹下，湖水波浪一阵紧似一阵的呼啸声和撞击湖岸的哗啦声。

又过了好一会儿，豪雨慢慢停了下来。诺亚坚持着从飞碟里出来，再次走向水边。他看到雾气蒸腾的天空中太阳又慢慢露出来一点。很快，一种置身于蒸笼的感觉，无限地压抑，极度的闷热，使人透不过气来。

可令人奇怪的是，那边 100 米外仍然在下着大雨，要不然，温度会更高。

可以清楚地看见那紧密的雨点猛砸在水面上溅起半米高的水花，密集的水花汇成了茫茫一片，成为一种水雾，仿佛是一堵墙。一道彩虹横跨在天上，平添了几分诡秘的气氛。

不远处的豪雨，还在疯狂地继续下着。黑压压的天空电闪雷鸣，大地也一阵阵颤抖。一枝巨大的闪电过后仅仅不到一秒钟，一声炸雷紧跟着砸到了地面。诺亚大吃一惊，这表明雷电的距离只有 300 米左右。而且，诺亚又发现，湖水竟然在往上涨。

诺亚惶恐不安，趁着天空中的乌云还没有完全闭合，他驾驶飞碟从云缝里逃之夭夭。

熬过了夏天，挨过了秋天。终于，冬天到了。

可怜的白云，这时已经瘦得皮包骨头，眼睛变得出奇的大，额上青筋一道道的，挺着偌大的肚子，走路都很困难。看样子，要是冬天这个救命的季节再不来到，她恐怕坚持不下去了。

但现在，苦日子终于熬到了头。

白云早晚要生产，得让她有个好一点的房间，诺亚暗暗下定决心。

诺亚天天奋力挖掘，将居住的洞穴做得更深一些更大一点，并且在最里面拐弯挖成了一个小房间。聪明的诺亚又将飞碟里一个便携式充气小床拿来当做窑洞门，以便使洞内保持比较稳定的温度。

由于白天与晚上的温差很大，所以白天可以把充气床吹鼓起来将洞口封上，防止热量流入，晚上再敞开窑洞，让夜里的凉风降下室内的温度。虽然白天人进出略有不便，但充气床不仅可以就着门洞形状封闭，而且透明的塑料使光线能够很好地照射进来。

原来窑洞口敞开的时候，坎儿井里冒出来的冷气作用不大，而当窑洞口堵上后，地下凉气的空调效果就比较明显。如此一来，窑洞里的环境果然有了很大的改善。

诺亚多了几分男人的自豪，白云的心里也增加了不少踏实感。

扩建工程搞好后诺亚并没有停顿下来，他又在门口整理了一小块土地，准备日后种点什么庄稼。新翻的地离门口很近，以便于管理。以后坎儿井里多余的水或者用过的脏水都可以用来浇灌。

望着辛苦了好几天的劳动成果，诺亚忽然心里有点难受。虽然有了一点可以耕种的土地，但没有种子又有什么用呢？而且即使有了种子看来也不适合目前这种气候条件。诺亚心里非常清楚，只有野生植物的种子才有希望。

一天，诺亚像疯子一样从外面跑了进来，大叫大喊："我知道啦！我知道啦！"

"你知道什么啦？一惊一乍地吓着我了。"白云嗔怪道。

"啊，我真的……真的知道了！"诺亚气喘吁吁地继续道："我们去黄土高原，那里有千万年季风带来的尘埃堆积而成的沉积层。那里一定可以找到休眠的生态系统或野生植物种子。"

"对呀！我怎么就没有想起来呢？那里到处都是沟沟壑壑，随便就可以找到一百米厚的沉积层，那里面一定埋藏着许多非常古老的秘密。”白云豁然开朗，高兴得禁不住跳了起来。

“哎呀！我的姑奶奶，你安稳一点好不好？我的儿子在你肚子里兜着呢！”诺亚一下子过去托住了白云的身子，生怕她出一点点意外。

看着诺亚这副紧张样子，白云有点儿得意：“放心吧！你的儿子掉不下来。还早着呢，他还不想这么早就从娘肚子里出来麻烦我们呢。”

“是啊！儿子也知道我们正在闹粮慌，大概不想这么早就出世。”诺亚附和道。

诺亚出发去了黄土高原。

奇怪！真奇怪！黄土高原在哪里呢？明明方位没有错，就是找不着。

中国的黄土高原北起阴山，南至秦岭，西抵日月山，东达太行山，面积差不多有 64 万平方公里。这片世界上最大的黄土高原的自然地理景观非常独特，很容易辨认：座座高山连绵着丘陵地带，大片大片的黄土地一望无际；到处是奇峰陡壁、溶洞陷穴甚至天生桥等微地貌。当然，最显著的特征就是黄土地上那一条条纵横交错的垂直深沟，那是被水流切割出来的。

从非常遥远的远古时代起，季风带着沙尘途经这里时，由于海拔快速下降，地势变得平坦，空间宽广，所以空气流速突然变慢，沙尘就沉降了下来。经过亿万年的漫漫岁月，逐渐积淀形成了深度达几百米的黄土沉积层。

一般情况下干旱难以生长植物，下雨时则常常形成暴流。因为没有植物涵养水分，水流既不能很好地渗透，又不能保持，于是会迅速汇合聚集成一股股湍急的水流。这种水流的切割作用十分明显，由于黄土的积淀很厚，而且黏土多含钙质具有直立性，久而久之,水流在厚厚的黄土地上留下了一道道很深的伤痕。

因此,千万年的风风雨雨,留下黄土高原苍凉、沟沟壑壑的地理特征。

而现在,这一带的景观竟发生了极大的变化。一座座大小山峰全是光秃秃裸露的岩石,其余地方则都是一片片流线型的坡面。极目远望,黄色的世界依旧,但不见了沟壑纵横的那种特征地貌。

没有了深深的沟壑,诺亚无法取得几百万年以前的土壤样本,因为他没有力量独自在缺乏合适工具的情况下进行深度作业。

实在没有办法,诺亚只得悻悻而归。

在以后的一段日子里,诺亚和白云各方面都没有大的进取,小夫妻俩就这样一直过着艰难的生活。

2222 年 3 月 3 日,孩子终于出生了。

“果然是个男子汉!”诺亚一蹦老高,喜形于色。其实诺亚并没有认真考虑过生男生女这种事情,但他的潜意识里还是喜欢男孩。大概是一种实用主义作祟,因为他总觉得女人没有男人管用。一条小毛毛虫也会把女人吓得半死,所以,男孩当然比女孩强。

白云微微一笑,极度疲乏的脸上露出了少许红晕。她笑得很甜蜜,笑得很宽慰,而且有一种难以言语的自豪,大概初为人母的女人都是这种样子。

白云喃喃道:“男孩女孩都一样,都是妈妈身上掉下的肉。”

诺亚欣喜地看着儿子粉红的小脸蛋,似有点水肿的眼泡。小孩子是如此的水嫩嫩的,甚至能看到一条条细细的血管。小家伙两只小手紧紧地握着胡乱挥舞,两条小腿在空中乱蹬,很不高兴地大声“哇哇”啼哭着。

诺亚深情地吻了一下白云:“你知道你有多伟大,你创造了新人类第一个真正的地球人。”

白云紧紧地搂着诺亚的脖子："呀，是不是要我说你伟大啊？这生儿子也有着你的一份功劳啊！"

"哪里的话呢？十月怀胎，总是母亲的辛苦；一朝分娩，也是女人的伟大。"诺亚现在已经很会说话了，说得白云非常开心。她苍白的脸上立刻泛起了红晕，现出了久违的妩媚。

诺亚转了一下脑袋，又把嘴凑到白云的耳朵边："该起个什么名呢？"他的声音很轻很柔和，又好像趁机黏糊白云。由于忙忙碌碌，日子艰难，诺亚已经很久没有这么靠近女人了，现在觉得她身上的味道都很好闻。

那就叫："雪飞……白雪飞。怎么样啊？"白云想了一下说道。

"唔……这名字挺好的，挺好。我们来到地球就是日夜盼望着白雪纷飞的那一天，地球脱离火魔，绿色重回大地。"诺亚若有所思一字一句地说着。他是在奉承老婆，其实起什么名字无所谓，只要她喜欢就行。

大本营里一片欢腾，地球人的诞生开创了人类的新纪元。大本营命令建立人类重返地球纪念碑。

诺亚经过一星期的努力，在离家不远的一块崖壁上，开凿了三米见方的一块平面，上面画了一只腾飞的藏羚羊，图案下面分别用中英文写上三行醒目大字：

第一村

人类重返地球纪念碑

公元 2220 年 10 月 10 日

这是当初登上地球的那个难忘的伟大日子。时间过得真快，屈指算来，登陆地球都一年半了。

孩子看上去很瘦弱，似乎不太愿意睁开眼睛，整天睡觉。囟门也大得出奇，就像脑袋开裂一般，显然属于严重营养不良。

白云的奶水很少，奶头被孩子吮吸得有点肿胀。有好几次，白云把奶头塞进了飞儿嘴里，可不一会就被这孩子给吐出来了。孩子一个劲地啼哭，拼命地哭闹，那样子真是令人揪心。

诺亚看着白云，她的脸庞又瘦了许多，甚至能隐隐看出一条条细细的青筋，眼眶的轮廓比以前更明显，脸上再看不到从前泛着青春活力显示健康的片片红晕，诺亚的心头不由地一阵酸痛。

“亲爱的，我想出去转转。”诺亚小心翼翼地提出建议，他现在任何事情都会向白云请示汇报，以避免她任何的不高兴。

“你就不能多在家待几天吗？人家实在不能离开你嘛！”白云放下儿子一把搂住了诺亚的脖子，娇滴滴地缠绵着他。“难道我就这么让你讨厌吗？”

“我很快就回来的，总不会在外面过夜吧？家中的境况不好，要早作打算啊！”诺亚吻了一下白云柔声说道。

白云紧紧地搂着诺亚。突然间，她觉得比以往任何时候都更需要这个男人，她甚至一刻都不愿意离开他，她要时时能看到他，时时能听到他。她紧紧地搂抱着她的诺亚，两行热泪滚出了眼眶，鼻涕也淌出来了。

白云用手去擦鼻子，一会儿鼻子就变得红红的。再后来，弄得整个腮帮都红彤彤一片。

诺亚两手轻轻托住白云的脸蛋，他用舌头舔去了她脸上的泪迹，盯着白云嘻嘻地坏笑道：“我有那么重要吗？”

这一下却不料惹恼了白云。想起连日来的辛苦，想起未来希望的遥遥无期，白云的情绪一下子跌入深渊。她的眼泪又流出来了，但那是心酸的眼泪。她的两只手一个劲地捶打着诺亚的两只臂膀，把脸深深地埋在诺亚的怀里呜呜地哭了起来……

白云的身体本来就弱，这下又多了一个小孩要照应，所以经常睡不好觉。好在诺亚努力做事，里里外外一把手，尽量让白云好好坐月子。

几天下来，白云的身体稍稍好了一些，家里的一切也已经搞得井井有条。诺亚又耐不住性子了。想想家里缺衣少食的，不免着急。

诺亚把家里的一切都料理妥当，又哄一大一小娘俩睡着。太阳已经偏西了，他驾驶飞碟急急地向东而去。

诺亚又一次来到了那个大湖上空。

太阳就要落山了，又有一些云层的遮挡，所以天气没有想象中那么热。

阔别几个月，正值春天，湖面上没有什么风浪，大湖看起来温和了许多。

诺亚暗自窃喜，今天也许会有什么收获。也许能见到绿色，最好有什么动物，毕竟这是一块充满传奇的土地。难道那场空前的地球灾难果真不曾留下一星半点儿的生命？的确很难让人相信，曾经如此富庶和充满活力的地方，生命竟然会销声匿迹。

湖泊看起来与上次确实有明显不同。不但水面少了记忆中的那种浩大与疯狂，湖中甚至还露出了许多新的岛屿。大概是冬天刚刚过去，雨水补充量太少的缘故吧。

诺亚将飞碟停放好，就急急地向湖边走去。

走着走着，却不料看到了十分骇人的一幕。那是令他一生都难以忘记的场景，以至于后来好长时间都噩梦连连。在一望无际的湖边上，到处都是人类的骷髅和骸骨，层层叠叠，一堆接着一堆。

大概是洪水冲刷的杰作，又遇上了特别的枯水期，那些令人恐怖的东西，排兵列队地在迎接着他这位不速之客。并且，诺亚发现湖水浑浊不堪，臭气熏天。估计是湖水浓缩，细菌大量繁殖，湖水长期处于缺氧状态的结果。

诺亚站在大湖边呆呆地望着这一切。

暮色苍茫中只有湖水噼里啪啦冲击湖岸的声音有些生动。随着夜晚的到来，充满死亡意味的阴影也开始笼罩湖面。

诺亚全然忘记了他此行的重大意义，他的心中又一次充满了无限的悲哀。好久，他都是那么傻傻地、郁郁地凝视着远方。他望着暮色中飘然而过的云彩，心中不禁羡慕它们的轻松与超脱。

忽然，诺亚觉得自己太疲惫了，一种颓废的情绪油然而生，懒懒地，似乎没有了思想。他有点儿困倦了，不禁打了一个哈欠……

湖面上又一阵瘴气吹来，诺亚昏昏然倒在了地上。

第一村。半夜时分。

没有一丝丝的风。四周的山野静悄悄的，只有飞儿的哭闹声在窑洞的回声下显得格外响亮。

怎么搞的，这孩子以前可不是这样啊。

哄了好一阵子，才将孩子哄睡着。白云沉重的眼皮慢慢地盖住了有点发红的眼睛，她搂着孩子沉沉地睡去了。

白云做了一个噩梦：她梦见诺亚被一群鬼魅追赶。那些鬼魅好像要杀诺亚，而他却总是跑不脱。地上磕磕碰碰的都是些什么呀？啊！……怎么都是死人的白骨呀！

不好，诺亚竟满身是血，他被一个鬼怪拉住了。啊！……白云惊叫了起来，拼尽了全身力气去推诺亚。“啪哒！”飞儿掉在了地上，杀猪似的啼哭起来。

白云清醒了过来，忙不迭抱起了孩子。她一边哄着孩子，一边还在想着诺亚。

白云要给自己圆一下梦，主要是评估一下这个梦境的凶险程度。她总觉得这个梦境十分怪异，从来没有这么怪异过。她也不断地安慰自己：梦总归是虚幻的，不可能有多少参考价值。但她自己对于自己的这些解释也不完全相信。

白云现在已经不指望诺亚有什么成绩，只是希望他能够平平安安地归来。

可是无论白云怎样拼命地把对于诺亚好的预期挤压进脑袋，坏的预期总是更有力地钻了进来。糟糕的想法不断地撞击着她本已十分脆弱的心灵。

白云的心里整个空荡荡的，她根本就坐不住，因而不停地来回走动。

白云一次又一次向外面张望。已经过了半夜了，差不多也可以回来啦！她揉了揉眼睛，稳定了一下情绪，又自己安慰自己：不会有事的，诺亚有多棒？他不过是出去考察考察罢了，又不是去打仗，怕什么？莫名其妙！白云在心里狠狠地骂着自己。

待飞儿不哭了，白云轻轻地把孩子放在床上，然后快步向门外走去。

蓦地，白云看到了飞碟果真停在那儿。她立即前去打开舱门，朝里面一看，诺亚不在！白云的心一下子抽紧了，一种恐惧感立即传遍了全身。只有飞碟自动返回，诺亚肯定出事了。

然而，白云并没有惊慌，甚至没有时间难过。她像发了疯一样地立即做准备工作。首先将孩子安排好。然后，再准备一些工具。

好在白云知道诺亚所去的地方。昨天晚上，为了让白云放心，诺亚曾经详细地和她讨论过这次行动的方案和路线。于是她驾驶飞碟一路急急地向大湖闯来。

一定要在太阳出来前赶到那里。因为人显然不能毫无遮拦地暴露在太阳底下，这样即使在冬天也是十分危险的，因此白云心里非常着急。

白云急急地赶路，一个多小时后，天尚未放亮，她终于到达大湖上空。

只见月光下，茫茫湖面上闪耀着无数星星点点的“鬼火”，若隐若现，飘忽不定。

啊……白云大为惊骇！她下意识急速地提升飞碟的高度，盘旋在千米高空。

但见，雾霭朦胧的水面上，黑黢黢的湖边，星星点点，飘飘荡荡，或明或暗，犹如千万幽灵在转悠……

白云虽然知道那是一种磷火，是骸骨中白磷自燃的结果，却绝对料想不到会有如此漫无边际的巨大规模，真是恐怖至极！要是在平时，她一定会拽住诺亚大叫大喊，然后躲起来。

然而，女人是最不可预料的。现在的白云就像一个勇敢的战士，她现在连死亡都不害怕，为什么要惧怕鬼魂呢？

白云在大湖上空盘旋，急速地搜寻。她忘记了害怕，甚至两手也不再颤抖。唯有她的心在滴血：诺亚啊诺亚，你在哪儿啊？这里是鬼门关，你怎么会选中这么一个鬼地方！诺亚啊诺亚，你可要挺住啊！……诺亚啊诺亚，我们的儿子多可爱啊……看在儿子的分上，你让我看到你吧！

白云的泪水不断地涌出眼眶，模糊了视线，她不断地擦拭。她觉得眼睛里掉的不是眼泪，而是血，是从心里涌出的鲜血。等一会儿，这些血流淌完了，她的心就不再跳动。但即使在另一个世界里，她也一定要找到她的诺亚……

也许是天地为之感动，也许是神灵慈悲庇佑。当白云背向月亮的时候，奇迹出现了。在湖边的一处地方，有一个孤立的亮点，有别于“鬼火”，一动不动，明显地比较亮一些，也似乎大一点。

“啊！……”白云脱口而出一声惊呼。她的手也情不自禁地驾驭着飞碟急急地靠近，靠近。飞近一看，差不离就是诺亚！……泛着亮光的原来是他的头盔。

白云停好了飞碟，跑过去连忙抱住诺亚连拖带拽把他弄上了飞碟。她立即关闭舱门，紧急启动生命系统，对诺亚供氧。

只见诺亚面色灰暗，呼吸微弱，心跳和脉搏都几乎把不到。白云连忙给他注射了一支强心剂，不断地对他进行推拿按摩……

半个小时以后，稍有好转，看起来诺亚的情况还不是很坏。好险那！要是时间再耽搁一点，或者等太阳一出来，那就全完了。

诺亚大病了一场，一周后身体才稍稍恢复，他看上去憔悴了许多。

整个家庭也被某种失败的阴影笼罩着，了无生气。白云的身体还是不太好，尤其成问题的是，孩子严重营养不良，两只眼睛没有光泽而且有点浑浊。小家伙的头显得特别大，看起来占了整个体重的二分之一，显出鸡胸的肋骨根根显露着，让人看了尤其难受。

最近以来，白云的情绪也特别不好，终日忧郁消沉。

诺亚暗暗下定了决心，要尽快找到解决困难的办法，或者制造生活的亮点，鼓舞士气，振奋家庭。

第十章　凤凰涅槃

2222年4月中旬，雨季提前半个月开始了。

不仅越来越炎热难当，天气也开始越发多变起来。白天和黑夜的温差更大了，甚至一天中的天气都会变上好几回。白天往往艳阳高照，而一到傍晚就大雨滂沱。酷热多变的气候严重地考验着人们的身体，一不小心就可能染上什么怪病，而眼下生病无疑是一件最可怕的事情。

也许是慑于大自然的淫威，也许是心灵的脆弱，也许因为有太多的无奈，和这片土地的旧人类一样，现在的人们同样渴望某种心灵的慰藉，似乎只有这样才能达到天人合一的境界，成为完美的人类。

山巅飘扬过经幡的木桩，山间破败的庙宇，大路边和山坡上许许多多的玛尼堆……在西藏高原，依然可以感觉到神灵无处不在，冥冥之中让人向往；依然可以感悟到一种令人激动的伟大精神，不知不觉地使人坚忍不拔；也象征着佛祖的英灵与日月同辉与天地共存，象征着绿色和平的思想永垂不朽！

一天傍晚，诺亚驾驶飞碟再次出发去寻找希望。

诺亚显得心事重重。此刻，他还在挂念着自己多灾多难的家庭。白云和儿子都在眼巴巴等待着，他们需要起码的食物，更需要某些灵丹妙药。如果再不出现奇迹，看来这个家庭横竖维持不下去了。而现在，他却依然两手空空。想到这些，诺亚的心中不由一阵隐痛，一种心急火燎的感觉袭上心头。

冥冥之中，诺亚忽然想起了古城拉萨。那里不仅有最大的佛教圣地——大昭寺，而且在大昭寺的对面就是著名的药王山。

几十分钟后，诺亚的飞碟就盘旋在拉萨的上空。

但见这座当年繁华的佛教圣城照样也已经是满目疮痍。特别大的一堆堆瓦砾可能原来是一些高大的楼房，而大昭寺的建筑已经分辨不清。

对面药王山倒还在，不过整座山已经呈现赤裸裸的灰褐色，只有一块块突兀的岩石轮廓悲壮地面向天空，似乎在不停地倾诉着人类悲情的历史。

诺亚的喉咙有些哽咽，他的心脏隐隐作痛。

圣城的悲凉又一次打击了诺亚的心情。“啊……怎么办呢？难道这个世界连神灵都无可奈何了吗？那么……那么到哪里去寻找希望呢？”诺亚激动地喃喃自语，他感觉眼睛有点模糊，手也在颤抖。

诺亚觉得需要稳定一下情绪。于是，他将飞碟停在了一片空地上，稍事休息。

夜幕降临，气温也随之下降。于是诺亚跨出飞碟，蹒跚而行。

不知不觉间，诺亚来到了一大片瓦砾堆前。看起来这些瓦砾很特别，不像普通的建筑，不知道是不是大昭寺的废墟。

满天的星星点缀了深邃的天空。稀稀拉拉的云层不时略过月亮，使得对面山坡上隐隐约约地变幻着一些阴影。天穹的博大和无限遥远映衬了人的无比渺小，孤独的感觉更加深了人的自卑。

夜色深沉，周围的一切都模模糊糊。朦朦胧胧中使人有些害怕，而一些穿过破败遗迹的古怪风声更令人神经过敏。

突然，诺亚看到前面有一个人影。他不禁大惊失色，害怕得一下子倒退了好几步跸倒在地上。

半天才回过神来。当诺亚控制住情绪时，不禁责怪自己大惊小怪。

这又有什么呢？是人吗？不必害怕，自己不是日夜在寻找他们吗？是神灵吗？更不必惊慌，自己不是日日夜夜在祈求他们眷顾吗？要是菩萨显灵就更好了，或许是哪一位来帮忙了。

不过话虽如此，诺亚还是止不住心中的恐惧。但他同时又禁不住某种诱惑而一定要看个究竟。于是，他慢慢爬起来一边自我安慰一边向那魅影一点一点移动着脚步……

像是经过了很长的时间，像是走过了很多路程，诺亚非常缓慢地往前挪动着沉重的脚步。慢慢地，终于走近了。鼓足勇气一看，原来竟然是一个凹坑：一块倾斜的大石板上有一个非常逼真的人形凹坑，在昏昏然的月光中容易引起人的一些想象。

“噢……对了！”诺亚突然若有所思。他想起来了，这就是大昭寺前佛教徒敬奉佛祖磕“长头”的地方。

喜马拉雅山是佛教的发源地，几乎所有的藏民都是虔诚的佛教徒。他们磕头的方式是一种“五体投地”匍匐于地面叩拜的方式，这是一种可以将人的虔诚表达到极致的最佳方式。

经常可以看到许多人从百十里甚至千里远的地方连续以磕“长头”的方式风餐露宿，风尘仆仆跋山涉水，一步一个“长头”一路前来拜谒佛祖。

如果遇有河水阻隔，也要先在河边磕“长头”，等磕满了相当于河面宽度的距离方可渡河，到达河对面继续磕“长头”。

除了远距离朝拜千里迢迢地一路磕“长头”而来，还有一种是在原地磕“长头”，因而要磕很多很多的“长头”。由于大昭寺拜佛的人特多，故而天长日久竟在那块石板上留下了完整的一个人形凹坑。

诺亚的心灵受到了无比的震撼：从前佛教徒们的虔诚和执著真是令人难以置信！

诺亚情不自禁慢慢匍匐着趴在了这个人型凹坑里。他努力模仿着佛教徒的姿态，闭上双眼。他并没有准备持久地磕“长头”，因为他显然没有那么多时间和精力，或者还达不到那样的虔诚。诺亚只是希望进入某种禅意之中，并有所顿悟。却不料一阵阵倦意袭来，他抵制不住瞌睡竟然呼呼大睡起来。

……

啊……怎么那么热？怎么那样红？哦……原来是西方的晚霞，照得天地一片血样的火红……竟然是一座平顶的山峰……好像是一个火山口，还在不断地冒着热气。啊……火山口怎么变成了一片雾气蒸腾的水面？……水边居然长着一株奇异的植物……

不知过了多久，诺亚只觉得全身发烫。

不好，掉到火山口里了。

"……我要冲出去！"诺亚大叫着拼命挣扎，奋力挥动手臂。他好一会儿才睁开眼睛。哦，原来天已大亮，出太阳了。

诺亚坐起来想好好回忆一下梦中的情景，因为他好像已经忘掉了一些梦中的细节，他本能地觉得梦中的所有一切都很重要。

难道那就是传说中的神山和圣湖？……神山和圣湖？难道……

诺亚还想继续思考，但无奈太阳的炙烤实在无法忍受，于是他赶忙爬起来奔向飞碟。

飞碟迅速腾空而起，向着高原深处飞去。那是诺亚的家，那里有心爱的人在翘首等着他归来。

诺亚一直牢牢地记着那个梦。

第二天，他又出发了。

梦中的西方在哪里？神山和圣湖又在哪里？中国古代唐僧取经的西天就是西方，那时叫天竺，后来又叫印度。那么，就到印度去一趟吧。

诺亚从喜马拉雅山出发，一路向西方寻觅。半天过去了，他竟跨越整个中国古代神话小说南亚大陆，一直飞到了连接印度洋的阿拉伯海边。

按照中国古代神话小说《西游记》的说法，这里大概就是西天的极限，因为已经是南亚大陆的边界了。可一路走来，诺亚并没有发现有一座“平顶山”。事实上，离开喜马拉雅山脉不久就到了大平原地带，根本就没有一座像样的大山。

诺亚只好在沿海地带徘徊。

剧烈的热带气流使得飞碟不停地抖动，望着西方阿拉伯海汹涌翻腾的波涛，倒是勾起了无限的哀思……

这一带曾经有个一度是印度最大也是最繁华的大城市孟买，也是世界级的超级大都市。

想当初，这个拥有人口 2000 多万，面积约 600 平方公里的城市堪称世界上最繁忙和最富有活力的城市。

当年七个小海岛通过填海形成南北狭长的半岛，由此形成的庞大都市早已荡然无存。

遭受地球温室效应导致海平面上升而被淹没的许多世界级大城市都是当时全球最发达的城市，代表了人类最繁华的经济和最顶尖的科技以及最优秀的人口，孟买只是其中普通的一个例子。

滔滔的印度洋早已将孟买吞噬，南亚平原的大片土地业已成为一片汪洋。诺亚尽管早已料到如此这般，但身临其境时仍然不免心中充满了无限的悲哀。

诺亚难受得有点揪心，于是他转向东方飞行。

又飞行了大约 1300 公里，飞越了整个印度大陆来到了孟加拉湾。

诺亚本希望心情会轻松一些，不料却勾起了另一桩更为揪心的往事：在孟加拉湾的北部，那里曾经有个国家不幸很早就被海水吞没，那就是孟加拉国。

大概是在地球气候剧变的开始阶段，几千年来相当一部分国土处于海平面以下的这个可怜的国家，差不多是全世界最早面临灭顶之灾的地方。在全世界到处嚷嚷气候变化以前，孟加拉地区就已经饱受风暴和水灾之苦。

这是一个典型的由于环境灾难引发地区战争和动荡的例子。

公元 2100 年冬天，海平面已经上升了几十米，孟加拉国差不多一大半国土已经被海水淹没，这个拥有接近 1.5 亿人口的国家早已到了崩溃的边缘。

此刻，人们不禁想起了浩瀚大洋上的一幕幕悲剧。

在过去短短几十年的时间里，地球海洋上就已经有四十多个国家和地区被大洋所吞没。尽管那些国家或当地政府一再发出呼救和哀求，但始终没有国家能够大批接受环境难民。

全世界都在互相推诿，甚至无休止地争吵，而没有地盘的国际组织也无可奈何，直到无情的海水淹没了那些地方，也没有拿出什么具体的可以拯救人们于水深火热之中的好办法。

千千万万的人民流离失所，四处漂泊。无家可归的人们到处被人驱赶，一批又一批的难民被大海吞没而沦为鱼食……

真是世态炎凉！从那以后，地球上就一直不断地上演着这样的一幕幕人间惨剧，而且愈演愈烈。

当然，也偶有令人感动的时候。比如，早年新西兰对于图卢瓦的救援。

早在 2001 年，地球上第一个将要遭受灭顶之灾的太平洋小岛国图卢瓦向巨大的邻居求援时，澳大利亚竟然拒绝了！那时对绝大多数国家还根本谈不上海平面上升的威胁，而图卢瓦的全部人口也不过区区一万而已。

想起来令人心碎，图卢瓦 2001 年每人每年 0.4 吨的温室气体排放量与当时美国超过 20 吨的排放量相比着实可怜，而贫穷的他们却仍然雄心勃勃地准备耗资 2000 万美元全面实施诸如风能和太阳能之类的新能源计划。这个后来被证明是最彻底的绿色行动仅仅是为了一片只有 26 平方公里星罗棋布的小岛，而且可能不久就要放弃。

图卢瓦的良苦用心不难理解，他们其实在为工业化国家作出一个榜样，希望自己在联合国的声音能够打动人们愚蠢、短视然而却铁石一般的心肠。

当然结果不难预料：又是一片推诿，又是一场争论。所不同的，只是更激烈更尖锐或者更狡猾。

新西兰终于接纳了陷于绝望的图卢瓦人。可是，后来由于猛烈的地质运动，岛屿分崩离析。当天生脆弱的新西兰自己也风雨飘摇时，他们才发现，好心的人类真的不多。

但 1.5 亿的绝望人口就非同小可。狗急了都跳墙，四面楚歌的孟加拉虎终于发飙。

公元 2102 年，450 万孟加拉国军队以倾国之力哀兵之勇迅雷不及掩耳之势突然向东进攻印度。

所有参战的孟加拉国士兵都无比勇猛，犹如饿狼一般极其残酷和顽强。他们前仆后继势不可挡，令人闻风丧胆。然而，令人大为惊讶的是，他们的目标却不是印度。仅仅几天，孟加拉英勇的军队就穿越了东印度，毫不犹豫地向缅甸进攻。

西印度的军队立刻向孟加拉国西部发起报复性进攻，然而他们发现对面的国家竟然没有一个边防军，而千千万万的难民在漫山遍野蜂拥而来。惊慌失措的印度军队先是垂下了枪口，继而慢慢向后撤退。但在某一天的晚上，疾风暴雨般的枪声终于响起……

不到一个月的时间，缅甸 80%的国土沦陷。但即便如此，孟加拉国军队最终被阻挡在掸邦高原——应缅甸政府的紧急求助，前来救援的 26 万外国高科技精锐会同缅甸的残余军队终于在高原站稳了脚跟，固守住了阵地。

可是，随着炎热天气的到来，瘟疫开始大规模流行。各方参战的共计150万士兵和当地大约410万百姓死于非命。这些死亡的人口还不包括瘟疫渐渐扩散到中国的南方各省所造成的灾难。

与此同时，大约200万孟加拉国难民穿越喜马拉雅山地区进入了中国境内。

全世界没有人谴责那个疯狂的国家，因为孟加拉国已经不复存在。而且，他们大部分的人口不是死于战争就是死于瘟疫或者在流离颠沛中已经毙命。

诺亚的飞碟在海面上空盘旋，他的思想还沉浸在令人悲叹的往事之中。

唉……波涛汹涌的北孟加拉湾，地球温室效应小试牛刀的地方，一亿多死于环境灾难的人类，安息吧！

索性继续往东去吧！飞过了这片海洋就是佛教的国度。东南亚一带从前十分兴盛小乘佛教，那是佛教的一个重要分支。

于是，诺亚继续飞行500公里，跨越孟加拉湾，来到了东南亚。

当然，原本郁郁葱葱的热带雨林如今照样成了一片荒漠。灼热的骄阳在继续烧烤着焦黄的土地，浑浊的海水肆无忌惮地冲击着大陆。在没有被海水淹没的较高地带，偶有带状的曲线断断续续大约是从前的公路或铁路，时不时也能看到一座座零星残留着一些建筑遗迹的城市轮廓。

这就是缅甸吗？

诺亚觉得好奇，于是就驾驶着飞碟在这一带来回视察起来。

由于很大的高差，这个国家看起来就像一只簸箕一样。“簸箕”的高处连接着中国的云南，一路倾斜一直到大海。由于靠近海洋和温室效应造成的气候巨变，这种地形造成了惊天的大洪水，因而到处都可以看出洪水凌厉的冲刷痕迹。

在一个山坳处，诺亚发现了堆积如山的人类遗骨。他在空中原以为是干柴堆积而成的一座小山，待降低高度下来细细察看，才发现原来竟然是白骨累累！后来，诺亚又接着发现了好几处类似的地方，都堆积着巨量的人类遗骸。大概是由于水流的冲刷以及地形聚集共同作用的结果。

看来这个倒霉的国家果然和孟加拉国同归于尽了。这除了让人悲痛欲绝外，多少还有点莫名其妙。

真是惨不忍睹，真是令人不可思议！

这一切都大大影响了诺亚的情绪，加上他最近以来遭受的许多挫折和打击，不免感到异常压抑，甚至感觉到有点恍恍惚惚头重脚轻。

诺亚觉得继续飞行有些困难，只好进入全自动飞行。

飞碟悠悠地自动飘向西北方向。一个多小时后，诺亚稀里糊涂地回到了家中。

诺亚回到家中，既不去看一看孩子，也不跟白云打声招呼，甚至衣服也不脱就一头栽倒在床上。

白云正在做事，赶紧跑过来："回来啦！……怎么啦？"她过去抱起诺亚的脑袋，他也没有什么反应，就像捧了一个木瓜。白云十分心疼地轻声问道："怎么啦？……太累了吧？我给你揉揉吧！"诺亚推开白云的手，两眼茫然，口中含混不清地喃喃自语："我太累了，太累了！"白云紧紧地把诺亚抱在怀里，不断地轻吻他，像哄孩子一样安慰他。可这个人始终是木讷木讷的，压根儿没有感觉。不一会儿，身心俱惫的诺亚睡着了。

"哇！……"飞儿大声啼哭起来，白云只好又去哄孩子。

十几天以后，诺亚的情绪才好起来。

白云极尽温柔体贴入微的照顾，终于使诺亚重新建立了信心。他决心继续探险，努力去寻找人类新的希望。

第十一章　神山和圣湖

快要入夏了，要选择一个好天气真不容易。

希望温度缓和一点，而能见度又要很好，所以诺亚选择了一个多云的天气。凌晨的一场及时雨也帮忙降低了气温。

得到雨水清洗的天空格外透明，群山的颜色比平时要深一些，这种天气很适合空中考察。孩子也特别听话不哭不闹，连白云的精气神也比平时好一些。

诺亚告别了家人，重新踏上寻求梦想的征途。

喜马拉雅山脉峰峦叠嶂，云天中的飞碟高屋建瓴。

遥远的东方是一片片无边无际的云团，风吹云涌，奔腾追逐，这是地球过多的能量在寻求发泄；西方的天空一片晴朗，烈日照耀着远方的群山一直向无限遥远的天边延伸。古老的高原，一如既往地博大与雄伟。

梦中的神山到底在哪里呢？

如果往回返，就是现在居住的阿里高原，诺亚已经考察过好多次了。虽然谈不上十分了解，但大体已知道了基本情况。

于是诺亚驾驶飞碟稍稍偏西方向行驶了一会儿，大概已经到了从前的尼泊尔地方。

这里的山势险峻，据说地球上大部分最高峰都聚集在这里。诺亚精神振奋，他目不转睛地搜索着这里的每一座山峰每一个峡谷。他相信自己的直觉，相信自己的虔诚，也相信自己的运气。

飞着飞着，诺亚忽然发现有一座山峰上飘着雾气，这多少有点儿古怪。而且似乎这个山峰真有点“平”，不过并不明显。再仔细观察，与其说这座山是“平”还不如说是“秃”了一些。但不管怎样，到目前为止还没有比这更令人满意的。

就去看看吧！可是当诺亚靠近一看，发现这个山峰的顶部比较复杂，坑坑洼洼的有许多凸起物或沟槽。整个山顶向前方延伸出去一段距离，刚才看似不大的山顶实际面积比较大。

在山顶上，诺亚找到了一块小小的可以降落飞碟的平地，于是就把飞碟停在那儿。

不过，飞碟停留的地方过于窄小，离悬崖也太近了，所以怎么看都觉得不太稳妥。诺亚又想到，在这海拔八千多米的峰顶，可能会有一些奇异的气旋。于是，他重新回到飞碟里关闭了自动程序，然后飞碟里射出了一个带链索的楔子牢牢地嵌入岩缝中。做完这些，诺亚才放心地离去。

这个山顶的确有点神奇。

峰顶上怪石嶙峋，地形非常复杂。可能是不久前下过一些雪，积雪化作水分，山岚阵阵缥缥缈缈。稍远处耸立的几根石柱若隐若现，恍惚间犹如置身仙境一般。

但即使有了许多水分，又如何变成了雾气呢？真是个奇异的地方。

这里会不会有雪莲呢？就是那种精灵般的神奇植物，传说中的灵丹妙药。诺亚突然想起了上次梦中的那株仙草。

走过去看一看吧，诺亚被强烈的好奇心驱使高一脚低一脚地摸索着前进。

透过稀稀的雾霭，诺亚的心猛跳了一下。嗨，这里果然有绿色！……我的天哪，终于发现了绿色！

诺亚探下身子细细察看，原来是一些苔藓。

虽然只是一些很小的植物，但已经很不错了。毕竟是登陆地球以来自然环境中最令人激动的重大发现。

诺亚十分高兴，他劲头十足地继续搜索。

诺亚始终觉得好像那些雾气是从地底下冒出来的。于是，他更仔细地边走边用心观察。走着走着，走过了山顶一大半的地方，在一块微微冒着水汽的大岩石底下，诺亚果然发现了一个洞穴。

这个洞穴的出口不算大，不用心根本就发现不了。确实有股湿润的气体从洞里弥漫出来，而且洞里的气体似乎有点儿味道——一种非常非常淡淡的幽香，闻起来感觉很舒服。

幽幽的洞穴似乎有着某种暗示，而对于洞穴的联想甚至可以追溯人类古老的历史。这些都对诺亚产生了不可抗拒的诱惑力。

诺亚探身慢慢爬了进去。

一开始，只能爬着前进。借着洞口的一些光线，诺亚努力向深处进发。但很快就没有一丝亮光了。他只好拧亮头盔上的一盏小电灯，继续往前爬。爬着爬着，里面渐渐开阔起来，慢慢地能够半蹲着挪动脚步前进。

手抓在凹凸不平的石壁上有点儿潮湿滑腻，感觉很像微生物粘泥。按照这里的温度和湿度环境来考虑，即使没有阳光也应该有一些微生物在此繁殖。

诺亚知道，这里的微生物不会对人类有特别的危害。因为这里千万年来都保持单纯和洁净的环境，不会滋生出对于大型动物有害的病菌，自然属于生态友好型环境。

昏暗的光线中只能模模糊糊地看到很近的地方。紧挨着上方的岩石令人压抑，黑洞洞的深处使人恐惧又令人向往，一切犹如梦境一般。

前面又会是什么样子呢？这洞里究竟有些什么东西呢？诺亚止不住好奇心继续往里进去。

又前进了一会儿，可以直起腰来了，诺亚重重地嘘了一口气。

继续往前进，竟然渐渐有些亮光。再进得深一些，居然发现能够看到一线天空。也许这里是山的另一侧，发出亮光的地方可能是一处悬崖。

这个奇妙的山洞内清凉舒适并且湿润宜人，好像是上天特意留给人类的最后一处风水宝地。

山洞里怪石嶙峋，千姿百态，上下左右前后到处都是鼓鼓囊囊的岩石。偶尔能看到分岔的小洞里黑黢黢的，深不可测。

分岔的小洞实际上就是陷阱。诺亚知道，溶洞里十分危险。每一个不起眼的小洞都可能连着蜘蛛网般的另一个溶洞系统，人走进去就很有可能迷失方向出不来了。所以诺亚必须谨慎辨别主次通道，并牢牢记住每一个分岔处。在容易混淆的分岔点，诺亚会用一种固定的记号标明。

稀罕之地必有奇怪之事——一种莫名的信念鼓舞着诺亚。

诺亚在这个洞穴里弯弯曲曲上上下下地不知爬或走了多少距离，也不知经历了多少时间，他一直在努力前进。

一切都令诺亚感到新奇和刺激，以至于流连忘返。由于激动和兴奋，他劲头十足，运动效率越来越高，实际上他已经前进了很长的距离。因为看不到太阳，时间也仿佛停滞了一般，使人忘记了还有白天和夜晚的区别，好像处在另外一个世界一样。

不过也有遗憾的事情。到目前为止，还没有发现雪莲。

如果说，这里就是传说中的神山，那么圣湖又在哪里？梦中神奇的仙草——雪莲又在哪里？

诺亚有些迫不及待。

逐渐进到洞穴深处。伸手不见五指的黑暗环境中，诺亚全凭头上的小小灯泡照明。地下也越来越潮湿，因而前进越来越困难。他即使手脚并用也渐渐显得力不从心。

突然，诺亚一不小心，脚下一滑竟滑下去了。

……到处湿漉漉滑溜溜手抓不住，黑咕隆咚头昏眼花不知方向，整个人咕咕噜噜地不知滚到了什么地方。

虽然戴着头盔，但那只能应付磕磕绊绊，却禁不住稍厉害的撞击。几下里噼里啪啦，诺亚感觉天转地旋，最后“扑通”一下掉到一处水中去了。

……我不能死去！……我得回家。白云和飞儿都在等着我……

诺亚努力不让自己陷入昏迷，一种对于家人的眷恋和责任感支撑着他最后的信念，他在与死神作殊死的搏斗。

迷迷糊糊中，诺亚挣扎着在水里游动。游啊游，爬啊爬，无奈昏昏沉沉，浑身酸软，后来竟失去了知觉……

不知过了多久，诺亚迷迷糊糊中听到了好像有人在说话。

那声音忽高忽低忽近忽远飘飘荡荡的，一点也听不懂。大概自己在空中漂浮，听不清楚那些老远传过来的声音。

诺亚依稀记得自己好像出了什么大事，非常危险的大事。而且，自己好像已经死了。

难道到了天上吗？真奇怪！怎么会有人说话呢？

诺亚感到非常纳闷：我到底是进了天堂还是来到了地狱？

唉……要是到了天堂就好了。从前一直不知天堂是个什么样子。因为据说只有人死了或者得道成仙以后才能升入天堂，所以虽然人们都喜欢谈论关于天堂的事情，但从没有人能够令人信服地讲得很清楚。

普通人当然都没有去过天堂。不过即使是死去的人，也不是什么人都可以到达那么迷人的地方，大概起码要是大大的好人才行。

只有好人死后才可以进入天堂，我不知算不算那样的好人。

而下地狱却容易得多，因为谁都能犯错。

听说一不小心就会被发配到十八层地狱，所以人死后还要为活着时的错误付出代价。千万别被发配进入地狱，那儿太可怕了。如果确实如此，那是很不公平的。我就算有些错，总不能算坏人吧！要是进了地狱肯定冤枉。

唉……真想不到，其实人死了也很麻烦，未必如常人所说：一了百了。

……

那些说话的到底是谁啊，究竟是天上的神仙还是地狱里的厉鬼？

诺亚想看看。但是，今天怎么这么累啊！很累很累的。

啊，真累。

怎么没有一点点光线？啊……怎么连眼皮都抬不动啊！

唉，还是睡觉吧，真困哪……

说实在的，诺亚现在懒得理会这些。他现在什么都不想烦，他只想睡觉。

可是，真见鬼！这些人老是说个不停。烦不烦哪！还不让人睡觉？

但一会儿，诺亚忽然又有点儿害怕了。

从前听说地狱里很恐怖，新来的生鬼都要被钉在一块满是铁刺的大门板上或者要赤脚走在满是碎玻璃的路上，而这不过是进入鬼门关的一个小小的“门槛”。想到这里，诺亚果然感觉到了阵阵疼痛和难受。

唉！我还这么年轻，怎么能这样不明不白地到这种地方来呢？

啊……想起来了，我还有白云和孩子，我决不能离开他们！决不能离开他们！绝不！

诺亚想到了自己的亲人，自己的家庭，这给了他极大的刺激。

于是诺亚拼命要睁开眼睛——这几乎是他现在唯一能够做的。似乎这样就可以离开地狱重新返回到人间。

诺亚一次次努力，一次次挣扎，总不能如愿。但越是不成功他越是紧张，于是他更加努力挣扎，后来终于好像挣开了一点。

咦？眼前怎么迷雾茫茫的，怎么看不清啊！诺亚想用手去揉眼睛，可是刚一动，就觉得身体撕裂般疼痛。

诺亚不禁又开始怀疑自己是在地狱里，要不然怎么四肢一点都不能动弹呢？只有死人才如此啊。

没有办法，诺亚只好继续努力使劲地睁眼睛。

慢慢地，慢慢地，终于有亮光了。

啊……终于能看到一点点了。

在一片昏暗中，诺亚模模糊糊地看到了一张满脸皱纹的老脸。这是一张从未见过极为夸张和丑陋的脸。皱纹是如此多、如此深，犹如百年古树上的大结疤。而老脸上边的头发凌乱并且粘接成一缕缕的稀稀拉拉地分布在前额上。

果然见鬼了！……果然见鬼了！

"……你是……谁？……"诺亚恐惧地脱口而出问道。由于极度恐惧，他顾不得疼痛，也不知哪儿来的力气，边说边用手去推人。

一听到诺亚说话，周围立刻鸦雀无声。

不料，没有了声音更加剧了紧张气氛。

"你是……谁？……是从……天……天……天上掉下来的吗？"真想不到，大结疤看上去竟然比诺亚还要紧张。他居然语无伦次。当然，实际上也因为他的汉语很不熟练。

诺亚的黄头发蓝眼睛高鼻梁本来就极为古怪。他的来历当然就更加不同凡响，令人不可思议。还好，看来这些人并没有把诺亚当成妖怪或鬼魅，而大概把他当成了神仙。不然，诺亚就不会有这番待遇了。

这会儿大结疤战战兢兢、恭恭敬敬地对诺亚和颜悦色。满脸纵横交叉的深深皱纹不住地蠕动着。可能想把结疤蠕变成一朵动人的花儿，所以大结疤笑了起来。但也许因为紧张笑得很不自然十分勉强，看上去竟有点像哭的样子。

大结疤龇出几颗大黄牙，用半生不熟的汉语结结巴巴地说：“你……昏过去了。”大结疤指了指诺亚又指了指自己接着说道：“我们……救了你。”

诺亚侧过脸来，看到好几个几乎是赤身裸体的人跪着围绕着他形成一个半圆。见他醒来，这些人都不敢正眼看他。

看样子，似乎暂时不像有什么危险，诺亚稍稍放心了一些。

“你们是人吗？”诺亚突然说出了一句莫名其妙的话。

诺亚尚未完全清醒过来，他的深层次意识里地球上已经绝对没有了人类。如果要有的话，那只能是鬼怪或妖魔。

“啊，我……我们都是人。我们从……从来就住这儿。”大结疤没有介意诺亚问话的唐突，而是很虔诚地回答他的提问。说话时，大结疤两只手放在胸口。

虽然诺亚说话的声音很小，但看来老人家的耳朵出奇地灵敏，反应也非常迅速。

大结疤想极力讨好这位不速之客。他很珍惜这次机会，因为天上掉下神仙这种事情毕竟十分难得。

一阵剧痛袭来，诺亚的意识又开始模糊起来。

咦？怎么可能会有人呢？莫不是到了鬼门关吧？要不然怎么会这么疼呢？

诺亚想起来阴间的鬼们都喜欢把自己弄成人模人样的，也听说阴间的一切有时很像阳间的样子。从前甚至有人说过，阴间的鬼们总喜欢引诱阳间的活人去阴间当他们的垫背，这样鬼们自己就可以脱离苦海早日返回人间享清福。

诺亚一时间搞不清自己是处在阴阳界的哪一边。不过心里有一件事情很清楚，那就是老婆和孩子都在阳间。如果自己现在处于阴间的话，必须挣扎着回到阳间。要不然就会和亲人阴阳相隔，不能再见面了。

“我们真的是人。……你看我像鬼吗?”看着诺亚不做声，大结疤更加夸张地做着表情。结果，他越是做作看上去就真的越像个鬼怪。要不是旁边还有几位比较正常，诺亚一定无从判断，会被吓得灵魂出窍。但即便如此，还是弄得诺亚疑神疑鬼，惊慌不安。

……

渐渐地，诺亚的意识又有了一些恢复。

虽然不敢肯定，但也很难否定，大概真遇到了一些人类。

而且，诺亚也有狡猾的地方，不管是人是鬼，最好不要得罪他们。至少目前看来对他还算不错，得察言观色见机行事。

“噢，谢谢你们救了我!”诺亚忽然想到了这句客气话。他有必要说这样的话，这是聪明的做法。

现在诺亚很想显示自己的力量大声地说话。他不想成为弱者，因为地球上的弱者通常都是强者的食物。可他的声音却微弱得像只苍蝇嗡嗡叫，显然他的身体非常非常虚弱，这使人很沮丧。

自从诺亚开口说话，除了那个大结疤，其他人再也没有说话。

现在周围很安静，更没有任何粗暴的举动。

渐渐地，诺亚比较放心了。

诺亚又休息了一会儿，神志也清醒了许多。

“我从老远的地方来，不小心跌入了你们这个地方，麻烦你们了。”诺亚精神好些了，说话的声音也开始大起来。

一边说着，诺亚开始仔细观察这些围着他的人。

这些人皮肤黝黑粗糙，瘦骨嶙峋，形容猥琐。最明显的就是每个人都有残疾：有的少腿，有的歪嘴，有的只有半截臂膀……

这都是些什么人啊！人不人鬼不鬼的。但即便是人，也和鬼差不了多少。不过若说他们是鬼，却看起来并不凶恶。

诺亚的心里直犯嘀咕。但他现在已经平静了许多，反正紧张或害怕都没有用，既来之则安之嘛。

诺亚不便多问，只好继续观察。

不管男女这些人都是长发披肩。肮脏凌乱的模样和大结疤差不多，大概是理发不方便或不喜欢卫生的缘故吧。

所有人都缺胳膊少腿的，有的人甚至不止一种残疾。除了大结疤以外都是女人，她们都袒胸露背，大大的乳房耷拉着很容易辨认出性别来。

人们唯一的衣服就是在私处围了一块不知是布还是别的什么东西做的围兜，应该是用来遮羞的。也许是诺亚的软弱鼓励了大家，人们都站起来了，不再有恐惧表情并且开始叽叽喳喳地议论着什么。可讲的话诺亚一点也听不懂。

人们不断指指点点，互相比划着。

诺亚不知这些人都在谈论什么，但估计是在议论自己。看来自己成了不速之客，这次的突然降临太出乎人们的意料了。

惊扰了这一方的宁静，诺亚感觉十分抱歉。也许这里的人们把他当成了怪物，因为他的长相与这里的人们差别太大了，也许是他成为这里的稀罕物而不是这些当地人古怪。

诺亚又一次想到，无论怎样，应该表现得友好一些。

于是诺亚努力抬起手来对大家微笑着致意。而对那个可能是部落首领的老者，也就是大结疤，诺亚更是对他表示特别的尊敬。

又来了一个小伙子，他给诺亚拿来了可能是食物的东西。

说是小伙子，是因为这个人的乳房和大结疤一样，没有女人那么大得垂挂下来。不过不知什么原因，小伙子和长老的乳房还是明显鼓起来，并且说话也都是细声细气的，就好像半男半女一般。

现在，小伙子双手捧着一个瓦钵。瓦钵里面装了一块软软的，闻起来有点儿腥味，黑不溜秋的什么东西。他用一根小棍子挑了一小块，用手指指自己的嘴巴，意思是叫诺亚吃下去。诺亚有点怀疑因而很犹豫，始终不敢品尝这个玄乎的东西。

大结疤长老似乎看出了诺亚的意思。他接过小伙子手中的东西自己吃了，然后示意诺亚用餐。

这样诺亚就有点不好意思，而且他现在确实已经非常饿了，大概已经好几天没有吃东西了，于是就在小伙子的帮助下尝试着慢慢吃了起来。这个软绵绵黑乎乎的东西没什么味道，根本谈不上什么享受，不过勉强凑合着也能吃下去。

吃了东西，又休息了片刻，诺亚感觉体力恢复了一些。他注意到这个小伙子大概是这里唯一健全的人，看不出哪里有残疾，所以就记住了这个人。

凑热闹的女人们尽管都是下身一条围兜，两个奶子却完全裸露在外。随着人们的动作，那奶子也很不安分地或颠或甩，这样好几个女人都在活动的场面就显得有些滑稽。

诺亚还注意到其中有一个女人只有一只奶子，不过那只孤奶却长得特别大，就像一只口袋挂在前面，一直挂到肚子上。这给人一种负重的感觉，实际上大概确实有些不便。

诺亚其实并没有窥视女人的习惯。但离得这么近，几乎能听到女人们"呼哧呼哧"的喘息声，甚至能闻到她们的汗酸味，那些东西在眼前晃晃悠悠的很难视而不见。

虽然没有什么衣服蔽体，但女人们表情还算自然大方。大概这是她们的生活习惯，她们不觉得有什么不妥，于是也就真的没有什么不妥了。

折腾了大约有半天的时间了，诺亚其实早就累了。

两个男人先后都走了。女人也慢慢走了不少，可仍然有三个女人还没有离开。她们依然兴致勃勃地说个不停。看起来倒似乎并没有什么恶意，并且事实上很热情，甚至多少有点暧昧。

诺亚吃不准这是部落习俗还是别的什么意思，想到自己新来乍到，入乡随俗嘛。

诺亚不敢得罪她们而只能以礼相待，耐心与她们周旋。但这几个女人似乎一直很兴奋，根本就没有离去的意思。

时间久了，诺亚颇为尴尬，只好表现得十分疲劳，事实上他也确实很需要休息了。

看看她们还没有离去的意思，诺亚也顾不了许多，背过身去不再理会她们。可这几位女人仍然叽叽喳喳饶有兴趣地在那里指指点点唠唠叨叨，真不知道她们是什么意思。

山洞里不知时间，大概已经很晚了，女人们才尽兴而去。诺亚长吁了一大口气，终于得以清静下来。

这下诺亚感觉真的很累很累。好几处受伤的地方犹如一阵阵针扎一般，周身酸痛，一点儿劲都没有，似乎连眼皮都抬不起来了。

诺亚仰天躺着，尽可能把身体铺展开来，这样好像感觉舒服一点。他需要好好休养以便修复创伤恢复元气。但糟糕的是，他好像无法使自己平静下来。在他的潜意识里，似乎埋藏着某种不安。

无论如何，诺亚还是有一些疑惑，但总也想不出到底哪里存在什么问题。他的脑子很乱，眼前的一切来得太突然了，甚至不可思议，他没有丝毫的思想准备。

虽然这时一阵阵疲劳感不断袭来，很想好好睡一觉，但某种警惕性不断地刺激着诺亚的神经，理智告诉他必须尽快了解周围的一切。

本来，诺亚日夜盼望能够在这个被彻底破坏环境的星球上找到同类，不至于太孤立太寂寞。但一年多来辛辛苦苦地寻找却几乎没有发现什么地球生命，就更不要说找到人类了。而现在，真的有人类出现了，尽管都是些残缺不全的人，他也应该高兴才对，难道能够找出不高兴的理由吗？

不过话虽可以这么说，可不知怎么的，诺亚的思想里，总有某种忐忑不安，甚至有点不祥的预感。

看来，这是地球环境灾难以后的一些幸存者。真想不到，地球上居然还有人能够躲过那场空前绝后的浩劫。然而更令人想不到的是，诺亚竟然是以一个被救者的角色出现，这实在太出乎意料之外，这个角色本来应该颠倒过来才对。

这一点很有些讽刺意义。如果说自己原本是来救他们的，不知说出去会不会让人笑掉大牙。如果说谁救谁可以不去计较的话，那么至少有一点不能忽视，这就是：自己的命运好像掌握在人家手里。一想到这些，诺亚不免有些烦恼，有些担忧。

这应该是人类最后的一个部落，当然也是一个令人奇怪的部落。他们为什么几乎都有不同程度的残疾呢？而且不少人的残疾程度相当严重。看样子，要是没有什么奇迹出现的话，这个最后的部落大概将在十年或二十年里无可救药地最终消亡。

啊，人类最后的一个部落很快就要消亡了，这里也将会成为人类最后一个集体墓地。

想到这些，诺亚的心里沉甸甸的。这引起了他对于从前地球悲剧的联想，他不免深深地为人类的没落而悲哀。

拯救人类的理想已经更加遥远，诺亚甚至刚刚被一群十分需要拯救的人所拯救。

这令人耻辱，更令人沮丧。尤其严重的是：这需要支付代价吗？或者，需要支付什么样的代价？难道是他的自由吗？

可是诺亚也不愿意想得太多，因为想多了也解决不了什么问题。他打了一个呵欠，眼皮渐渐地支撑不住了。他的脑子里像有许多小虫在挠痒痒，他的神经感觉麻麻的，整个人都感觉酥酥的。他觉得自己就像一片轻轻的树叶，飘飘荡荡地进入了不知什么地方……

一阵鼾声响起，诺亚终于睡去了。

第二天一大早，诺亚被一阵异样的声音惊醒了。

诺亚很警觉，实际上一直惦记着昨晚的事情。或者是一种天性，人处于陌生的环境里就特别敏感。他静静地倾听了一会儿，慢慢睁开了眼睛。可昏暗的山洞里似乎并没有什么异常，周围也没有人。

诺亚还是想尽快了解一下周围的情况，这样心里会踏实一点。不过，他认为，大的危险看来不太可能。因为到目前为止，这里的人们对他还是比较友好的，至少暂时是这样。实事求是地说句公道话，倒是自己疑神疑鬼小心眼，处处在提防人家。想到这里，诺亚不禁自嘲地苦笑了一下，摇了摇有点木木的脑袋，无奈地叹了一口气。

诺亚不愿一直这样躺着，他还是想要起来，尽管爬起来似乎不太可能。自从受伤被救后，他就一直这样躺着。一开始由于许多地方有伤痛，无法行动。一夜休息后好了一些，于是就想着要起来了。他试验性地伸展着胳膊、腿部以及腰部，虽然依然有好几处十分疼痛，但他似乎能够扛得过去。

诺亚咬紧牙关，努力抬起头来，两只手在背后撑住。挣扎了几下居然成功地坐了起来，这使他受到了极大的鼓舞。他努力用手抓住了石壁上一个凸起物，一使劲还真站起来了。

一阵头晕目眩，差一点跌倒；腰酸背疼，两只脚也不大听使唤。诺亚咬咬牙，两手扶住石壁，终于稳住了身体。他闭上眼睛，休息了一会，开始向外非常缓慢而艰难地移动脚步。

跌跌撞撞地转过一个弯，眼前一下变得开阔起来。

这是一个稍大的空间有点像一个"厅"。穹顶上的钟乳石一串串地悬挂着，乳白色的石壁反射了洞外的一些光线，使得这里显得稍稍亮一些。好几个妇女跪拜在那里。对面石壁上的图画诺亚认得，这是佛教寺庙里经典的送子观音图。……哦，原来这些女人在求子。

诺亚的到来并没有引起女人们的特别注意。看来这些女人在菩萨面前倒是规规矩矩十分虔诚的。

诺亚自顾自慢慢继续向洞穴更深一些的地方前进。他有了更多的好奇心。从怪异的氛围里他觉得这个部落隐藏了一些秘密，或者说似乎有一些令人不安的地方。

不久，在一处凹陷出一些面积的地方，昏暗中朦朦胧胧地又出现了一幅壁画。

诺亚一边像近视眼一样将眼睛贴近了细细察看，一边用手触摸以帮助他看清这是一幅什么画。

看了半天，诺亚还是一头雾水。

其实，石壁上的画并不复杂。只是刻画了一片云雾底下一根雄赳赳挺立的石柱。

这难道是这个部落的图腾？可从古到今，好像没有听说过哪个部落使用这样的图腾。

忽然，诺亚若有所思，不禁哑然失笑。他作为一个男人，容易有一种想象：这似乎是一种生殖崇拜？图腾表达的可能是一种雄性标志。这倒是古已有之，而且颇为盛行，但那是十分原始的时代。

可是话又说回来，什么是原始时代呢？难道这个部落眼下这种样子不属于原始社会吗？当然，一切都不过是诺亚的猜测，很难完全肯定。

想来想去，诺亚本来就没有恢复的脑袋越发疼痛了，而他却没有什么像样的思考成果。当然，最令人担忧的是，自己的一切都还控制在别人手里。

再想想自己，简直可笑：拯救人类？八字都没有一撇！倒是自己能够平平安安地回到家去恐怕就不错了。

最终，诺亚还是没有想出什么好办法。于是，他决定小心为妙，尊重别人的传统或风俗，以免惹出麻烦。至于能不能有更好的局面，就只能走一步看一步了。

诺亚老老实实地回到了原来的地方待着。他必须表现得低调和缓令人放心，千万不能惹出什么麻烦事来。因为这种策略对他似乎更好更安全一些。没有别的好办法，至少他的身体显然还需要一段时间的疗养。

诺亚在不安中又渡过了一天。

后来，诺亚发现，男人都不再露面了。当然，所谓的男人，也就是不太像女人而已。但他们都不见了。也许，他们有他们的事情，这里并没有男人们可以干的事情。

现在诺亚的日子倒也不算太难过，因为总是不断地有女人献殷勤。

几天后，诺亚渐渐好起来了。他实际上已经不需要别人频频照顾了，他也不想老麻烦人家。但似乎他得到照顾的规格并没有随着健康的好转而有所改变。

诺亚很有点不好意思，也很不习惯。

“你们……回去吧！我已经好……好了。”诺亚有些紧张，也怕女人们听不懂，他一边比划着一边和颜悦色地对坐在他旁边的两个女人说道。

也不知这两个女人有没有听懂，因为看起来这里除了大结疤长老以外似乎没有人能讲汉语。只听得她俩叽里咕噜地不知说了些什么，非但没有优雅地告别而去，反而扭扭捏捏地向诺亚这边更进一步凑过来。

诺亚这下更加紧张。他一边做着拒绝的手势一边退让，并且拉下脸来重新不做声……

后来，不协调的事又发生了好几次。

诺亚总是好言相劝，叫女人们别再在这里忙乎。他一再表示非常感谢她们，但已经不需要她们了。虽然看起来这里除了那位尊敬的部落长老以外似乎没有人懂汉语，但估计女人们应该能明白诺亚的意思。可惜诺亚的劝说并不奏效，女人们热情依旧。

难道她们真不明白自己的意思？无可奈何的诺亚不禁怀疑起

自己的表达能力。

要是大结疤在这里就好了。这老头哪里去了呢？诺亚这才想起来自从第一次见面后，老头就再也没有照过面了。

难得清静一点时，诺亚不得不努力静下心来好好评估一下目前的处境。经过一番颇为缜密的思考，他觉得自己有几种可能的结果。

一是被当做妖怪而沦为部落的敌人。

这是极度危险的一种情况，但这一点现在看来可能性不大。因为诺亚是以弱者的身份出现，目前孤零零一个人，对他们不具威胁，现在与他们的关系也并不紧张。

第二种可能是被当成朋友。

这是比较有可能的。因为这里的山地民族一向善良和平，诺亚也想不出自己有什么威胁到他们的地方。但是自己似乎也帮不了他们什么大忙，对于这个部落来说自己也没有太大的价值，所以即使被当成朋友大概也比较勉强。

第三种可能……

诺亚突然一阵心跳，是否会把他当做配种的“公马”呢？

诺亚从一开始就感觉到这里的阴阳极不匹配，所见到的两个所谓的男人其实一点点男人味都没有。而女人们的许多举动都令人费解，颇为奇怪。这里几乎所有的女人不论年龄都在向诺亚大献殷勤，这着实让诺亚消受不了。

虽然突然间交上桃花运为许多文明社会男人所梦寐以求，但这里的一切都那么原始和粗野，这个部落的人们将会怎样处理他呢？

此刻，诺亚不禁又想起了那个壁画上的图腾：一片祥云下，雄赳赳挺立的一根石柱……

一想到人家可能把他当做种马一样用于繁殖，诺亚就不寒而栗。

诺亚又想到中国古代许多忠贞烈女留下了动人的“宁为玉碎不为瓦全”的故事，后来的人们为了表彰而为她们立了许多贞节牌坊。虽然玉碎，美好的名声却流芳百世。自己会不会最后也会因为不堪折磨和屈辱而自杀？可又有谁会为诺亚立一块贞节牌坊？

诺亚也想到：虽然自己老远从月球来到地球就是为了恢复环境繁衍人类，但也绝不是如此原始和低档。

可是，自己一个人也寡不敌众啊？况且自己也不愿意与这里的人们为敌，毕竟无论怎样这些部落里的人也不能算坏人。

但诺亚又转眼一想，这看起来应该也不大可能啊？

想想吧，这里的人民从来善良纯厚，而且历来是多么的传统保守，无论是中国人还是印度人或者是尼泊尔人，几千年里都牢牢恪守古老的风俗传统，自豪而又谨慎地延续着自己民族的血脉和传统。

当地的人们一般甚至不愿与外族通婚，以纯洁自己的民族血统或保持自己的传统文化。这里是最为古老的礼仪之邦，拥有最为悠久的灿烂文明，其中人类的性文明尤其得到伦理规范。

但是……在极端的情况下，环境是否会使人变态或者迫不得已而为之？

诺亚惴惴不安，他心神不宁地迫切想要了解许多他还不了解的东西。因为在云里雾里的幕后潜藏着的不确定性很折磨人。

诺亚希望一切仅仅是出于人们的好奇心，或者是不同的风俗引起的小小误解。

“这当然完全有可能的。”诺亚自言自语道。因为也许这里上百年或几十年里都没有一个外来人。突然来了一个外地人，尤其是一个金发碧眼白皮肤的人，肯定是很稀罕的。人们，特别是女人，一辈子封闭在这里，自然是少见多怪，加上他们缺乏与外界交流不懂得含蓄，行为有些唐突或放浪也是可以理解的。

但后来，诺亚又想到了另外一种可能。不禁令人毛骨悚然：

部落会不会把他当做祭祀的牺牲品？

以前听说有一些未开化的野蛮民族，为了一个神圣的事情有时需要极其隆重的祭祀活动，据说最好的祭品就是活人。可以想象，得到一个活人祭品应该是不方便或者不容易的，如果有外来者被用作牺牲品当然是最好不过了。

想到这里，诺亚有些紧张起来。这可是性命攸关的大事情，马虎不得。

诺亚开始提高警惕。他甚至观察了一下周围是否有可以利用来当做武器的东西，比如棍子或石块之类的东西。诺亚虽然并不认为非要像贞节牌坊中的烈女那样来捍卫自己的贞洁，但无论怎样，也绝不会束手就毙。

惴惴不安的生活令人窒息，诺亚有些神经过敏，他越来越讨厌这里的女人们。即使已经远离女人很久了也对她们提不起一点点原始的兴趣。

诺亚于是就尽量少理睬女人们。有人来了就假装睡觉，但即使这样也躲不过去。女人们依然饶有兴致地在诺亚面前指手画脚评头论足，甚至还要用手来摸他。有一次，诺亚气得跳起来大叫大喊，像发了疯一样，才把那几个娘们赶走，好不容易让他清静了一会。

不过这里的人也不是完全刻板一块一个德性，有一个女孩属于例外。

诺亚不曾很清楚地看到过她的面孔，但知道有这么个姑娘。她似乎十分拘谨，从不和诺亚照面，几次都只是看到她的背影。

她，有一副修长的身材，一头飘逸的秀发，完全不像其他人那样脏兮兮的头发黏结成一缕缕的令人生厌。她显然很干净，那好看的身体曲线衬托出青春活力，并且她是唯一的胸部有一块围挡的女人。最令人奇怪的是竟然看不出有什么残疾——肯定是个美丽的小姑娘，只有她是完美的。诺亚心里不止一次暗暗地赞许她。

又过了几天，好不容易等来了起初的那位老男人——大结疤。看起来，大结疤显然很有地位，因为别人好像都得听他的话，诺亚现在已经确定他就是部落长老。

与大结疤搞好关系肯定十分重要。急切之下，诺亚忽然想到恳请这位长老发发慈悲。

“尊敬的长老，首先我要万分地感谢你们救了我，并且这么照顾我，真是麻烦你们了。”诺亚非常真诚地对老人说道。

“没……没有关系的，你可以一直……一直这样住下去。”老人恭恭敬敬地对诺亚回应道。

“哦，不，这样太麻烦你们了。你马上把我送回山顶上去吧！”诺亚请求长老送他回到山顶去，因为诺亚估计老人一定认识去山顶的路。

“啊……啊……我不认识路。说起来你可能不相信，我们都不认识通向山顶的道路。”老人显得十分为难。

后来，老人似乎也看出诺亚不太相信他所说的话，于是又喋喋不休地说了好多。大致的意思是：他真的不认识上山的路。那条路非常非常难找，因为这个溶洞里不仅黑暗潮湿而且里面十分复杂。稍不留神，便会迷失方向回不来了。

不但如此，大结疤反过来劝说诺亚从此留下来：“……这里的女人全归你所有。”长老说得很平常。

“什么？……你说什么啦?”诺亚不敢相信自己的耳朵。

“我说这里的女人都归你所有，都给你做老婆。”老人的语气出奇的平静，仿佛在说一件非常普通的家常琐事。

“轰”的一声，诺亚的脑子里仿佛引爆了一颗炸弹。虽然有所预感，但仍然无论如何料不到这位尊敬的老人家会说出这种话来！诺亚惊骇得立即跌倒地上，战战兢兢地连说：“不！……不！”……

却不料老人长叹一口气慢慢道出了一番惊人的话语。

老人的语言比原来要稍许流利一些。过了好一会，经过一番艰苦的沟通，诺亚终于听明白了一个极其恐怖的故事。

相传很久很久以前，天地变得越来越热，越来越热，热得实在无法忍受。祸不单行，后来又到处流行瘟疫。

到处都在死人。一个接着一个死去；一家一家地死去；一个村庄一个村庄地死去。越死越多，到后来外面的人都死绝了。

山里的人们吓得都不敢出山，所以山里面的情况一开始要好一些。但后来瘟疫慢慢也蔓延到了深山老林里，穷乡僻壤的人们也纷纷死去。

最恐怖的是各种动物都开始死亡。几年间几乎所有的活物统统死光：老鼠、蚂蚁、山坡上的树、地上的草……

在人迹罕至极为荒凉的深山里，有相邻不远的两户人家，也早就陷入极度绝望恐慌之中。他们每日里哭哭啼啼、草木皆兵，惶惶然不可终日犹如待宰的羔羊。

于是这两家人家在一起商量究竟如何是好。他们知道肯定也逃不过这次灾难，因为外面的人和动物都已经快死绝了。

这里虽然极度偏远，但也许飞鸟已经把病菌带到了这个地方。明天或者后天，他们两家中的一个人就会死去，然后不可避免地：两个、三个，一个个人会接二连三地死去。直到全部死光，一个不剩，最后连一只老鼠都不会剩下！

但这两家人中有一个人十分有主见，并且知道有一个地方可以权作避难之所。

就这样，这些人们犹如漏网之鱼和惊弓之鸟，立即都躲进了这里的山洞。

但即使躲进山洞也不能解除他们极度的恐慌。惊恐万状的人们为了防止瘟疫，竟然彻底封闭了洞口，与外界完全断绝了一切联系。

人们想着好歹也算有个坟墓，一家人死在一起也好在阴间有个相互照应。想想外面横尸野外的人和各种动物，他们毕竟要好了许多倍。

总以为逃不脱灾难，大家都在等待着死神的慢慢来临。但这些人在洞穴里一天又一天挨过去了，居然好好的。咦……真奇怪！怎么还不死啊？等死都等得心烦了。算了，既然还不死那就先活了再说吧。

就这样，日复一日，年复一年，竟然有好几年都不出这个山洞。因为，除了可怕的瘟疫，他们知道恶劣的气候尤其是高温都会让人送命。

结果，大大地出乎意料，他们非但没有被闷死饿死在里面，而且居然通通活了下来。大约十年以后，他们才扒开封堵着的洞口，战战兢兢地出来一探究竟。

人们出来以后，才赫然发现天地间什么都大大改变了。尤其是天气热得如太上老君的炼丹炉。最令人极度惊恐的是，世间的一切生命无论是植物还是动物果然都已经全部死亡。无一幸免，除了他们自己。

显然没有任何地方能够去，外面的世界已经毫无意义。

从此以后，两家人家就在这山洞里居住下来。自然地，以后两家互相不断通婚亲上加亲，大家蛰伏在洞穴里苦度岁月相依为命。一晃又几十年过去了，都好几代人了。生活苦一点没有关系，可以熬可以挺，却不料人们的体质越来越弱，到现在所有的人都有残疾，尤其是男人越来越少越来越不中用。

……

“我知道我们已经断子绝孙……我知道我们已经断子绝孙！”老人仰望着上方的岩壁面无表情地不断重复着这句无限沧桑无限

悲凉的话语。他也不去注意诺亚是否在用心倾听他的讲话，自顾自地叨叨着，仿佛这样才能发泄出心中无限的凄苦和悲哀。

“你见到的那个，唯一看起来不错的小伙子叫西尔巴。他其实不是个男人，他下边的那个太小了，尿尿都不行。哎，我们现在根本就没有男人了！即使我算男人也太老了，身体又残又有病。唉……唉……”说着说着，老人竟然呜呜地哭泣起来。

诺亚这才恍然大悟，他善良的本性马上显现。他立刻忘记了人们的种种不雅，仿佛那些压根儿就不曾有过。

诺亚有些激动，他开始同情这些极其不幸的人们。

诺亚想到，这完全是地球环境灾难的结果。除了近亲繁殖的弊端以外，这里看来也没有能够避免环境污染物的影响。许多由污染直接或间接产生的类雌激素都可以导致各种动物包括人类的去雄性化，而更多的有毒有害污染物则可以造成人类的先天缺陷。

“你留下吧？”老人完全是在哀求。

“不，老人家。我有很多事情要去做，而且也有自己的女人，不能在这里做你们的女婿。”诺亚十分坚定地回答。其实他在心里却不禁嘀咕着另一种声音：无论怎样，我也不能在这里给你们做种马！

这时，恰好又见那位漂亮的女孩翩然而过。

老人十分诚恳地指着那位女孩说：“这是我们这里最漂亮的姑娘，她漂亮得像天上下凡的仙女一样。大家都叫她雪莲，给你做老婆吧！”片刻，见诺亚不答话，老人又以极低的声音喃喃地说道：“她什么都好，什么都好，好得不得了。只是眼睛看不见，就眼睛看不见，别的都好得不得了。”尽管老人的声音很低很细，但也无异于一声惊雷，诺亚感到极度震惊：这么好的一个姑娘，竟然是一个瞎子！

“但是她在洞中走起来比谁都强！其实在洞里也用不着眼睛的。”老人急忙又补充了一句。

诺亚不再去听老人的讲话，他感觉心里在滴血，不停地滴血！

诺亚哭了，从来没有这么伤心地哭了，以至于老人走了一会儿他都不知道。

诺亚一直在哭泣。

后来，诺亚狠狠地一次次把头撞在石壁上，在山洞里弄出了一阵阵响动。他受到了极大的刺激，一时间无法适应眼前的境况，他根本就无法面对目前的这种形势。

好久，诺亚累了，于是就睡着了。

不知过了多久，诺亚又醒来了。

那个姑娘竟然正在侍弄诺亚头上的伤口。她的动作是那样轻柔，离得很近，能听到她的气息。她身上的味道也很好闻，和白云的不一样。说不出是什么味道，大概就是另一种女人味吧。

就着朦胧的光线，诺亚这才仔细地端详起这个女孩子。

确实很漂亮。长长的脸蛋，弯弯的柳条眉，滋润的嘴唇微微翘起似乎在发嗲，双眼皮下，眼睛大大的。眼睛中只是少了点光泽，不知道的人根本看不出是个瞎子。她的手软软的，把诺亚的头皮弄得很舒服。诺亚心里不得不承认，这确实是个讨人喜欢的女孩子。

“你叫什么名字？”诺亚很感激这位姑娘。

诺亚想与她讲话，可想不到别的什么合适的话题，就只好明知故问。其实诺亚已经知道她叫雪莲，这个名字对于他很容易记住。

可女孩只是微微地露出了一点笑容，算是给诺亚的回答，然后就走开了。

诺亚呆呆地望着她的背影离去。

好一会儿……忽然，他回过神来：我这是怎么啦？

第十二章　雌地无淫

三天过去了，诺亚的态度没有转变。

给脸不要脸，长老终于动怒了。他指使好几个人扒去了诺亚所有的衣服，甚至拿走了诺亚已经被损坏的头盔。

诺亚光溜溜的一身非常不习惯。他大声抗议，可是没有人理他。他本想誓死以武力保卫自己的尊严，但又想到自己肩负重任，凡事不可莽撞。再说与人争斗，难免两败俱伤，况且他一个人总斗不过部落里那么多人。虽然那些人残缺不全，但几乎都比诺亚个子大，所以在一番抗争后诺亚也就没有采取更为激烈的行为。

不过情况并不这么简单。

由于天气很热，倒也不用衣服挡风御寒，而且在这个原始的地方，也不用靠服饰美化自己。虽然诺亚赤身裸体，但部落的人们也只是比他多了一片围挡。

可是，始料不及非常糟糕的是：没有了衣服的掩蔽，诺亚的雄性特征暴露无遗。

诺亚以前从来没有想到过，那么一小片遮羞布竟然是如此重要，原来那是人类文明的起点。没有了那么一块小小的布片，他就一下回到了兽类时代。在这个雄性完全蜕化的部落里，这真是太扎眼了。

诺亚的一切是那样完美，一切是那样富于魅力。尤其是那与众不同的地方真是令人啧啧称奇，关于雄性的遥远记忆和传说此番果然印证。诺亚由此成了部落的稀罕物，大家的心肝宝贝。

原来男人竟然是这么个样子。人们窃窃私语，消息不胫而走。

其实这里所有的女人都根本不懂男人究竟是怎么回事。但也许是天性，也许是阴阳过于失调，也许是环境激素的影响，总之平常之事在这里竟然变为难以想象的疯狂。

诺亚神奇美好的形象像磁石一样吸引着这里的女人，所有的女人。

一石激起千层浪。不，他的存在更像引爆了一颗炸弹，令所有的女人们无比震撼。男人！货真价实的男人！啊……这个世界终于有了一个真正的男人！

女人们的行为越来越古怪，洞穴里积蓄着骚动不安的气氛，一切开始变得混乱起来。

诺亚无论从人们细微的举动或过分的挑逗都能感觉到自己果然成为非常特殊的角色。他整天提心吊胆：没准哪天会遭到强奸！

诺亚忐忑不安地想象着某一天的到来。他竭力与一拨又一拨的女人们周旋，局面几近失控。

最后诺亚弄得心力交瘁，快要坚持不下去了。而部落里的人们却似乎越来越亢奋，越来越变态。无论怎样，这个新来的男人让她们重新燃起了生活的希望。这个唯一的雄性必须承担起理所当然的角色，一种天然的角色。况且，原始的人们并不觉得这有什么不妥的，难道部落里还有更好的选择吗？

……

诺亚对于自己将要担当的角色越来越担心，越来越害怕。文明与野性的碰撞有如水火不容，也或者是鱼死网破。

诺亚决心逃走。

然而这绝非易事。首先要等到外面没有人的时候，单单这一点就不容易。因为这几天总有人拼命往这边凑热闹，所以这里一直人来人往极少有清静的时候。

诺亚知道人们是来参观他的。他压根儿不理那些人，背对着他们。好在人们迄今为止暂时还没有过分地动手动脚，诺亚也就这么将就着过去——挨一天算一天。

能够成功逃脱的第二个条件是要熟悉洞穴里的情况，做到这一点也有许多困难。好在也算已经在这里待了几天了，诺亚多少还是知道一些。

第三个条件是……

过了几天，女人们的热情看起来稍稍退去。或者也许她们玩起了新的花招，不过至少表面上清静了许多。

于是，诺亚试着摸到了通向出口的主通道。他想出去看看。

走着走着，却不料一个女人挡在路中间。

不知她是早就有所预料，痴心在此等待了几天，在等待着梦中的王子，还是偶然好运碰上了诺亚。

但无论怎样，这个女人终于有幸全面地撞见了这位赤裸裸的男人，真正的男人。这是这位部落女人今生以来的第一次。因而她显得非常惊讶，两眼直勾勾地盯着诺亚身上显然与众不同的地方。

洞本来就很狭窄，可是她的一条腿还翘在石壁的岩石上。这个女人表情扭捏地拦阻住了诺亚。

诺亚没有办法，只好和颜悦色地劝说她让开："大姐，这样多不好，你让我过去吧！"可是这女人完全没有让他的意思。

难道还得从这个女人的胯下钻过去不成？这时，光线从洞外漫射进来，女人的遮羞布下有一个稍稍明亮一些的空当。也许她在古老的传说中知道一点女人的魅力，她想引诱诺亚成为她的俘虏？但不管怎样，诺亚确实不敢得罪她。

就这样，双方僵持着。诺亚愤愤地看着这个女人，这女人也死死地盯着他。

看看实在绕不过去，怎么办呢？

突然，诺亚一个趔趄，一脚踩在这个女人的脚上。这女人像被毒蛇咬了一口一样，跳将起来，诺亚一侧身子趁机窜了过去。

这边急急地朝洞外跑去，还要留心会不会有人追来，却不料和另一个女人又撞了个满怀：诺亚的整个脸都猛砸在一个高个子女人的奶子上。

只听"啪"的一声，诺亚眼前一黑，一时间竟晕头转向。被撞的女人却先开了口："咿咿……呀呀"地让人听不懂。

诺亚站稳脚跟，揉了揉眼睛终于看清楚了：原来是一个没有双臂的年轻女子。只见她朝地下点点头，诺亚这才发现刚才的冲撞竟把人家的"裙子"碰掉了。

这多少有些古怪：这么关键的东西，这么关键的地方，这么容易掉下来？但那都不重要，因为事实上已经掉下来了。

洞外的光线漫射进来照着这里的一切：这个女人确实很美，修长的酮体，纯洁无瑕，波浪般曲折的线条勾画出诱人的生动，就像维纳斯……

一丝不挂的一对人儿四目相向，两颗心都在怦怦乱跳，一切就像凝固了一样令人窒息。

幸亏光线不是很好，一切倒也勉强算是含蓄。有些朦朦胧胧，有些恍恍惚惚，恰如青春年少时代的桃花梦一般。

"真糟糕！"一会儿，诺亚终于想起来自己的使命，他开始回过神来。

诺亚真想打个地洞钻入地下，以躲避这样的尴尬。可是，这里的石壁连条缝都没有。更要命的是，这个女人居然还很有礼貌，这样当然就不好故伎重演，去踩人家的脚了。而且，万一她跌倒了，恐怕于她这种状况说不过去。

无奈，诺亚也只好从地上捡起她的围兜，然后开始为她扎起来。无论怎样，人家没有双臂，他有责任恢复这个女人起码的文明。

殊不料这个女子趁势把她的头靠在了诺亚的头顶上。她那发达的胸脯就这么压在诺亚的半边脸上，而且竟然抽抽搭搭地哭起来，泪水一串串地滴落在诺亚的脖子里。

诺亚闻到了一股汗酸味，不过女人那柔柔的肌肤伴随着一起一伏胸脯的运动仍然令人刺激。诺亚的心跳加剧，他感觉到自己在眩晕和膨胀……

诺亚咬紧牙关，运足气力控制自己的身体，极力防止自己坠入极端状态。待到诺亚好不容易站立起来，这个美人竟哭成了个泪人，不由得不令人心痛。

诺亚诚惶诚恐，无所适从，只好侧过身去，“倏”的一下冲了过去，逃之夭夭……

诺亚终于来到了洞口。洞口坐落在一处半山腰的坡地上。

天色已晚，夕阳架在西边的山梁上，巨大的阴影笼罩了对面的山坳，群山重重，峰峦叠嶂。在阳光的照耀下，高山和大地分成了明和暗的两个部分，就像人的内心世界一样充满了复杂和多重的感觉。稍近一些的地方都是一块块突兀的岩石棱面，夕阳在上面涂上了一层金色，使明亮的坡面似乎离人很近，似乎触手可及。

沿着山洞的上方往山上看去，虽然山坡延伸得似乎并不太远，但却不能看到山顶，大概要爬到很高很高的地方才能够看到山顶。

显然，从这里通往山顶的道路十分崎岖复杂。虽然到达山顶的垂直高度只有几千米，但斜坡的长度就要长很多很多，况且还有悬崖峭壁……

很难想象，没有帮助，一个人能够从这里顺利到达峰顶。

诺亚知道，即使在公元 21 世纪人类辉煌时代，攀登喜马拉雅山峰的都是极为难得的人杰，而且往往都带有高科技装备，并且有强大的后勤支援。

即便如此，成功地到达峰顶一直被认为是全人类的伟大壮举。虽然现在由于气候的变迁，大气层中氧气的海拔高度会稍稍提高一点点，但依他目前的状况，徒步攀登到达山顶可能比从前的勇士们更加困难。

看到这些情况，诺亚的心里不免充满了忧郁。没有什么收获，只好返回。

回来的路上倒十分顺利，看来诺亚的坚贞不屈对部落的人有所震撼，或者人们还不想让这个宝贝疙瘩出现什么意外。

后来，人们果然没有施以武力过分为难他，这才使诺亚稍稍放心了一些。

除了选择逃跑的路线，另一件重要事情是要准备食物和水。可是诺亚都在这里快半个月了，仍然不清楚部落人吃什么。

部落发给他吃的总是一种东西，就是那种软软带点腥味的东西。虽然吃得腻了也没有办法，因为总是饿肚子，所以不管怎样总还能吃进去。这东西虽然其貌不扬，也不过是一泡水，似乎营养倒还是有一些。因为到目前为止，诺亚的身体尚能坚持。既然只是吃一种食物，而且量也很少，能够有目前这样的身体状况已经很不错了。但是，是否其他人都吃这种食物呢？人们是否一年到头都吃这么一种食物呢？若是如此，可就不太妙了，因为那东西显然既不便携带也没有多余。

诺亚想尽办法去了解情况。比如从人们的言谈举止中观察，或者从送来食物的人口中设法套取信息，但都不能了解到部落储藏食物的地方。不过人们要是告诉诺亚，部落人每天吃的就是那种软软的，带点腥味看上去黑不溜秋的东西，诺亚肯定也会以为人家是在骗他。

偶尔在无人的时候，诺亚去了附近的若干地方，发现人们的生活实在太简单了：除了储水的瓦罐里有一些水以外什么都没有。

真是奇怪！难道这里的人们成仙了不成，不吃东西？这怎么可能呢？

虽然早年大本营曾经挖空心思希望培养出一种细菌，这种理想的细菌在进入人体后可以进行氧化还原作用，于是人们只要呼吸空气和喝些水分就可以存活。

但这种实验并不切合实际，最终也就不了了之成为笑谈。难道现在这个原始部落竟然做成了高科技社会都望尘莫及的事情？

部落人的食物就这样成了一个谜，一个诺亚挥之不去的心结。

所以诺亚逃跑的准备工作没有很好落实，他现在只是准备了一些水，食物一点也没有能够储备。

从这段时间所了解的情况判断，这个神奇而又巨大复杂的溶洞系统至少有两个出口。一个在山腰，就是昨天诺亚去过的地方，另一个在山顶上，也就是上次进来的地方。

看来山腰的洞口是大家经常进出的地方，而顶上的洞口怎么上去呢？从里面到山顶上同样有很长很长的距离。这山洞里枝枝杈杈七绕八拐很容易迷失方向，而且绝大多数地方黑咕隆咚坑坑洼洼难以通行。

诺亚想起上次的历险就有些后怕：真是太侥幸了！尽管如此，别无选择，还是要尽快逃离这里。

诺亚注意观察，什么时候洞里的人活动最少。经过几天的了解，他发现，这里人们的许多习惯和自己以前在家时很相似：白天一般不出门，在洞里睡觉或者休息，只有很少的活动。晚上却一直有人在进进出出，大概是到洞外去活动。一天之中，只有中午太阳最毒的时候几乎没有人活动，人们都躲在洞的深处寻觅阴凉。

一天中午，洞外的太阳毒辣辣的，洞里也十分闷热，看不到一个人，大概都躲到地洞深处去了。过了一段时间，洞外竟然传来轰隆隆的雷雨声音。说时迟那时快，诺亚只拿了一个装有一些水的破瓦罐，立即义无反顾地逃出了这个洞穴。

在几千米海拔的高山坡上，诺亚踉踉跄跄艰难跋涉。

全身光溜溜的没有遮掩，雨点打在身上凉冰冰的，而且有点痛。赤脚走路非常困难。尽管山坡上没有很尖锐的石头，但凹凸不平的路面使得脚底很快就疼痛不已，有些坡面岩石风化得厉害也还有刺脚的地方。

诺亚小心翼翼地盯着地面，尽量选择好一点的落脚点，以免使脚受伤。即便如此小心翼翼，他不久还是跌破了带去的瓦罐，仅有的一点水顷刻就没有了。

诺亚真是沮丧到了极点。他看看自己这副狼狈样子，连仅有的一点点水也没能保得住，真成了一个赤裸裸的无产者。好在还在下雨，暂时还感觉不到缺水。"唉……"到哪里算哪里吧！他无可奈何地叹了一口气。

遇到很陡的坡面，诺亚必须手脚并用才能前进。虽然他光着屁股爬起来方便，但却要十分小心以免在哪块岩石棱角上擦伤了皮肤。要是引起了感染，那就非常危险。

大约爬了有好几公里，可山顶却差不多还是老样子，几乎还是离得那么远。

有时他以为快到顶了，爬上去一看，不过是山体的一个收缩部位。从底下往上看，的确很像是峰顶的样子。然而到了所谓的"峰顶"，见到的情况依旧跟原来差不多，真正的峰顶仍然在很远的地方，好像刚才那段路程白走了一样。

大约一个小时后，雨停了下来，太阳报复性地射出强烈的光芒，照在裸露的皮肤上觉得很烫，有针刺痛般的感觉。然而奇怪的是，太阳照不到的身体的另一侧，却觉得有些凉，真是见鬼了。

诺亚觉得这样对身体很不好。且不说照到阳光的部位很快就会引起灼伤，而背着阳光的地方则可能会受凉。他不得不四处寻找，终于找到一块大岩石底下躲了起来。这里没有直射的阳光，而对面石壁漫射的热量可以保持比较合适的温度，他只好暂且在这里休息。又过了一会儿，刚才被太阳照射较多的地方开始有些疼痛起来。

诺亚就这样龟缩在岩石底下，他哪儿也不能去，什么也干不了。

如果不能离开这里，老这样待着，没吃没喝的，那就只有死路一条。看来只好等到晚上，抓紧一个晚上的时间，向峰顶发起冲锋，一举到达峰顶。只要到了峰顶就万事大吉了。

诺亚这样想着，于是默默盼望夜晚到来，希望能够借助夜晚的荫凉脱离险境，赶快到达山顶找到他的飞碟，这样他就可以回家了。

终于，夜幕渐渐降临了。

当太阳从西边刚刚落下山以后，山上的气温就迅速降低。诺亚还没有来得及庆幸，很快就感觉到了阵阵寒意。他本来想着晚上凉快好行动，即使冷一点也可以通过运动发热。可现在，由于光着身子太冷了，就是蜷缩成一团也还是很冷，根本无法行动。

诺亚努力坚持着，只能紧紧地挨着石壁，这样岩石里还能感觉到白天留下的一点点余温。挨到半夜时分，天气更冷了，竟然飘起了点点雪花，真是见鬼！他冻得索索发抖，牙齿不住地打战。就这样一夜也没能到什么地方去，简直成了一只冬眠的缩头乌龟。更为荒诞的是，他现在居然不断地冒出莫名其妙的念头：盼望着太阳早点出来。

等着等着，诺亚在寒冷中终于等来了太阳。

第二天，太阳一出来就大显威风，周围的温度迅速升高。强烈的辐射令诺亚马上又改变了想法，他好像又在盼望着夜晚的到来。

不能老是这样啊！这会儿诺亚的肚子已经饿得咕咕直叫了。

在部落洞穴里的时候不觉得，虽然食物不好吃，也吃不饱，但好歹能混混，而且总有人伺候。这下好了，现在落得两头不是。若是回去，不知人家会不会追究，况且看起来那长老压根儿就没有放他回家的意思。而且现在想回恐怕也回不去了。昨天出来的时候是下着雨的，所以能够到达这里。若现在回去，肚子空空的，连口水也喝不上，肯定要被晒毙在半路上。而如果不回去，显然又无法登顶。

唉……这里总不是久留之地。可是，除了坐以待毙，难道还有什么好办法吗？就这样，在进退两难之际一天的时间又过去了。

饥渴交加，冷热煎熬，情绪低落，诺亚没有完全恢复的身体又发起烧来了。

诺亚昏昏沉沉，一会儿清醒一会儿糊涂。他梦见了白云，可是，白云却不理他。诺亚去追她，又迈不动步子，他的两条腿似有千斤重。诺亚咬紧牙关拼命追赶，并且大声地呼喊，跑着跑着脚下一跸，他低头一看，原来是儿子。儿子怎么啦？怎么这么瘦啊！好像连呼吸都没有了。啊，怎么办啊？惊吓之下，诺亚又清醒一会，但不久又迷糊过去了。

也不知过了多久，诺亚感觉天气好些了。这天气终于变得不太热也不怎么冷，他想着现在总可以赶路了吧。诺亚努力挣扎着要坐起来，却被一双软软的滑滑的手按住了：咦，这不是雪莲的手么？诺亚强打精神，眼睛微微睁开一条缝，果然看见了美丽的姑娘。

莫不是又在做梦吧！诺亚依稀记得自己逃了出来，而且十分狼狈，甚至后来好像死去了。怎么会又碰上她呢？这不是做梦又是什么呢……

雪莲继续在忙活着，诺亚也渐渐地清醒了许多。但他还是很奇怪：怎么回到了这里呢？

诺亚忽然又觉得不好意思。这样光光的身体像什么样子啊！他应该在这位姑娘面前文明一点才好。不知怎么的，诺亚总希望给雪莲留下好的印象。

现在诺亚努力想移动身子，最好能背过身去。一个大老爷们，就这样暴露在人家女孩子面前是很可恶的。可是整个身体软绵绵的，他连翻身的力气都没有。

真是糟糕透顶了，好在大概她真的一点也看不见，既然这样也就没有关系，诺亚只好自己安慰自己。但每当姑娘面部朝向诺亚的身体时他总感觉很不自在，然而他还是没有办法避免尴尬……

忽然，诺亚又有点愤愤不平：谁叫那些人这么下作，把衣服给藏起来了，害得我连部落里的文明程度都还不如，害得我在这么漂亮的姑娘面前丢了面子。那些家伙真他妈不是东西！

诺亚完全清醒过来了。

看来，又被人家救了一回，这下欠部落的人情可大了。于是，诺亚总有点儿惶惶然，不知以后怎么应付这里的人们，也不知部落以后会不会报复他。

好在雪莲姑娘很乖巧，她甚至给诺亚拿来了食物。好姑娘总是那么善解人意，连诺亚肚子饿也知道，而且都不用他开口就送到了嘴边。

诺亚必须高雅一点，至少要自己坐起来。可是仍然没有这把劲，他试了几次都没有成功。很奇怪，好像雪莲能看见一样，她马上过来帮忙。她搀扶着让诺亚坐好，然后一点点喂给他吃。姑娘的动作是那样准确无误，根本就不像一个盲人。诺亚忽然又觉得很不自在。这样光着身子与一个女孩子亲密接触，除了妻子白云以外，那是从来都没有过的呀！

但不管怎样，经过雪莲姑娘这么伺候，诺亚的毛病好像好了许多。这会儿他的胃口大开，这么一点点食物，不一会儿就吃掉了。吃完食物后，姑娘又帮着他躺下，然后在他的身上涂了一些不知什么东西，感觉凉凉的，再加上那双柔柔的手，确实令人十分享受。诺亚就这样晕晕乎乎地睡着了。

……

虽然总有些尴尬，孤男寡女的，而且……可姑娘要是真的不在的时候，却又令人想得慌。诺亚居然常常盼望能够见到那位讨人喜欢的姑娘。

诺亚逃走的事居然没有人追究。

有雪莲日日服侍着，诺亚几天后就恢复了健康。

没有事情可干，暂时也不想逃走了，确切地说是无法逃走了。闲得无聊，就想着研究雪莲是怎样看见走路的。

诺亚越来越有些怀疑，雪莲的眼睛是否完全看不见。

要不然，怎么这么利索呢？真是怪事一桩。

那么，怎么样才能够知道雪莲的真实状况呢？这令诺亚费了不少注意力。

不过诺亚毕竟很聪明，他渐渐也看出了一些端倪。经过多次细致的观察，诺亚发现，雪莲对于熟悉的地方，好像是靠记忆。因为她走的步伐很特别，每一步都似乎很精准，而在下次走的时候，都会十分准确地重复。

但不知道新路是如何行走的，难道也像普通人一样在看不见的情形下摸索前行慢慢总结经验吗？如果真的是这样，那就证实她确实看不见，一点点都看不见。

后来发现雪莲走起路来脚步声特重。莫不是她在探测脚步的回声，并以此来确定方位和距离。不过这也仅仅是诺亚的一种想法，因为终究没有办法证实这个猜想。

雪莲真是个神奇的姑娘，神奇得令人捉摸不透。

又有几天过去了，诺亚心里挂念家中，十分着急。实在没有办法，他决定再一次去求求那个部落长老。

正当诺亚在想着如何联系上那位有权力的老人家，大结疤来了。

“哎，您好！尊敬的长老。”诺亚客气地主动与老人打招呼。

“哎，你好！勇敢的年轻人。”长老也蛮有礼貌地回答。

看起来，与诺亚之间的一些冲突或不快长老并没有放在心上。想起来其实部落里确实也没有什么歹意，不过就是双方不能合作而已。

“我得感谢你们又一次救了我的性命。”

“哦，那没什么，我们都很喜欢你这个小伙子。”

“其实我是太想家了，家里有急事需要我回去。家里人在生病，我不能老待在这里。”

“可是，我们非常需要你，真的需要你，你不能走！”

“我保证是暂时回去，过几天一定会回来的。”

“那也不行！你绝不能离开！”

说到走，长老的口气强硬起来，他横竖不能让诺亚离开。原因很简单，大家心里都有数。诺亚其实并非不明白这么简单的道理，而是心存幻想，非要人家把话讲绝了才能稍稍明白一些。这下长老还是不松口，诺亚无奈只好绕着弯子与长老搭话。

“这次救我，你们是怎么发现我的？”诺亚知趣地转了个话题。

诺亚知道解救他的这段路程不好走。他一直有些奇怪，当然也是希望借此多一些对这些残疾人的了解。诺亚始终对部落的人们心存疑虑：无论怎样，以后总还是要对付这些人的。

“哦，这没有什么。你想知道就跟你讲讲吧。”长老倒也爽快，清了清嗓子啰啰嗦嗦地说开了。于是，诺亚终于大致了解了事情的经过。

原来，诺亚失踪后部落也非常着急。他们多方寻找，最后估计诺亚是从山腰的洞口离开的，方向必然是向山顶而去。因为此前诺亚已经跟长老讲得很清楚：他坚决要到山顶上去。诺亚的固执给人留下了深刻印象，最终也因此拯救了他自己。

虽然山洞外骄阳似火，但作为土著自然有些办法。

以前，部落的人在出门时，除了带水和食物外，主要是每隔一段路程，必然找好一处背阴处，以躲避阳光的辐射。如果在某一段路程上没有这样的荫庇处，那就只好挖掘一个洞穴或盖一个小小的棚子。因为人在太阳下不能走很长的路程，要不然就只能走夜路了。不过，部落的人们对于过热、过冷气温或者阳光辐射的忍耐力要比诺亚强许多。人们一路寻找，由于诺亚所在的那处地方很特别，附近又没有其他躲避处，于是没费多大周折就找到了他。

现在，老人家对于诺亚的条件简单明了：帮助部落生几个孩子就可以离开了。

当然，这是不可能的事。绝不可能！那样就突破了诺亚做人的底线。

不过考虑到处于别人掌控之中，诺亚说话的口气稍稍婉转，但他的意思却毫不含糊："可是，老人家。眼下我得赶快回家，家里人在生病啊！"

可惜长老也是重任在肩，实际上大家都没有妥协的余地。

看看实在说服不了诺亚，老人家的口气稍稍转为缓和。他换了一种方式一字一顿地慢慢劝导："你也看到了，我们这里没有一个孩子。我们已经断子绝孙了，已经快二十年没有孩子了。整整二十年哪！雪莲是我们这里最小的孩子。"

长老的语调充满了沉重，最后听得出他说话时的哽咽。

长老努力克制着情绪，咳嗽了一下接着说道："你娶她吧，娶雪莲吧！她真的是我们这里最好的姑娘，她就是下凡的仙女……"老头一直在唠唠叨叨说个没完。

诺亚于是又一次沉浸在老人家那个悲凉凄苦的故事情节里，呆呆地不做声。突然，老头的眼睛发亮，脱口而出道："你若与雪莲结婚，她就可以带你到山顶。从山洞里面爬上去，她认识上山的途径。这里只有雪莲一个人认识那条路。”

“不会吧！雪莲不是眼睛不好使吗？”诺亚非常惊讶，他马上表示怀疑。

诺亚自然不相信长老的这个说法。他第一个本能的反应就是认为老人是引诱他与雪莲结婚，继而把他永远留在这里。虽然说诺亚也喜欢雪莲，但一来自己已经有了老婆孩子，二来当然不能留在这里任由别人驱使，哪怕在这里做部落首领也不愿意。

好像看穿了诺亚不太相信，长老又继续说道：“是的，只有她一人认识洞中通向山顶的道路。很久以来，一直没有人能够到达山顶，虽然大家早就知道这个山洞必然有另一个出口。但据说要最为纯洁的人才会认得此路。雪莲是个纯洁又十分美丽的姑娘，她居然说她能看见那一条路，因为她是用心去看的。”

这激起诺亚的一些感慨：是啊，在这个黝黑而漫长，充满歧途和险峻的极其复杂的溶洞系统里，连照明工具都没有，普通人是无法随便深入的。自己第一次坠落时被救实属是不幸中的万幸，听说那也是雪莲的功劳。

真是一位神奇的姑娘！

诺亚开始有些相信长老近乎天方夜谭的说法，对于雪莲产生了由衷的敬佩和感激之情。

但无论怎样，诺亚都不能接受长老的安排。况且退一万步说，就算他同意娶一个小老婆，那也不能立马就入洞房，是吧？而且生孩子这种事情也不是一天两天就能生出来。他得立即回家，刻不容缓！

可是，能够说服这位长老暂时搁置他的繁育孩子的计划吗？能够说服雪莲帮助自己离开这里吗？诺亚感到完全没有把握。但是没有任何退路，只有前进，排除所有障碍才能脱身回家。

诺亚想来想去，觉得实在无法跟这位长老说清，于是只有破釜沉舟孤注一掷了。

忽然，诺亚板着脸煞有介事地说道："你们的山洞连着天堂，我奉佛祖之命经过这条天道，是下来视察民情的。你若没有忤逆佛祖之意，我保证一年以后给你们部落生产好多孩子。而且以后你们部落决不会再有任何畸形的残疾人出现。"

"好……是好！……这样真的挺好！……可是……可是我怎么能相信你呢？"老人一脸迷惘，看得出来，他果然很害怕菩萨。

大结疤脸上的皱褶更多更深了，两只绿豆般浑浊的小眼珠几乎看不见了，粘着老泪的眼屎更加显眼而令人恶心。

老人果然软了下来，可是他越发着急。

"你要是逃跑了不回来，我们上哪儿去找你呢？"老人接着又补充了一句。

诺亚心想：是啊，人家说得也在理。……怎么能说服长老呢？怎么能让他相信自己呢？……真要命！

忽然，诺亚双手合十："我可以对佛祖起誓！"他振振有词地保证。

话说到这个份上，笃信佛教的长老也多少有些无可奈何。但即便如此，他仍然没有答应诺亚离开。

"不过……我们大家都不认识路。你还是和雪莲结婚吧！这样她就可以帮助你了。"老家伙虽然说不过诺亚，可他还是不太甘心，或者也有点狡猾，他始终没有忘记自己的职责。

都到了这个份上，诺亚无可奈何地摇了摇头不再说话。

诺亚索性躺下来休息，并且他背过身来把光溜溜的屁股对着老头。他在心里打起了自己的小算盘：我求你这个老家伙还不如去求求人家小姑娘，对付小女孩应该容易得多。

诺亚的想法与长老实在是大相径庭，谈了半天仍然是话不投机。不过长老却觉得自己还是有些收获。一讲到雪莲，这位年轻人的口气就不一样了。其实，长老早就看出小伙子喜欢她。所谓一物降一物，慢慢来总是有办法的，老家伙的嘴角露出一丝不易觉察的阴笑。

已经有一天没有看见雪莲了，整整一天了。不知怎么搞的，这几天来，诺亚都特别想见到这位姑娘。见到她，心里就觉得踏实；看不到她，就会情不自禁地念想。诺亚也曾怀疑自己是否爱上了她，不过他仔细想想就觉得好笑：

这怎么可能呢？我怎么会爱上她呢？尽管她确实可爱。这世界上好东西多了去了，什么都想占有，那就真成了封建帝王了……可是我确实喜欢她，这又说明了什么呢？

诺亚有些不安，他只好继续安慰自己：啊，这其实也很正常。毕竟，传统上或习俗上男人没有女人那种严格的贞操观念，所以人性的趋向就更为自然一些。大概，自己也属于平常的爱慕之心，大可不必挂上一个淫欲的罪名。爱美之心，人皆有之。

可是今天，诺亚想起了这位小姑娘，竟然有些心跳：我这是怎么啦！有求于人也不要紧张嘛！……唉，不要紧张。就说要离开了，去跟人家小姑娘告个别什么的也属于人之常情啊！

诺亚不断地安慰和鼓励自己，他想不出自己有什么问题。

诺亚心里着急，就不自觉地朝那个地方走去。当然，照例是光着屁股。他已经有些习惯了，不再有很猥琐的感觉。

诺亚知道她住在哪里。因为那老头有一次不经意说起过，诺亚一下子就记住了姑娘的住处。以后每次路过，他总要向那里张望，完全是情不自禁。女孩住的地方对男人来说总有点神秘的感觉，尤其像雪莲那样奇异的姑娘。

现在，诺亚慢慢走了过去。一步一步，脚步很轻。还是不习惯洞中的行走，好像在思考着什么问题，有点犹犹豫豫；或者又似乎是怕踢翻了地上的什么东西，有点战战兢兢……

昏暗的一处旮旯小洞里，姑娘侧身躺在那里睡午觉。她的背对着外面，腰间的围兜似乎太小了，连屁股都遮不住。洞外漫射的微弱光线照在她身上的突起处显示出明暗相间的轮廓，朦朦胧胧地勾画出一幅柔美的曲线……

她的睡姿真好看。

没有人，四下里静悄悄的，诺亚好像能听到自己的心跳和呼吸声。他呆呆地傻站在那儿，竟然忘记了今天到底来干什么来了。

忽然有脚步声，诺亚神经质地赶快转过身来离开。才走出不远的距离，就看到那个叫西尔巴的小伙子正在向这边过来。狭路相逢，西尔巴对着诺亚不友好地狠狠瞥了一眼。

他去干什么呢？诺亚才走了十几步有些不放心，就停住脚站在那里。

一会儿，听到那个家伙出来的脚步声，诺亚才放心地离开。

诺亚越来越着急。他离开家已经有二十几天了，家里怎么样了呢？白云和孩子的身体怎样了呢？也许白云已经急疯掉了。

诺亚急于要找到雪莲姑娘。但这几天总不见她，最要命的是，想不到她竟然离开了她住的地方。不知是雪莲有意躲避他，还是长老在搞鬼。总之，诺亚越是着急，越是见不着她。

怎么办呢？最近洞里的气氛也不那么友好了。西尔巴总像个影子一样盯着他。这家伙本来就不怎么友好，现在鬼头鬼脑的样子令人生疑。

诺亚多了几分警惕。雪莲不来了，不知她是否出了事或是遇到了什么麻烦。送食物的差使改由另一个女人承担，而这个女人非常令人讨厌。老是盯着诺亚看，浑身上下都要看，也不知道掩饰，直直地带着欲望的目光从那张丑陋的脸上放射出来令人恶心。送来的食物越来越少，也许明后天就要饿肚子了……

怎么办呢？诺亚一筹莫展。

又过了一天，想不到长老来了。

“我想见雪莲。”诺亚一见到长老就急不可耐地说道。

老头盯着诺亚看了一会，那神情似乎想在他的脸上发现什么秘密。略略思考了一下，长老就答应了：“好吧！我带你去见雪莲。”

老头以为诺亚有些动心了，这才答应带他去找雪莲。

他们沿着一条弯弯曲曲的岔道前进，漆黑一团一点也看不见。诺亚紧跟着长老高一脚低一脚地摸索着走了好长时间。刚刚拐过一个弯，豁然出现一个高大的空间，这地方诺亚从来没有来过。

真是一个好地方！上方的凹陷处不知哪里来的少许一些光线漫射到这里，依稀可见洞中的景色。缥缥缈缈的水汽犹如晨雾一般，朦朦胧胧间使人遐想，恍恍惚惚地撩拨着人的性情。这里居然有一片小小的水面，一汪碧水中倒映着一个仙女般的姑娘：呵，雪莲！只见她端坐在水边，正在梳洗。她的两臂优雅舒缓地上下运动着，两只手在梳理秀发。那乌黑的长发如瀑布一般洒满她的肩头，不断微微扭动的腰肢更突显出美丽的线条。她梳得很仔细，就像是一根根地在整理。

诺亚知道自己来的时候是有些响动的，但雪莲好像不知道他们的到来，仍然做着她自己的事情。

这时，诺亚转身一看，老头不知什么时候已经不见了。

诺亚后来才知道，这个地方就是部落的圣湖。因为原先神山前面的那个很大的圣湖干涸了，佛祖保佑他们在山洞里找到了这处神奇地方。于是，人们就把这里称为圣湖。水是那样珍贵，神灵更不可以亵渎。所以如此纯洁和神圣的地方，一般人是不可以来玷污的。只有雪莲可以自由来往，偶尔也还有长老来此地打水。

诺亚就这样傻傻地站在那里，赤条条呆若木鸡。好久，姑娘才梳洗完毕站起身来。她亭亭玉立在圣湖边，一片朦朦胧胧中，她的形象和曲线与周围钟乳石柔嫩圆润的线条竟然是那样完美和谐……

一切美丽得让人不忍呼吸,好一幅巧夺天工的动人画面。

因为有了美人,所有的一切就都有了灵性。情景交融,诺亚自己也觉得成了画中人,像个王子。此情此景,人的灵魂得以极大地升华,天地阴阳是那样完美地融为一体,以至于诺亚失去了自我,呆呆地成为雕塑。

忽然,雪莲轻掂着两脚,一只手摞着头发,一只手抱着一罐水起身回去。已经陶醉了的诺亚不敢捅破这美丽的宁静,像一尊裸体雕塑一样依旧一动不动。但见雪莲如梦中的姣姣公主一样姗姗而过。

中午,诺亚熟睡中被推醒了,姑娘递过来他的衣服和那个破头盔。

诺亚非常惊讶,这完全出乎他意料之外。一时间,他竟不知所措,忘记了还要谢谢人家。不仅如此,慌忙中又穿错了裤腿,幸亏雪莲根本没有朝他看。因为无论怎样,诺亚有时觉得,这个姑娘能够看到他,要不然为什么许多动作都那么准确无误呢?也许他不仅是局部走光而已,他的所有都已经被她看得一清二楚。一想到这些诺亚的心里就觉得怪怪的。

唉……还是有衣服的感觉好啊!人类的含蓄真是一种美好,尤其是面对着高雅的女人。

诺亚很快就穿戴妥当。好多天一身光溜溜的差不多已经习惯了,现在穿了衣服,反而感觉有些笨拙。

不过,诺亚很快就习惯了新的形象,这很有利于他重新树立信心。虽然仍然是简单的穿着,但这样在雪莲面前就不会有一种自卑和猥琐的感觉。

就在诺亚体味着全新感觉的时候，雪莲过来一把拉住他，示意跟她走。

一开始有点丈二和尚摸不着头脑，但像所有男人一样，诺亚无法抗拒一个好姑娘的善意。雪莲温柔的小手似乎有着不可抗拒的力量，久违了女人的肌肤也有一种异样和舒服的感觉，诺亚温顺得像只小狗，第一次这样毫无主张梦游般跟着别人走了。

悄悄地，七拐八弯，穿过一处处陌生地方。没有多久，很快就远离了部落人们居住的地方。

深处的洞穴里寂静得瘆人。即使是诺亚也可以从声音上判断他们两人的某些行动，他甚至能够辨别他俩不同的喘息声。

现在，诺亚才真正有所领悟声音这种物理现象的玄妙，也许雪莲果真是人类声波实践的奇才。

以前听说即使一般的盲人也都有绝佳的听力，研究者一般归结于盲人能够超乎常人的那份对于声音的执著和专一。所以，没有视觉的盲人可以将人类对于声音的分辨能力发挥到极致，而优秀的个别人则尤其出类拔萃。

那么，像雪莲这么聪明的姑娘，也由于高原大山神奇的洞穴环境，她能够创造奇迹也并非不可能。

想到这些，诺亚的心里多了一份踏实，多了一份信心。

这时，诺亚才明白姑娘的意思。

一种久违了的感觉重新回来了：自由，像小鸟那样飞翔，如野马般奔腾，这种感觉真好！诺亚想说几句感激的话，可是姑娘在认真赶路，似乎没有功夫也不像是在乎听他说好话。况且到现在为止，尽管手拉手的，两人一直都没有说话，诺亚也只好罢了，到嘴边的话又咽了下去。

洞穴里伸手不见五指。姑娘在前面引路，诺亚深一脚浅一脚地连滚带爬，简直狼狈到了极点，幸亏常常有雪莲的手拉着他。即使这样，大概诺亚已经鼻青脸肿了，尤其是头顶上撞出的几个大包弄得脸上血糊糊的，自己都能闻到一股血腥味。不过，还多亏了这个破头盔。要不然，他的脑袋肯定给撞烂了。好在雪莲的小手特别温暖，这使诺亚增添了许多信心和力量，他甚至觉得愿意永远这么被她握着或是牵着，哪怕成为一只小狗。

在这个奇异的地方，人们的角色彻底颠倒过来了，无奈的诺亚只好扮演弱者的角色。真是没有办法，不过诺亚也乐意，这是从来没有过的一种体验，他感觉到了一种别样的温情。

没有一米的路程是相同的，况且根本就没有路，其实从一开始就没有路。他们大部分时间所做的，就是从这处石头爬到另一处石头上。如果没有水还好些，遇到潮湿的地方，湿漉漉、滑溜溜哪里能够站得住人？

不过，令人惊奇的是，雪莲似乎能够看到黑暗中的东西。在特别危险的地方，总是由雪莲用手抓住诺亚的小腿将他的脚定点在比较合适的地方，然后让他移动另一只脚。

如此，每每是有惊无险，一次次居然化险为夷。

整整七八个小时过去了，大致算来他们已经在漫漫黑暗中穿越了很长的路程。

诺亚弄得浑身是伤，筋疲力尽，要不是雪莲帮助，他恐怕早就掉在某个黑咕隆咚的陷阱里了。

这下诺亚心悦诚服。他终于相信，除了雪莲姑娘，在没有任何合适科技装备的情况下，没有人能够穿越这地狱般的障碍到达山顶。这首先需要一种雷达般的感觉以看穿黑暗，还需要坚忍不拔的超强意志，所以此举绝非常人所为。看来，长老倒是没有骗他。不过普通人的这一切困难对于雪莲似乎都不存在。她富有韧性的腰部和弹弓一样的双腿，看似柔嫩实则有力的双臂，尤其是惊人的穿透黑暗的洞察力，都使这位姑娘成为特别的溶洞生灵。

仿佛过了一百年，艰难的攀登和穿越令人度日如年。在几次短暂的休息后，终于准备过夜了。

这一路上，诺亚总想让雪莲开口说话，因为缺乏语言交流实在憋得慌，但雪莲就是不肯多开口。不过有一次，诺亚差一点滑落进一条深沟，雪莲"呀!"地大叫了一声。从那以后遇到关键时候，她也会结结巴巴讲几个简单的词语，不过诺亚都听不懂。看来她是不会讲汉语而不是不愿开口说话。见她好像不是个哑巴，诺亚很高兴，因为他总觉得这个姑娘应该完美一些。由于后来体力过于透支，诺亚的情绪渐渐低落，他们又不再吱声了。

说是过夜，其实就是休息的时间长些而已。漆黑一团的山洞里根本就分不出白天或是夜晚，因而也没有准确的时间概念。

背靠着石壁睡了一觉，诺亚觉得体力精神恢复了不少。雪莲大概没有什么问题，这一路走来，这个姑娘竟不知疲倦，除了自己要艰难行进外还要不断地帮着诺亚，真是难为了她。不过诺亚知道她其实也挺累的，在这种地方行动，体力消耗很大。但总的来说，雪莲的确非常适应这里的洞穴环境，她的身体状态一直相当不错。

诺亚和雪莲在洞穴里大概又经历了几天，好几天，始终没有见到光线。

诺亚觉得奇怪，就问雪莲。

可是两人的沟通还是有问题，诺亚讲了一大堆话并且拉着她的手做了许多动作，大概雪莲才有点明白。然后雪莲又结结巴巴了半天，她也拉着诺亚的手比划了好长时间，诺亚好像明白了一些。雪莲大概的意思是有时经过透亮的地方刚好是晚上，所以一路以来总是暗无天日。

不过，有美人相伴，不觉得黑暗的漫长。绵绵的情谊使人增添了无穷的信心和力量，让人竟不愿意很快结束这梦幻般的意境。

神奇的经历就这样成就了诺亚永远的记忆。

诺亚看到了亮光!

经过千辛万苦,他们终于登上了山顶。

诺亚欣喜若狂,他真想一把紧紧地将雪莲抱在怀里亲吻个痛快。但他还是忍住了,坚强地忍住了。因为经历了这么多天坎坎坷坷,诺亚又成长了。他学会了坚忍不拔,他知道了堪比天高堪比海深的深情厚谊,这种大山般的友情甚至可以和人类最美好的爱情相提并论。

诺亚紧紧地握住雪莲的双手,激动得有些颤抖,两行热泪禁不住流了下来,哽咽着说道:"……谢谢你!……谢谢!"可惜诺亚的嘴巴这时候反而不太利索,有点哆嗦,居然难以表达。好在像有奇妙的电流相通,两人紧紧握着的手在无声地传达着千言万语……

忽然,诺亚回过神来:他把姑娘的手握得太紧太持久了,以至于她的脸都涨红了。

诺亚只好松开了手,雪莲宽慰地笑了。她的笑容像刚刚绽放的鲜花一样楚楚动人,而那份纯洁恰如嫩叶上的朝露一样晶莹剔透。诺亚分明看到了这位姑娘的一颗心,一颗至诚至善纯净的心。

无限的感激和千般的敬重凝聚成一句话:"我一定会回来的,我一定会回来帮助你们的!"

"请你一定相信我,等着我。"诺亚用两只手掌按住心口对雪莲郑重其事地说道。

姑娘忽然递过了一只她一直随身带着的一个小小铜罐:"雪莲……雪莲……"她居然清晰地说起话来。

"什么?雪莲!"诺亚不明白里面到底是什么,他原本以为那里面是姑娘装了食物或水用于路上吃的。

"……鱼!"雪莲涨红了脸拼命挤出了这个词。也许,她花了很大的工夫,看来是老早就准备了这个词,因为一路上诺亚并没有教她这个词。

诺亚双手接过了这件礼物。他想打开看看,姑娘按住了他的手，然后摇了摇头。

要分别了，姑娘和诺亚依依惜别。

真是一个好姑娘！如果诺亚没有结婚的话……

穿越了这么一条神秘崎岖又漫长的道路，没有人会认为雪莲看不见，也许她果真是用心在看，也许她能够看到人们看不到的许许多多的东西。

雪莲在挥手向诺亚告别，她显然知道这个男人正在注视着她。

初升的朝阳在雪莲身后放射出万丈光芒。她的脚下，是一座座地球的最高峰，峰峦重重天地相连。山腰间，滚动的云层将整个世界铺展成纯洁的白色，神山顶上弥漫的雾霭袅袅缭绕犹如仙境一般，亭亭玉立的美人恰似仙女下凡。

片刻，姑娘转身准备离去。

一阵风吹过，她的裙摆在风中掀起，秀发如柳丝一般随风摇曳，亭亭玉立，无限妖娆……诺亚的心灵再一次震撼：哦，这是母性的呼唤！她预示着新生，昭示着地球明媚的未来。

诺亚一直深情凝望着那个背影消失的地方……

告别了美丽善良的雪莲姑娘，诺亚找到了飞碟。

诺亚驾驶飞碟风驰电掣地赶回了家。

老远就觉得家中的气氛不大对头，诺亚停下飞碟急急忙忙走进家中。就在他和白云四目相对的一刹那，两人都惊呆了。诺亚看到，白云母子两人都虚弱地躺在床上，家中的一切杂乱无章，甚至有一股很难闻的味道；而白云看到，诺亚的脸庞消瘦，鼻青脸肿，满身都是伤痕血迹，胡子拉碴头发也长了一倍。他一身破衣烂衫，连头盔也裂开了挂在脖子上。

诺亚一下就扑过去搂住了娘俩，而白云也紧紧地抓住诺亚的臂膀。诺亚感觉到白云在一阵阵颤抖，她呜咽着，却哭不出声来。

她猛烈地抽动着身体，想抑制住自己的激动，希望这来之不易的见面喜庆一些，但无论怎样都无法控制住自己。终于，白云号啕痛哭起来，就像火山爆发一样，她要把这一个月来的所有艰辛、所有委屈、所有痛苦都倾吐出来。她压抑了太久，有太多的心酸。

这一切惊动了小孩。孩子显得软弱无力，有点儿惊慌，并且好像对于诺亚很陌生似的。看着孩子的这副模样，诺亚又一阵鼻子发酸，眼泪扑簌簌地掉了下来。

好一会儿，这一家子哭够了才渐渐安静下来。诺亚这才想起铜罐里的鱼，赶紧打开一看：哇，是两条大约五厘米长得古怪小鱼，大大的脑袋，全身通体洁白，甚至有些透明。

"模样像是鲢鱼，不过鲢鱼没有这种颜色的，而且也比这大得多。"白云因为有丰富的生物学知识，所以她很有把握地说道。

"哦，对了，怪不得那位部落姑娘称这种鱼为雪莲，原来可能叫雪鲢。"诺亚恍然大悟。

"什么？你说什么……部落姑娘？"白云有些敏感地问了起来，她这才想起诺亚这几十天里可能发生了许多的事情。

"嗯，待以后慢慢再讲给你听吧！"诺亚讨好地搂住妻子吻了一下，柔声对白云说道。

然后，他们赶紧把雪鲢放进水池里养了起来。

诺亚感到非常内疚，离开家这么久，真是难为了这娘俩。他不顾极度的疲劳，收拾屋子为他们娘俩准备吃的，这才发现家中几乎快要断粮了。因为一直以来他们的主食还是一种蘑菇，需要在实验室培养。而诺亚不在的这些日子里，白云一个人承担了所有的家务。尤其是孩子身体不太好，加上白云自己身体本来就很弱，所以，家中就每况愈下，渐渐地一塌糊涂。诺亚忙着把急需的事情立即先做起来，里里外外忙了好几个小时，才稍稍理出个头绪来。

诺亚就这样一直忙着，到后来实在吃不消了。因为他这几天实在是太累了，他干着干着觉得困了，本想稍稍休息一下，不料一倒下来就睡着了。

第二天,白云竟开始闹情绪了。

诺亚没有回来的时候,白云的心像被人挖去了一样难受,她在分分秒秒地算计着诺亚离去的时间,望眼欲穿,几乎哭干了眼泪。到后来,她都哭不出来了,眼睛也干呼呼的,她的心差不多已经死去了。

现在,诺亚回来了,白云也觉得自己应该万分高兴才对。可是,不知怎么搞的,她积累了许多许多委屈总是要发泄,好像要把这一个月来的全部心酸一股脑儿地倒在诺亚身上她才舒坦。但白云自己也知道这个时候闹情绪显然不合适,所以她不多说话,只是情绪很不稳定。

诺亚怕惹她,有时想要避开她,她却又不允。就这样,白云唠唠叨叨地整天黏糊着诺亚,搞得诺亚有点儿受不了。

后来,诺亚也开始理解她,开始能够体谅她的苦衷,尽量耐心地抚慰她。几天下来,白云的情绪才渐渐安定下来。

几天以后,诺亚带回来的雪鲢产下很多鱼卵。

"这下我们就有鱼吃了。"白云非常高兴。

但诺亚却不同意:"我们不可以像旧人类一样随意杀戮。"

白云一下挂了脸:"那我们吃什么?孩子的身体都快要不行了,你不着急?"

"可我们来地球的目的就是要保护生态环境,不可乱杀生。"诺亚几乎像是在发布命令。

白云的眼圈又红了,噘起了嘴巴不再理睬诺亚。

好在生活忙忙碌碌,诺亚很快忘记了这一次争论。

可是,不久诺亚发现水池里的雪鲢竟少了一条。于是去问白云,却不料白云一反平时的温顺,凶狠地冲了他一顿。诺亚也没辙，只好不了了之。

但过了几天，竟然又少了一条。这下诺亚大发雷霆，跟白云大吵起来。

闹得不可开交，白云也没有办法，她拉过诺亚去看孩子，只见孩子气色竟然大有好转。“你看他的眼睛！”白云提醒诺亚道。

诺亚这几天忙着其他事情，还真没有好好看看儿子。这会儿看到这小子的眼睛里终于放出了光亮，白云拿手在孩子的眼前晃动，孩子的眼睛扑闪躲避：啊！这孩子的眼睛居然好了，真是苍天保佑！诺亚一把抱起孩子，激动的泪水夺眶而出：“哦，我的好儿子！”

看着诺亚的那副傻样子，白云没好气地苦笑了。

雪鲢，圣湖的精灵。而高山雪莲，更是传说中的灵丹妙药。两次救了诺亚性命的居然也是个叫做雪莲的姑娘，真是不可思议！

以后，诺亚不再谈论鱼的事情。因为他的心头总有一道迈不过去的坎，他始终念念不忘曾经与他共过患难的那两条漂亮的鱼儿，那是雪莲赠送的宝贵礼物，来到这里几天工夫就没了。想起这事，诺亚的心就堵得慌。

一次，诺亚默默来到水池边，看到许多刚刚孵化出来不久的小鱼在欢快地游弋。

小鱼们很小，只有不到两厘米长。它们几乎完全透明，以至能看到微小的内脏。诺亚这才感觉到莫大的安慰。

这些鱼儿，牵动着诺亚的心思。只要看到它们，总会令他想起那个可爱又可敬的姑娘……

可想起这些鱼儿以后可能也会被人吃掉，诺亚又觉得难过，他甚至无法帮助这些可怜的小精灵。

望着小鱼儿们一个个欢快游弋的样子，诺亚努力安慰自己：大概以后还会有很多鱼生出来的，水池里不久就会容纳不下的。唉，随她去吧，反正她对于生物学内行，谅她也不会出大纰漏的。

从此，诺亚不再去看望那些鱼儿。

孩子的哭声洪亮起来。白云的身体也好了许多，她整天忙忙碌碌，大概早就忘了两人吵架的事情。

公元2222年6月20日。

蓝天和柳青青经过极其艰辛的旅行重又回到了月球基地。

一回到大本营，两人就都病倒了。好在大本营医疗条件比较好，经过治疗以及随后的一段时间调养，他们渐渐都恢复了健康。

火星之旅证明了火星可以在原有基地的基础上进行移民。

那里的自然环境比从前有了一定的改善，但目前可以接纳的人数却非常有限。与月球相比，人类在那里的生存条件显然比月球要优越得多。最关键的一点是，由于火星的重力参数不是很大，所以不能登陆地球的许多人经过训练或许可以安全登陆火星。这一点引起了大本营的一些骚动，所以有些人力主马上移民火星。

然而，现在主要的问题是搬家的路途实在过于遥远。一亿多公里！现在的人们仍然十分畏惧如此遥远的路程，而且显然他们对于如此浩大的工程还远远没有准备好。

看来，火星移民依然是一件令人畏惧的艰难事。

况且，颇具讽刺意味的是，除了重力参数以外，火星的生存环境还是远远不如眼下的地球。

经历了生生死死的磨难与考验，蓝天和柳青青更加情深意笃。他们如胶似漆地整天黏黏糊糊，使从小撮合这一对的老人们放下心来。

很快，大本营为他们举行了隆重的婚礼。

这对新人收到的最珍贵礼物就是来自38万公里外遥远地球的祝福。

第十三章　荒原幽灵

自神山回来，诺亚一直努力料理家庭。所以，家里的状况很快有些起色。孩子的毛病奇迹般地好了，白云的身体也好了许多，诺亚绷紧的神经才放松了下来。

空闲时，夫妻两人经常商量工作和生活上的事情。

“我们必须寻找一大片适合人类居住和生产的土地。”诺亚带着淡淡的忧虑继续道：“要努力寻找合适的生存环境。否则，即使找到了很多植物种子、动物或人类的遗传物质也没有可以容纳的自然环境。仅仅靠实验室培养食物终究解决不了多少问题，绿色的未来在于大自然。”

“是的。”白云也有同感。她是一个母亲，对于未来有着本能的理解。

“那么，到哪里去呢？”诺亚像是在自言自语，又像是在抛砖引玉。其实他希望由白云说出具体的行动方案。

“应该到温度低的地方去。”白云一边抹着额头的汗水，不假思索就说出了她的意见。

“不错！”诺亚及时地予以鼓励。想不到白云的想法与他不谋而合。

诺亚拿过一幅世界地图，寻找温度相对比较低的地方。于是，两个人的目光自然而然地投向了辽阔的北方——西伯利亚。

“你看，这是中西伯利亚高原，有着极为广阔的原野。那里靠近北冰洋，应该是一个有希望的地方。”诺亚很有把握地说道。

为了让白云高兴起来，诺亚想与她共同讨论一些地理环境的问题。

“你以前地理课学得好，记性也比我强得多，给我讲讲西伯利亚吧。”诺亚说话的时候一脸的诚恳，看上去甚至多少有点愚蠢的样子。

也许女人很容易满足，白云果然高兴起来，她开始在地图上指手画脚：“按照从前人类的势力范围划分，西伯利亚是俄罗斯境内北亚地区的一片极其辽阔的地带。西起著名的乌拉尔山脉，东面直达太平洋，北面是令人生畏的北冰洋，南面则与中国为界。东西长大概有 7 000 多公里，南北宽则达 3 500 公里，总的面积有一万几千平方公里……”

白云终于做了一回老师，诺亚更是暗自得意。小家庭充满了和谐与温馨。

第二天拂晓，诺亚驾驶飞碟在四万米高度的大气平流层径直往北方而去。

空气十分稀薄因而阻力非常有限，屏蔽了重力场的飞行器将所有的动力作为推进，如闪电般疾进。

茫茫的云海在下方铺满了大片的区域，涌动的云团犹如波涛滚滚。

过了一会儿，右侧东方的天空一片瑰丽的红色。然后，太阳渐渐从云层里冒出来了，显得耀眼夺目。随即，北方的地平线也亮丽起来，显得有了些生气。

一个多小时后，飞碟已经前进了 1 500 公里。

诺亚继续奋力推进，他的飞碟犹如一颗银色的子弹在射向遥远的北方。又飞行了不到两小时就进入了西西伯利亚腹地，诺亚大大降低了飞行高度。

西伯利亚果然空旷得令人不知所措。

遥远的北极闪耀着奇异瑰丽的光芒，给人一种迷惘和惆怅的感觉，仿佛来到了天边。天空与地面在更加遥远的地方连在了一起，天涯成了一根模糊的地平线，联系着遥远的大洋深处。

哦！乌拉尔。这座雄伟的大山脉就在左侧几百公里的地方，有许多山峰露出在云层之上，呈现一字长蛇阵。

……

透过舷窗，诺亚被眼前的景象惊呆了：在稀稀拉拉的云层底下，一片汪洋。昔日蜿蜒曲折地流淌在绿色大地上的那两条著名河流鄂毕河和叶尼塞河，完全没有了踪影。灰色的洋面波涛滚滚，那风，那浪，一派气势汹汹。

诺亚万分惊讶，他坚持着连续飞行了很久，看起来好像整个西西伯利亚平原都变成了水面。

诺亚不禁长叹一声，只好驾驶飞碟驶向东边的中西伯利亚高原。

诺亚的飞碟在海面上空飞行。狂风冲击着飞碟发出阵阵颤抖，黑压压的乌云前赴后继扑面而来，小山一样汹涌的波涛看不到尽头，整个世界一片晦暗。

诺亚不得不提升高度在云层上面飞行。他连续飞行了 1 000 公里，底下的云层才变得稀薄。

诺亚继续飞行了几百公里。终于见到了陆地：一望无际的辽阔荒原，这就是中西伯利亚高原。

大地苍茫，一派肃杀的荒凉。目力所及，黄褐色的土地显得乏味和单调。老远的地方一股龙卷风好像一条巨大无比的毒蛇在不断地扭动着身躯，整个天空都是灰蒙蒙的，甚至太阳也蒙上了一层面纱显得有些无奈，看来这里倒成了涵养沙尘暴的好地方。

诺亚驾驶飞碟继续往北进发，又飞行了五百多公里，能见度终于变得很好。再往前走，就到了中西伯利亚高原最高的部分——普托拉纳高原。

“峭岸湖王国”的奇异果然不同凡响。

上千米的陡峭悬崖围成的浩浩水面，构成最为奇特的高原湖泊。巨大的水流正在沿着陡峭的谷壁倾泻而下，那串串瀑布疯狂地喷涌而下。高山、峡谷和湖泊，奇异的地貌令人赞叹，充满诗情画意。

中午时分，诺亚降落在离湖泊不远的一处平地上。他步出舱门，感觉白天天气还是很热，因为眼下正是七月份盛夏季节。不过这个温度比西藏高原的白天要低了许多，看来湖泊对于气温有明显的调节作用。

诺亚疾速走过一片高低不平的坡地，来到一处悬崖下。

虽然气喘吁吁，满头大汗，但诺亚还是顾不上休息一下。他瞪大着眼睛四处搜索，希望能够发现绿色植物。这里的气候条件不错，按理说应该有些热带植物能够生长。就这样搜寻了好久，结果还是没有任何收获。

这是怎么回事呢？从地理条件上说，普托拉纳高原接近北极地区，北冰洋的湿润气流可以直达这里，给这里带来充沛的雨水。当然尤其难能可贵的是，现在这里的温度条件可以被一些热带植物所接受。

那么，没有植物的原因大概就是缺乏种子。那些热带植物的种子无法在死亡以前，在一个很短的历史时期里，从低纬度地区转移至高纬度地区。也或者，在最困难的岁月里，这里也和地球其他地方一样，生存条件比现在能够想象的还要严酷。

不过，就目前的基本状况看来，诺亚估计只要有一些合适的种子，大概还是可以生长一些植物的。

一处小小的倒塌建筑物引起了诺亚的注意。他很快发现了附近的一处洞穴。

这处洞穴的门依然完好，并且门口还有大石块顶着。诺亚费了好大的劲才挪开石块。从外往里推，怎么也推不动。于是诺亚尝试往外面拉，拉了几下就慢慢打开了。

这个洞穴不算大，只有大约30米深。里面没有一具人类死尸或动物骸骨，甚至还比较整齐。在一个类似房间的岔洞里，诺亚竟然发现了一些锈蚀的枪支。由于年代久远，看来这些枪支是完全废掉了。旁边还有几个包装严密的木箱，诺亚打开其中的一个箱子一看，竟是一支带瞄准仪的狙击步枪和许多子弹。诺亚小时候喜欢看惊险战斗故事，因而十分熟悉那些武器之类的东西。

这些枪支对于诺亚根本就没有任何用处。因为这个世界已经彻底沉默了很多年，没有了朋友，也没有了敌人，没有了凶猛的野兽，甚至没有了衣冠楚楚的人类，用不着竞争更不再会有战争。

诺亚来到了另一处岔洞里，他一下就惊呆了：这里竟然堆满了各种各样的便携式火炮。从精美的小型地空导弹到丑陋的火箭筒，还有其他叫不上名称的武器。诺亚知道，虽然这些武器看起来都比较简单，但威力却十分惊人。从公元21世纪中叶开始，人口和资源的矛盾空前激化，尤其气候升温冰川融化后急剧恶化的水资源矛盾，造成世界剧烈动荡，恐怖组织和海盗组织风起云涌，他们大量使用的都是这类轻便武器。当然，现在这些东西显然早已经过期失效了。

但诺亚还是饶有兴趣地扛起一支火箭筒来到洞外。人类残留的好斗基因开始激励诺亚的神经，他学着旧人类电影里恐怖分子的样子，打开大概是保险的一处机关，对着一百米外的一块突出的岩石果断地扣动了扳机。不料“轰”的一声巨响，把诺亚惊得翻了一个跟斗。他甩掉了空炮筒，抱住了脑袋，整个人蜷缩如一只刺猬。

说时迟那时快，漫天的沙石和土块像暴雨般纷纷落下，原来他身后十几米山坡上的土石也被火箭巨大的后喷火力所掀翻。只听“噼里啪啦”的一阵石块的砸落声,诺亚吓得魂飞天外。

好一阵,被吓蒙了的诺亚终于清醒了过来。他惊喜地发现,自己居然好像没什么大问题。

诺亚站起来,抖落了满身的小石块和泥沙,这才睁开眼睛一看:哇,前方那块巨石不知飞到哪里去了!

只有亲身经历才能刻骨铭心,这一切远比影像资料来得更惊心动魄。

诺亚稳定了情绪后又回到了洞中继续搜索,结果他又发现了许多用防水布包裹好了的炸药包。这下诺亚变得战战兢兢。还好,没有看到起爆用的雷管。那时,他不知道,其实这种炸药是很安全的。当然,雷管必须与炸药包分开保存,所以他在那里找不到雷管。

看到这里,诺亚已经明白,这里应该是一个小小的军火库,但不知原来掌管这里的都是些什么人。

旁边还有一个大箱子,诺亚仔细地观察起来。这个箱子被保存得很好,大概由于这里比较干燥又被严密封存于山洞里,或者这木箱的质地非常好,油漆得也不错,因而一直保持了很久的年代。

那只大木箱大约有一米见方,诺亚试了试,很沉。这总不会是颗炸弹吧!大概没有人会把炸弹藏在这么高级的地方,诺亚自嘲地在心里对自己说话。虽然不可能是颗炸弹,但究竟是什么东西呢?他又有一种强烈的好奇心。再说了,这里都是军火,不是炸弹又会是什么呢?他还是决心打开看个究竟。

懒得去看上面的说明文字,反正要打开的,何必去读一大页文章一样的说明书呢?

可是费了好大的劲,解开了许多外面的一些包装带,打开一看,竟是一个手提箱之类的东西。不过奇怪的是,说是提箱吧也未免太沉了,即使像诺亚这样的壮男,也要费劲才能勉强拎起来一点点高度。而且，说这是手提箱吧，可看不出提箱盖究竟在哪里，就更不用说如何将其打开了，真不知里面装了什么宝贝。

诺亚觉得很奇怪：这东西有什么用呢？他没有办法弄明白，只好重新合上大木箱盖子，细细地研究起说明书来。但这些像蚂蚁一样的不知道是何种文字，好在底下还有细细的几行英文说明诺亚能够看懂。看了一会儿，又看看说明书上的示意图，诺亚的脸色渐渐地变得很难看：我的天哪，原来这竟然是一颗便携式原子弹！

诺亚这一惊吓非同小可，好像是倒了八辈子霉了，今天怎么尽碰上这么些东西。

随后诺亚默默地退出这个洞穴，重新把大门关上并按照原来的样子用大石块把门牢牢地顶上。就这样，把这些发现小心翼翼地重新封存起来。他看不出从前旧人类的这些杀人武器现在还有什么用处。

处理好那些吓人的东西后，诺亚又环顾了一下这个地方。这里似乎不太像军事基地，倒很合适做一个恐怖营地，但不知道那些坏家伙后来跑到哪里去了。

夕阳西下，诺亚有些累了。

于是诺亚回到飞碟里。这时，他犹豫起来：到底是赶快回家呢？还是留下来继续观察。

诺亚很想看一看晚上的中西伯利亚高原究竟是一个什么样子。比如说：有没有动物，或者晚上的温度是不是与白天相差很大。再说了，来一趟也确实不容易，这么长距离的考察肯定不能当天回返，那样至少太浪费了。

想到这里，诺亚决定留下来，即使以后白云骂他也不后悔，人总得有点敬业精神吧。

夜幕渐渐降临，诺亚吃了一点食物喝了一些水，劳累了一天极度困乏，一下就睡着了。

半夜时分，诺亚醒来了。

月光和北极光交相辉映，这个夜晚显得格外明亮并充满了神秘感。甚至能看到远山的模糊影子重重叠叠，一切犹如梦境一般。诺亚步出飞碟，深一脚浅一脚步履蹒跚地行走在七高八低的坡地上。不远处的周围到处都是怪石嶙峋，在幽幽的夜色中，仿佛走进了一段古老的历史。

几十年以后一定可以有所作为，只要地球气温稍稍下降，此地便可建立居民点了。诺亚为自己的发现所振奋，这里虽然还谈不上适宜规模化生产农作物，但比月球表面上的条件不知要好上多少倍，人类还是有希望的……

诺亚一边走着一边脑子里在思考一些问题。

走着走着，突然诺亚看到竟有一只小动物。他十分惊讶，立刻停住脚步屏住呼吸：啊……好像是只老鼠！

但奇怪的是，这动物竟然用两条腿走路，举着两只小小的前腿，走起来一摇一晃不急不忙，和人类走路的方式颇有些相似，甚至很有点绅士风度。

按理说，诺亚应当十分高兴才是，因为终于看到了活生生的动物。不过在此时此地，不知怎么搞的他的感觉却并不好。他有点心慌，甚至身上起了鸡皮疙瘩。

诺亚对自己的感觉也有点奇怪：你难道不是在千方百计地寻找地球生物吗？现在出现了，应该高兴才对。这东西有点古怪怎么啦，你还怕它吃了你不成！

想到这里，诺亚定了定神蹑手蹑脚地走近些，想细细地继续观察。

这时，又出来了两只老鼠。再继续往远一点的地方观察，诺亚发现有不少老鼠在活动。它们的动作似乎大致跟第一只老鼠那样慢条斯理，悠闲地来来回回活动着。

诺亚不想放过机会，他大着胆子继续走近，希望看得清楚一点，或者甚至与它们有所交流。

一只老鼠显然发现了他，两腿站立在那里一动不动。

很快，这只老鼠发出尖锐的“吱吱”叫声。一下子，所有的老鼠都停顿下来，它们好像在思考什么问题或有点犹豫不决的样子。

突然，鼠们向诺亚这里蜂拥而来，疯狂的小动物们一边吱吱叫着好像还龇着尖牙。

大事不好！诺亚被这阵势吓坏了，忙不迭逃回飞碟里躲了起来。可鼠们还不肯罢休，顷刻间爬满了整个飞碟，吱吱叫着啃咬飞碟。诺亚惊恐万状，只好赶紧启动飞碟，落荒而去。

当诺亚万里迢迢飞回到家，已经快到第二天中午了。

诺亚把飞碟停妥当了，紧张的心情才稍稍恢复了一些。但他一想起那荒原上恐怖的一幕仍然心惊肉跳，于是他继续坐着又休息了片刻。

过了一会，诺亚刚想走出飞碟，一下瞥见飞碟角落里竟然带来了一只老鼠。这家伙现在势单力薄不敢猖狂，大概当时是紧跟着诺亚进来的。想必冲进来时疯狂得很，可离开了群体就一副怂样子。它现在躲在角落里，惊恐地瞪着两只小眼睛在看着诺亚。诺亚也不客气，戴了一副手套把那小精灵活捉了，放进了一只玻璃瓶子里。这下小东西蜷缩着四条腿趴在那儿一动也不动，看上去一点威风都没有了。

“原来你也害怕呀！”诺亚把眼睛贴近瓶子悻悻地发泄着情绪：“把你送给白云娘俩做个礼物正好！”

当白云出来迎接时，诺亚洋洋得意地捧着瓶子给白云看：“怎么样？给你个礼物。”

“呀……”白云果然非常惊讶。她瞪大眼睛慢慢凑上前来看了一会儿：“是……是只老鼠？”

“是啊，这是我送给你的礼物。”诺亚一边说着一边将瓶子递给白云。

白云准备接过装着老鼠的玻璃瓶。可她的手刚刚接触到瓶子，那老鼠突然转了一个身，她的手神经质地猛缩了回来，弄得诺亚差一点将瓶子摔掉地上。

“哟，你怎么搞的？要是瓶子摔破了让这家伙逃跑了，咱们就抓不到它啦！”诺亚有些紧张。

“我看这东西不太像老鼠。”白云一边说着一边竟朝后退去。

“是只老鼠。这东西在那边多得很！”诺亚为了安慰白云，尽量平静地说话。

回到家中，两人坐下来仔细地观察这只小动物。

这只老鼠看起来与它们的祖辈确实有些不一样。除了样子有点怪异以外，它的前肢很短，难怪喜欢两腿直立行走。这个小精灵的两只眼睛特别有神，好像能够与人沟通似的忽闪忽闪地对着你。不过这么个怪异的小精灵以这种眼神看人，总让人觉得不舒服。

“那家伙喜欢两条腿走路。”诺亚故意漫不经心地说了一句。

“什么?！你再说一遍?”白云站起来瞪大了眼睛惊叫起来。

“哦，那家伙会直立着走路，有点儿像人走路。”诺亚平静地继续解释。

“不会吧？这不是长着四条腿吗?”白云不大相信，她觉得诺亚是在逗她开心。

“是的，我不骗你的。你看看那老鼠的前腿是不是特别短?”诺亚虽然说得轻松，但看上去却很认真，不像是在开玩笑。

白云凑过来又看了一下，果然这东西古怪。她倒退了一步：“我的妈呀！这不是妖怪吗?”

“我不要看了，我去做事了。”白云一边说着一边赶紧走开了。

晚饭后，诺亚给了一点吃的，这家伙也不稀罕，竟然一动也没有动，始终是四条腿着地趴在那儿垂头丧气的样子。看到这家伙挺老实，两人也就慢慢不太在意了。

晚饭后，白云觉得乏味，放起了音乐，好听而挑逗的旋律充满了这个小小的家庭。听着听着，多少天来的辛苦与疲劳随着优美的旋律烟消云散，两人的情绪都变得兴奋起来。

白云准备邀请诺亚跳舞，但当她转过身来，却停止了动作，整个人僵在那儿顿时脸色大变。

诺亚惊讶之余转身一看，也看到了令人不可思议的一幕：这只老鼠竟然伴随着音乐在跳着舞蹈！那神态，那模样，真还像那么回事。

诺亚毕竟多少有点儿见识。他镇定住自己，一把拉过白云："不就是只会跳舞的小精灵么！你不必害怕。它再神气，舞蹈跳得最好，它也跳不出咱们这个瓶子……"看到白云还是害怕，继而他又恶狠狠地说道："妈的，等会儿咱把它煮煮吃了！"

诺亚为了白云还是第一次在嘴上开了杀戒。他一边这样哄着白云，一边去把音乐关了。

立刻，老鼠的舞蹈停了下来，依旧蜷缩在角落里，眨巴着那两只现在看起来很有点瘆人的小眼睛。

好半天，白云才回过神来。她一会儿摸摸脑袋，一会儿按住胸口。刚才惊吓不小，她有点头昏，心脏也感觉难受。待情绪稳定了，她就开始怨恨这个令人恐怖的小东西。

白云拿过一根小棍子，蹑手蹑脚地跑过去敲了一下瓶子："当……"的一声，小东西吓了一跳。

"你到底是个什么东西？是神？是鬼？还是幽灵？你要不要知道本姑娘的厉害！"白云在骂骂咧咧发泄着怒气，刚才那一幕把她吓得不轻，她似乎想要以此恢复心理平衡。

诺亚却沉默了。他在静静地思考，他觉得这老鼠不简单，这样的舞蹈似曾相识，却又不记得在那儿见过。

等白云闹够了，离去了，诺亚把音乐旋钮调低，音乐重又响起。

片刻，这家伙又活络起来，诺亚静静地观察。

一会儿，诺亚学着那样也跳起来。看到有了舞伴，小东西竟疯狂起来。这一大一小两个动物在跳着同样的舞蹈，很像一场滑稽剧。虽然这种场面确实好笑，可诺亚的心里却充满一种莫名其妙的感觉，有些忧虑也有些惆怅……

晚上，白云睡不好觉，老惦记着那只老鼠。孩子也特别不听话，这般那样的没完，就这样一家人折腾了大半夜，天快亮时大家才迷迷糊糊地睡着了。

早晨，诺亚又出发了，他至少要把这小精灵送回原地。这是环境保护的神圣原则，况且，即使真把这只小老鼠煮熟了，白云也未必能吃得下去。再说了，家里还有孩子，不能把这么古怪的东西留在家里。

诺亚驾驶着飞碟跃入高空，重又闪电般地向着北极方向飞去。

中午，到达了中西伯利亚高原。在北方普托兰纳高原的“峭岸湖王国”，诺亚很容易就找到了昨天那个地方，他找了一处背阴的地方将飞碟停了下来。

找一处合适的阴影并不费事，因为这里接近北极，阳光倾斜得厉害，所以山坡或悬崖在阳光下的阴影特别长。飞碟外面的气温依旧很高，非但人不能出去，这只老鼠肯定也不能离开飞碟，索性大家就暂时留在飞碟里休息休息吧。

“我们就暂时在这里待着吧！”诺亚对着小老鼠一挤眼睛做着鬼脸。

小老鼠忽闪着绿豆一样的小眼睛不做声。

“大家都是熟人啦，你在这里待到晚上回家吧！”诺亚无聊地继续调侃道。

应该继续研究这个地方。就是对于这些鼠们，也应该多一些了解。不然，将来进行移民或者开发的时候也许会遇到意外，到那时这里的调查工作还要重来就不划算了，诺亚这样想着。

讨厌的太阳终于从西南面的山坡上滚了下去。夜幕降临，炎炎的暑气也渐渐退去，外面的温度已经降了不少。看看差不多是时候了，诺亚打开飞碟的舱门放出了老鼠。这家伙获得自由，就像旧人类最优秀的运动员进行百米冲刺一般，甩开两条长腿撅着屁股一溜烟跑得无影无踪。

因为有了上一次的教训，诺亚不敢走远。他十分谨慎地在飞碟不远处的周围溜达。他活动活动身体，呼吸呼吸新鲜空气。然后，回到飞碟里，坐在那里静静地等候着月亮的升起和鼠们的到来。

大约两个多小时后，当皎洁的月光和北极光再次照亮这片起伏不平的山地时，那些幽灵果然又出现了：在眼睛能够看得到的地方，到处都是三三两两的鼠们。它们好像也并不都在悠闲地散步，似乎忙忙碌碌地各自干着自己的事情，就好像一个社会。

诺亚不得不佩服老鼠这种动物，它们对于自然环境的适应能力确实惊人。看来，地球环境里物种间的竞争与淘汰的最终胜利者差不多就是这些其貌不扬的家伙了。

诺亚鼓足勇气走出飞碟，但他不敢离得太远，总是保持在离飞碟大约二十米的距离。他绕着飞碟走来走去，并且做一些动作，挑逗着这些当地的居民。

果然，没有多久，鼠们便发现了入侵者，再一次蜂拥而来。

诺亚忙不迭唱起昨晚那支曲子，模仿着那只老鼠的动作扭动起腰肢，老鼠们居然真的停了下来看着诺亚。过了一会儿，开始有几只跳起舞来，慢慢地，越来越多的鼠们加入了舞蹈的行列。

令人不可思议地，荒原上一片歌舞升平。

此情此景，连诺亚也不禁兴奋起来，有点忘乎所以。那些老鼠，更是越来越疯狂，它们或是三三两两跳着独舞，或是一对一对地跳着双人舞。这里完全像从前旧人类迪斯科舞厅里的人们一样，陶醉得一塌糊涂。

于是，荒凉的中西伯利亚高原上出现了最为古怪的一幕：一个唱着歌扭动着腰肢，甩着两只胳膊的舞者，周围有许多同样跳着舞蹈的小精灵们。

诺亚尝试着停止唱歌，发现也没事。只要他在跳舞，鼠们就与他相安无事。就这样，诺亚扭动着腰肢，蹦蹦跳跳地在这高低不平的地方行进着。他没有忘记任务，他的眼睛不停地向四下里张望，凭直觉，这里还会有古怪的事情发生。

就这样蹦着、跳着、舞着或者唱着，大约行进了一公里多一点，到达了一个小山谷里。诺亚感觉到已经累了，他放慢动作，稍事喘息。这时，他隐隐看到了一处城堡的遗址。

从坡上隐隐约约看过去，紧密地连在一起的大约有几十间房子，当然这些房子大部分已经倒塌。

诺亚不再跳舞，快步向那里跑去。跑了几十米，因为心里不踏实，又缓缓挑起舞来。过一会儿又开始跑步，嘴里哼哼着那支曲子，他现在觉得自己完全像个疯子。

来到近前一看，在一处倒塌的地方，有许多玻璃设备的破碎残片在月光下闪着亮光，还有各种各样的仪器设备破烂……

这些设备诺亚比较熟悉，他很快就弄明白了：这是俄罗斯的一处基因工程实验基地。

诺亚忽然想到，那些老鼠可能是这个研究机构的一个杰作。很显然，这里的鼠类身体里具备了人类的基因。多疑、好斗和酷爱舞蹈这样的秉性与某些人类是多么相像。难道俄罗斯人想把人类的基因保存在那些世界上最为顽强的动物身上吗？从这个意义上说，俄罗斯人获得了一定程度的成功。

但是，诺亚想到，自己今天已经站在这里了，人类的完整基因活生生都在这里了，从前那些辛苦研究者的努力岂不是白费了？

再说了，将人类的DNA序列分解成许多片段，即使全部存活，将来还有一个复原过程，这也许是一件永远也不能完成的复杂而艰难的超级高科技工程。

不过显然，这个研究机构应该还有别的许多项目。至少从实验室规模上说，这个研究机构完全有能力大规模收集和保存动植物基因。只是目前还需要进一步证实其他的方面，比如贮存的地方，以及运载工具等等。

考虑到这里的不安全因素，再说这样运动着也真够累的，诺亚觉得此地不宜久留。

在回来的路上，尽管诺亚依然跳着舞蹈，但他的心里却黯然神伤。人类在与大自然的较量中失败得一塌糊涂。满目疮痍的地球上，到处是人类的废墟、遗骸。呼啸的风风雨雨似乎都是人类的一曲曲悲壮的挽歌，那一座座绵绵的不知名的丘陵荒山，似乎都埋葬着人类可歌可泣的悲壮故事。

天上没有一丝丝云彩，星空更是那样高不可测，广袤的荒原在幽幽的月光下深邃地延伸向远方……

如今，人类早已离开了这个星球，就像有意无意间被他们毁灭的千千万万物种一样。不过，西伯利亚的无尽荒凉，只能说明人类已经久远地离去，却解读不出另一个世界的任何讯息。诺亚也是凡人，无法做得更多，只好祝愿逝去的人们与先去阴间的老冤家们狭路相逢时，能够抛弃成见不要再弱肉强食，不要再互相断子绝孙。总而言之，无论阴间或阳间，大家都要讲点道理。

诺亚决定离开这里，因为他的心里产生了一种莫名的恐惧，尤其是鼠们的行为令他神经有些错乱。

可是到哪里去呢？……忽然，诺亚自言自语地笑了："我不能向东去吗？"

第二天，天刚蒙蒙亮，诺亚就驾驶飞碟向东飞去。

越过了中西伯利亚高原，飞碟的下面，又是一片茫茫的海面。

从前这一带，据说曾经是地球上最为寒冷的地区。那时，著名的勒拿河流域是一片广袤的冰天雪地的平原，雅库次克是世界上最为著名的“世界寒都”，在人类鼎盛时期曾经居住着几十万最顽强的人类。

不过这一片海面相对不算宽，仅仅半个多小时诺亚就来到了东西伯利亚高原。

诺亚对东西伯利亚寄予厚望，仅仅从气候温度上讲，这里应该是地球上最有希望的地方。21 世纪时，广袤的东西伯利亚仅有一个小镇：奥伊米亚康镇，住着大约 1 000 人。那时一月份的气温是零下 51 摄氏度，比北极的零下 41 摄氏度整整低了 10 度！极端的低温是零下 73 摄氏度。

由此可以想象，这里应该是人类躲避温室效应的最后角落。

诺亚有些心急，马上降低高度开始巡视起来。随着飞越的地方越来越广阔，看到的场景还是大大地出乎他的预料。荒凉高原上的一幕幕令人震撼：在极其辽阔的高原上，果然星罗棋布地分布着许许多多人类建筑遗迹，然而却都是破败凋敝一片狼藉。

为了看得更清楚些，诺亚降落了下来，来到了一个看似普通小镇的地方。

看起来，这是一个大约有几百户的小镇。房子分布得不太整齐，若干栋房子紧紧挨在一起形成一个基本单元，而一个个基本单元并列两侧就形成唯一的一条大街。

镇上的房子大都已经倒塌，街道上甚至有几具人类的遗骸，破落的房子里也不时可以发现人的尸骨，显示了当时灾难来得非常迅速和凶猛，以至于人类最起码的掩埋尸体的工作都无法进行。

种种迹象只有一种解释，那就是：瘟疫！

看到这些，诺亚的心里很难受。掩埋同类是人类的一种最基本文明，既然连这一点都顾不上，可想而知，这里的人们经历了怎样的严重灾难啊！

诺亚继续考察周围的一切，觉得这里的自然条件比较适宜于将来的移民，这里应该有个美好的未来。以后有机会一定要将这里四处散落的人类遗骸好好地安葬，以便让这些可怜的人们有起码的尊严。

诺亚极其虔诚地默默祝愿这些受尽苦难的人们能够进入天堂，从而有一个好的归宿。

诺亚的脑海里好像已经出现了许许多多的西伯利亚新城市。当地球环境好转以后，这里一定会最早重现人类的辉煌。他决心有朝一日恢复这些优秀的民族，让当地的这些种族重新在本来属于他们的土地上繁衍生息。

诺亚驾驶飞碟继续考察，不知不觉中，飞碟来到了最东端的白令海峡。

这是地球上最为神奇的地方：在北冰洋和太平洋的结合部，东西两个方向的陆地就像两只手相对。东西伯利亚和阿拉斯加仅仅以大约 50 公里的微小距离就把两大洲隔开，神奇地沟通了两个大洋。

白令海峡是以一位俄罗斯探险家白令将军的名字命名的。他最早发现了这一处欧洲与美洲大陆的结合部，并且占领了整个阿拉斯加。但令他做梦也不会想到的是：1867 年，俄罗斯史上最后一任皇帝——沙皇尼古拉斯二世的祖父将阿拉斯加以 720 万美元出卖给美国后，白令海峡就成为了美俄国境的分界线。

一阵风暴吹来，飞碟发出了剧烈的振荡。透过茫茫的海面，诺亚惊讶地看到，如今的白令海峡，海面已经变得非常辽阔。

海平面上升一百二十米，地球的大幅升温，两个大洋飓风暴雨的轮番打击，可见这里应该是全球能量爆发的汇聚点，地球的坏脾气在这里达到了登峰造极的地步。

诺亚降低高度，努力控制住飞碟尽量保持平衡。

在狂暴的洋面上，虽然偶有黑色的岛礁露出海面，但现在真正意义上保持不被淹没的岛屿已经看不到了。海峡中部的代奥米德群岛大概已经完全被大海所吞没。诺亚想再降低点以便看清楚一些，却不料一阵风暴袭来，强劲的飞碟这时竟像一片树叶一样飘飞翻滚，他只得落荒而逃。

天色将晚，飞碟飞临西南面的堪察加半岛。诺亚这时才发现，由于海平面的大幅上升，原来很大的堪察加半岛好像也已经沦为彻头彻尾的岛屿了。因为诺亚怎么也找不到堪察加连接着东西伯利亚的陆地。

这里的地理位置非常独特，大概地球上再也找不到比这里更古怪的地方了。按照推理，这里的温度和湿度应该相当理想，所以诺亚决定留下来好好考察一番。

由于濒临大洋，海风很大，居然找不到一处可以休息的地方。诺亚费了很大的工夫，才找了一处背海的悬崖。他飞近一看，竟然发现了一个碟形飞行器。这个旧人类留下的破飞碟看起来有点像卓别林的礼帽，但里面什么都没有。可诺亚仍然很高兴，因为这里几乎是唯一能够避开风雨可以休息的地方。他现在只想好好地睡一觉，以便明天有一个良好的状态。

就这样，辛苦劳累了一天的诺亚，匆匆吃了一点食物，就进入了梦乡。

半夜时分，诺亚被一种极其可怕的轰轰的低频声音惊醒了。

虽然以前也有过类似的经历，但这种强度仍然使以前的可怕回忆相形见绌。

仿佛山顶上有一个巨大的石磨在不平衡的情况下轰隆隆地运转着，震得整座山峰都在摇晃。天空黑得伸手不见五指，好像是飓风在轰隆隆地越过山顶，大概有些气流撞击在对面的山坡上使山谷里形成漩涡，飞沙走石，“噼里啪啦”的石块撞击声在山谷里回响着。偶尔也有石块砸落在诺亚的飞碟上，发出很大的声音和振动。

诺亚心惊肉跳惶恐不安：难道是天塌了下来吗？幸亏找到了这么一处避风港。

第二天，飓风退去了。山顶上的风依旧像昨日一样不紧不慢地吹着，夜里的一切仿佛是一个梦，因为飓风什么也没有留下。山谷里照样干净得没有一点泥土，依旧是乱石充满了整个谷地。

诺亚爬上高处，看到有几个铁塔一样的东西。

走近一看，是一些金属制造的塔架的残骸。这些铁塔非常粗壮结实而且不高，其中甚至有一个塔的风叶片还耷拉在那里。

诺亚明白了：这是一处风电场。不过很独特，这里发电用的风叶片又短又小，完全不像堂吉诃德打仗的那种风车。由于风叶片很短小，因此可以肯定那时的风已经不小了。这地方确实是建设风电场的好地方。并且应该是地球环境变化早期建设的，要不然，现在这么大的风力肯定是那些设备吃不消的。

诺亚驾驶飞碟继续在堪察加上空搜索。他飞行了很久，突然发现在很远的地方有一座突兀的山峰，出类拔萃地直指天空。

诺亚很有点纳闷：从来都没有见过这么古怪的山峰。当诺亚飞抵那座奇峰时才发现，峰顶竟然是块平地。他将飞碟稳稳地停在了峰巅，走出飞碟，不禁大为惊讶：这高耸入云的平地只有大约100平方米左右，显然是人工所为。而更令人吃惊的是，平地上还留有文字。不过由于岁月的侵蚀，绝大多数阴刻的文字都斑斑驳驳地模糊不清了。诺亚用心辨认，才解读出来很少的几个词：…登月……

看了半天，诺亚还是百思不得其解：难道这里就是俄罗斯的火箭发射场？这也太小了吧！再说偌大的火箭怎么搬上来呢？虽然俄罗斯人进行了颇有规模的基因工程，而且完全有可能将人类或动植物的遗传物质发射到月球上去，但无论怎样都不可能在这里。

这时，太阳快要下山了，高耸入云的山巅却没有一点风。诺亚反而觉得奇怪：昨天那些飓风都跑到哪里去了？真是奇怪透顶！

诺亚索性躺在飞碟里休息。由于最近辛苦昨晚又失眠，他不知不觉就睡着了。没有多久，北方乌云骤起，黑压压直扑了过来，一下子包围了整座山头，极其强烈的气旋令诺亚的飞碟急速地旋转起来。待到诺亚醒来，他已经头昏眼花完全失去了常态。飞碟的旋转速度越来越快，越来越快。到后来，气流的颠簸和旋转竟使他眩晕了过去，而飞碟则腾空而起，直向天空飞去。也不知过了多久，当诺亚从半昏迷状态中清醒过来时，飞碟已经到了五万米高度的平流层上方，而且惯性速度竟然达到三倍音速！

诺亚惊恐万分。由于飞碟停止了旋转，他的身体状况有所恢复。他赶紧启动发动机，控制飞行参数。经过一个小时的飞行后，诺亚又一次惊奇地发现，他已经来到了中国云贵高原的上空，竟然离西藏很近了！

诺亚终于明白，靠近白令海峡的堪察加高山有一处通向太空的气旋通道。大概是由于北冰洋和太平洋飓风的剧烈碰撞和极其古怪的地理因素，造成了极为惊人的风洞效应。考虑到当时化石能源枯竭的情况，大概只有这样才能将月球登陆装置发射上太空。

突然，诺亚想念起家人来了。

这一晃又是几天了，不知道她娘俩怎么样了。唉……家里什么都缺乏。一想起家人，诺亚的心里就不是滋味，他恨不得一步就跨入家门。

飞碟风驰电掣极速飞行，恰似诺亚归心似箭。

……

老远就看到白云抱着孩子在等他归来。

诺亚有些奇怪：她怎么知道不早不晚恰好在这个时间？他不

知道其实白云一次次地来到门口等候已经不知多少回了。远方的出门人由于有事在身，总是很难体会家人的挂念有多重有多深。

这时，只见白云一只手抱着孩子，一只手在空中不停地挥舞。

只等诺亚停好飞碟跨出舱门，白云已冲了过来。三个人紧紧地拥抱在了一起，虽然只相隔了几天，却似有千言万语和百般柔情。

末了，诺亚只好轻轻地说："你看你这个样子，我这不是回来了吗？"

"说得倒轻巧，我这几天晚上一宿都未睡踏实，我不就是担心你么！"白云说着眼圈又红了。诺亚赶紧讨好她："下次一定早点回来！下次一定早点回来！"他说这话的时候表情不太自然，因为他自己也觉得有点底气不足。

白云手戳诺亚的额头冲他："去你的鬼话！"她老是这么上当受骗，自然也就不大相信他的套话。不过，白云说这话的同时，却又一把搂住了诺亚……

第十四章　天理与人道

大本营，人类月球基地。

为了寻找俄罗斯人投放在月球上的人类遗传物质样本，大本营命令蓝天和柳青青承担起搜索的任务。

搜索了整整一周的时间，居然毫无线索。

“唉，这简直就是大海捞针。”蓝天显得有些灰心丧气。

“就是嘛，这么漫无目标地到处乱跑，何年何月能够找到啊！”柳青青趁机发起牢骚来了。

“今晚好好休息一下，明天早点出发。”蓝天对青青嘱咐道。

“明天不干了，让诺亚自己来找！”一听说明天还要早起，青青真的来火了：“没准他们胡说八道，让我们去寻找压根儿不存在的东西！”

蓝天瞥了她一眼，也没有吱声，径自去休息了。

说起来这事也不能全怪柳青青脾气不好。其实道理很简单，飞碟在空中飞行，在广阔而又崎岖复杂的月面上寻找一个被掩埋在地底下不大的物体，即使只搜索月球表面五分之一的区域，也完全是大海捞针！

第二天，青青果然赖床不起，还推说有病。

蓝天知道她在耍花招，不过也没有戳穿她的鬼把戏，在安慰了一番后索性和她讨论起来。

“……那么我们分析一下吧！假如你是俄罗斯科学家，你会怎么办呢？”

稍稍抬举了一下，青青果然有点高兴。她眨巴着一双明亮的大眼睛开始动起脑筋来，好像她真的成了科学家。她想了一会说道："要是咱是俄罗斯人，咱就会选择一处温度适宜而且松软的地方，让登陆舱钻进土壤里，这样就可以保温啦！"

"这个我们大家都明白，我们不就是按照这样的思路去寻找的吗？"蓝天的话说得不够圆滑。

"那就继续寻找呗！不过我在生病，总得好点再说吧？"果然，青青又开始耍赖了。

看着柳青青的这副德性，蓝天颇有些为难。他有点恼火，甚至想去领导那儿告状。但他深知柳青青的脾气，那样做肯定会适得其反。

实在没有办法，蓝天只好继续哄她："你这个人从小调皮捣蛋。要是你把一个什么东西藏在月球上，你会怎么藏呢？"蓝天只是想激起青青的兴趣，诱导她尽快进入工作状态。

却不料使柳青青想起了小时候捉迷藏或藏东西的游戏，一下子获得了灵感。她立刻来了劲头，马上从床上跳起来高兴地说道："啊……我要是藏什么东西，一定会记住那个地方甚至会做个记号什么的，这样以后找起来就方便了。"

这谁不知道呢？蓝天有点哭笑不得。不过他还是假装很高兴："这就对了！俄罗斯人存放的人类遗传物质样本一定希望其他的人类将来也能够发现，肯定做了什么明显的标记。"

"说不定，半截火箭尾巴露出在外面呢？"青青颇有点神秘地说道。她想起来小时候一次"躲猫猫"，她把大半个身体藏了起来，却把屁股撅得老高露在了外面。一个小朋友找到后一脚把她给蹬翻在地。青青当时气极了，以至于后来耿耿于怀地总也忘不了那件懊恼的往事，想不到这会儿竟然给她带来了灵感。

"嗯，还是你聪明！不管怎样，总会留下线索的。"蓝天继续给她戴高帽子。

柳青青得到表扬，非常高兴。她一骨碌从床上爬起来，飞快地跑出去了，反而弄得蓝天有点莫名其妙。

蓝天和柳青青驾驶飞碟又投入了艰苦的搜寻。

飞碟虽然飞行方便，可人在里面观察只能限于一些局部的范围，而且对于小的东西也看不清楚。在阳光不足的地方，灯光照射下的搜索就更加困难了。尤其困难的是环形山里面，地形极其险峻复杂，稍有不慎就会机毁人亡。

几天的紧张工作很快就又过去了，他们曾经飞行到非常遥远的地区，但依然一无所获。实际上，他们差不多已经把整个月球较为理想的温度地带搜索了一遍。

又一天，经过长时间乏味而又劳累的搜索后，他们照例垂头丧气地往回赶。

……

“看，那是什么东西？”柳青青突然激动地尖叫起来。虽然她平时粗心，但她身体棒眼力好，这次又是她发现了目标。

不过这种情形已经有过好多次了，事后都证明不过是虚惊一场。但为了照顾青青的情绪，蓝天还是决定立刻前去探个究竟。

“飞近看看吧！”蓝天漫不经心地随口应道。

可随着目标越来越接近，两人都开始激动起来，因为看起来这次好像真有希望了。

“啊！原来是太阳能电池板。”蓝天终于看出了那块赭色的是件什么东西，那电池板铺展在地面上大约有几十平方米大小。它是由许多较小的电池板拼装而成，在高空看起来竟然和不远处的岩石很相似，所以尽管这里离大本营很近却一直没有被发现。

飞碟迅速降落下来，蓝天和柳青青身穿宇航服，飘飘然跨出了舱门。

“啊……一个机器人!”青青又激动地尖叫了起来。她的尖叫声通过耳机传来,震得蓝天的耳膜都疼。

果然不错,在离太阳能电池板几十米的地方,一个很瘦小的机器人倒在那里。

蓝天和柳青青走近一看,这个机器人确实很小,大概不到一米高,就像一个孩子。机器人有一根电线连着那个太阳能电池板。要不是亲眼所见,真不敢相信,这个小个子能够挖出一个大坑把偌大一个登陆装置掩埋起来。

不过,残留的现场有点悲壮。机器人的一只手臂都断了,他似乎也没有彻底完成任务,最后掩埋的收尾工作并没有很好完成。

“我想,这个机器人的工作是这样的。他是徒手挖掘的,这样需要的能量比较少,操控也简单。你看他的手……”蓝天指着机器人的一只手,那一只右手有点像一把铲子。“铲子”的前端卷了一点,非常适合刨土。

青青非常佩服蓝天精辟的分析,不过她不甘示弱。她转动着眼睛,想了一下说:“噢,我已经知道了。这个机器人不断将登陆装置下方的土壤挖出,装置就不断地下沉,直到掩埋的深度足够。是这样吗?”青青的调门显然有些得意。

“不错,你讲得对极了。不过圆柱形的装置应该是横躺着的,这样可以减少挖掘的深度。”蓝天对柳青青的仔细非常高兴,因为对于青青来说,这已经是很大的进步了。他希望青青的进步能够持久一些,而不是一时心血来潮。

登陆装置的一根天线露出在外面,因而很容易确定地下的目标。蓝天和柳青青马上开始挖掘。尽管土壤很疏松,但却使不上劲。两人紧张地工作了近一个小时,一身大汗才把大约 2.5 米长 1.2 米直径的圆筒挖出了一大半。

蓝天怜悯地看看这个小小机器人,颇有些感慨:“啊,小兄弟,你真不容易!”

看样子，这个连着太阳能电池的小家伙大概工作了好多天，也许要一周的时间。真有点难为它了！

"多让人纳闷，俄罗斯人都这么大的块头，为什么弄个小孩子来干这差使？"青青一边干活，一边嘟嘟囔囔地发泄着情绪。

被掩埋的神秘装置终于完全露出来了。可是，面对这么一个大家伙，如何将它搬上飞碟呢？蓝天很有点犯愁。他将飞碟重新停靠得离埋藏地点更近些，这样就不用移动一段距离了。

但要搬上飞碟，还需要提升一定的高度。蓝天有些犹豫，不知如何是好。

这时只听青青一声大喝："来，我们把它抬上去！"

蓝天有些将信将疑，但他看到青青这么有信心，也只好决定试试。于是，两人运足力气，咬紧牙关，猛地发力，一鼓作气竟然真的将这个大家伙搬上了飞碟。

离开前，柳青青调皮地向机器人握手告别。忽然，她意外地发现机器人的胸部放了一份写在金属片上的说明书。

文字竟然不是俄文，而是另外两种文字：中文和英文。大致的意思是：俄罗斯人类遗传研究院，这里保存了俄罗斯及其周边地区的150个民族的遗传样本，希望后来者光复地球恢复人类物种。谢谢！

拿着这份说明书，蓝天的双手不住地颤抖，柳青青竟然抑制不住激动放声大哭起来。

此时此刻，他们无比激动。无论世人对俄罗斯有什么样的看法，但事实证明，在人类行将灭亡的最后关头，俄罗斯没有民族偏见，他们对人类做出了最伟大的贡献！

就要离开了，蓝天和柳青青庄严肃立，举起手来，真诚地敬了一个礼。

地球，西藏高原。

大本营传来了成功的消息，诺亚和白云激动万分。千辛万苦，历时接近两年，终于迎来了大展宏图的大好时机。

立即着手准备工作。

白云准备相应的实验室工作。在人手不够设备有限的艰苦条件下，通过实验手段繁殖人类无疑是一件极具挑战的工作。而诺亚将再一次飞赴神山，因为他已经意识到神山的存在对于现在的人类有着极其重要的意义。

啊……神山！也许就是苍天对于人类的怜悯。

诺亚没有忘记对于那位部落长老和美丽姑娘雪莲的承诺：帮助他们部落繁衍后代。

当然，诺亚更有自己的打算：希望获得神山部落方面的帮助，因为那里是重返地球后发现的第一个人类生态系统。尽管那个生态系统已经岌岌可危，而且本来就十分古怪，但只要获得帮助，再加上气候条件有所改善的话，那里可以成为第一个繁衍人类的基地。

诺亚出其不意地回到了神山。

那个男人回来了！……那个小伙子回来了！啊……真的回来了！神山的女人们奔走相告，兴奋异常，她们的长老同样也非常激动。

而且，更为令人惊讶的是：据说这个男人是专门回来繁殖的！

诺亚与长老的谈判很快获得了成功。以后从月球运来的遗传样本将储藏在神山顶部的洞穴中，那里良好的温度条件可以暂时保存那些极其宝贵的东西；而诺亚和白云将用实验室手段帮助部落繁衍后代，很多很多的后代。

几天后，地球方面一切安排妥当。

蓝天和柳青青从月球基地出发了。

2222年8月1日傍晚，经过几天的太空旅行，蓝天和柳青青顺利到达地球，到达了位于西藏高原的第一村。由于火星旅行的锻炼，他们两人没有太大的生理反应。到达地球后，继续待在飞碟里一周的时间，主要进行了重力环境与微生物环境的适应性训练。他们的训练非常成功，很快顺利踏出舱门。

经历了许多风风雨雨，四个人终于又见面了。

诺亚和蓝天紧紧地、久久地拥抱在一起。这两个从小在一起长大的哥们比亲兄弟还要感情深厚。此时此刻，因为共同肩负着伟大的使命，又有一种英雄豪杰惺惺相惜的感觉。他们的心情无比激动，坎坷的经历也令人感叹，真想痛哭一场才能把积压在心头的千言万语倾吐出来。但两个大男人还是不好意思哭出来，他们的眼泪始终坚持着在眼眶里打转没有掉下来。

而两位女人在一起，就不光是又拥又抱，后来竟至于号啕大哭。她们紧紧地相拥着，彼此的脑袋依偎在对方的肩头，眼泪像一串串珍珠一样掉下来。百般的委屈、千般的辛苦和万般的挂念全都化作泪水流了出来。过了一会儿，两个女人擦干了眼泪竟又嘻嘻哈哈地打闹开了，活像一对疯婆子。

哭够了，疯够了，已经是半夜时分。白云才想起了孩子，赶紧带领大家去看看小家伙。

五个月大的雪儿，已经很会跟人交流感情了。他好奇地瞪大眼睛看着陌生人，屋子里的气氛也感染了小家伙，他死劲地乱蹬着两条腿，两只手也胡乱地挥舞着，大家的关注使这小家伙有点人来疯。

青青非常高兴："呵，让姨瞧瞧？……呀，我的小乖乖！"她顾不上身体尚未恢复，抱起孩子又是亲又是吻，小家伙也不怕生，"咯咯"地笑个不停。白云赶紧让青青把小孩平躺着："哎……小心孩子的腰，他还小。"

"哦……真的，我太高兴了。"青青把孩子交给白云，伸了一下舌头做了个鬼脸。她一点没有带孩子的经验，又毛手毛脚的，看来将来自己做母亲时还得好好学习学习。

考虑到青青他们已经很累了，诺亚赶紧建议休息。大家匆匆收拾打理了一下，又吃了一点东西，就准备睡觉。地方很紧，好在几天前白云就把一切都准备好了。她把自己的床让给了青青和蓝天，她和诺亚在原来一个储藏东西的小洞里搭了一个窝，准备一家三口挤一挤。

可蓝天和青青过意不去，天气这么热，白云还要照顾小孩。几番推让，诺亚终究拗不过客人，他们一家三口还是睡在了原来的地方。

蓝天和青青则睡在新准备的那个小洞里。虽然这个“客房”实在原始，但比在太空中要踏实了许多，没有任何心理负担，再加上身体虚弱疲惫，所以新来的两位不顾天气炎热，很快就酣然入睡了。

第二天，四个人开了一个会。由诺亚主持会议，因为大本营任命他为地球领导人。

紧急会议很快就决定了几项重要工作。

第一件事，由白云为组长和青青一起负责人类的实验室繁殖工作。这其中有两种方法：一种是试管实验后植入女性体内自然生育；另一种是使用带来的两个机器人子宫进行纯实验室繁殖。这种特制的生育机器人完全不像人的模样，看上去就是一个大箱子，里面主要的技术关键就是人造羊水与受精卵着床的子宫膜以及营养循环系统。

第二件事就是要将遗传样本储藏在神山顶部温度适宜的地方。这件事已经与神山部落谈妥，当然还是由诺亚来负责进行。

蓝天目前的工作看上去有点儿像打杂，他全面协调和帮助大家。

诺亚要求蓝天住在神山里，以便帮助部落的居民做好生儿育女的准备工作。第一次就准备生育十二个孩子，这不是一件轻而易举的小事，所以蓝天的工作决不轻松。

另外，诺亚私下里还交给蓝天一个秘密任务，就是务必搞清楚部落人的食物，他们的主要食物是什么。虽然诺亚以前吃过他们给的一些黏糊糊的东西，但他并不认为那是部落的主要食物，部落肯定有其他的食物来源。诺亚的用意不难理解，蓝天也明白这件事情的重要意义。

于是，诺亚和蓝天两人很快出发去了神山。

白云和柳青青则留在家里准备实验，操持家务。家里的工作实际上也很繁重，尤其是雪儿这孩子，麻烦事情还真不少。想到以后要繁育那么多的孩子，白云简直不敢想象。可柳青青一副天不怕地不怕无忧无虑的样子："我喜欢孩子，越多越好。"

神山里炸开了锅：那个男人又来了，并且还带来了另一个漂亮小伙子！

山洞里从来没有这么热闹过，大伙儿一窝蜂地都来凑热闹，把洞里的光线死死挡住了，又正值盛夏，地洞里酷暑难当，长老见状很不满意地大声吼起来。诺亚听不懂他吼的话，不过看那样子大概是叫他的人滚开。

赶走了人们，长老马上就高兴起来。他觉得诺亚是个很守信用的人，尤其是愿意帮助部落生孩子。果然是菩萨派来救苦救难帮助部落的，部落从此有救了，有希望了。

突然，长老"噗通"一声给诺亚他们跪下了。这还不算，他老人家居然磕起了头。由于太激动，老人家叩起头来"咚咚"地响。

这让诺亚大为惊慌，忙不迭扶起老人家。"使不得！使不得！"然后，诺亚又跟长老唠唠叨叨地解释了好半天，大致的意思是：互相帮助是为人的本分，你们不是也救了我两回吗？

跟老人家热络了好久，终于言归正传。

“我们决定帮助你们生孩子。”诺亚非常诚恳地说道。

“好啊！我上次就说过：这里的女人全归你们，全给你们做老婆。”老人家大方地看了蓝天一眼，在“你”后面加了一个“们”。

“啊，大概您弄错了！我们是要帮助……生孩子，不过……不是那种样子的。”诺亚一时性急竟至表达不清，他求助似的把头转向蓝天。却发现这个平时很老实的家伙在捂着嘴巴坏笑。这个年龄的年轻人还脱不了稚气，蓝天本来多少有点了解这里的一些情况，但他对于长老“这里的女人全归你们”那句话还是感到非常非常的好笑。他实在想如火山喷发一样痛快地爆笑一通，但看着令人尊敬的长老一脸严肃，却又不敢放肆，正在憋得慌。

诺亚气死了，真的气死了，他狠狠地使劲瞪了蓝天一眼：这个狗东西！

真是没有办法讲清楚，但没有办法也得想办法。

诺亚沉默了片刻，稳定了情绪，然后慢慢严肃地向长老解释。大致的意思是：遵从菩萨的意志就是天理，互相帮助乃是人道。而男女有界老幼尊卑是为人伦，不可不从不可混乱。否则，天降惩罚万劫不复！

长老一时间搞不清诺亚的这番说教。过去的灾难已经成为久远的传说，每天的忙碌只为生存，而这里的一切都由他随意发号施令，难道还有比他的意志更重要的吗？人类的许许多多在原始的人们看来，不仅多余而且实在麻烦。现在，大结疤越发有点云里雾里犯晕了。

不过菩萨的意志长老是明白的，那是绝对不可以违背的，并且他现在信任眼前这个年轻人。

长老抬起脑袋，皱起双眉。他脸上的皱纹显得更多更深，简直就像高原的崇山峻岭一般。他的眼睛躲在眼皮的峡谷底下几乎都看不到了，但却明显地放射出无限的迷惘：“不和女人睡觉能生孩子吗？咱也不是一点都不知道，我也多少听说过一点点。”老人家一下把部落里最了不起的社会经验都抖了出来，因为他还是有些怀疑。

不过长老嘟嘟囔囔的声音很轻，大概菩萨的威信吓着了他，毕竟诺亚他们是从天上下来的，至少菩萨的授意是勿庸置疑的。

诺亚又非常努力地进行了一番解释。关于实验室，关于试管婴儿，关于人工授精……

可是那些代表着人类21世纪高端技术的名词让这位已经退回到原始社会的老人家越听越糊涂。

最后弄得诺亚一头大汗。他两手不停地甩着，在那里直摇头。

却不料蓝天眨着狡黠的眼睛把嘴巴凑到老人家耳边：“就是请上天帮你们生孩子。”

“哦，我明白了！”想不到这下老人家终于满意了。

长老咧着残缺不全的门牙呵呵笑了起来，不管怎样，能生孩子就好。

长老相信这两个年轻人，更相信大慈大悲救民于难的菩萨。他懒得搞清楚怎么样能弄出孩子来，也无所谓究竟谁来帮忙生孩子。关于男人和女人生孩子的事已经过去几十年了，况且他也只是听说而已，并没有什么真凭实据。男人和女人怎么啦？又有谁见到过什么啦？当然，无论怎样，他已经是这里最有见识的人了。

诺亚又用眼睛瞥了蓝天一眼，他很不满意蓝天的作为。

眼下这些苦难的人们陷入人伦的荒漠，作为文明的使者，要让人类文明的光辉照耀这个混沌的角落。

人类社会的健康发展一定首先要有天理与人道，法制与道德。人类社会的覆灭难道不是首先从道德的沦丧开始的吗？

诺亚的心里沉甸甸的，不禁陷入了久久的沉思……

诺亚和蓝天进行了推心置腹的谈话，最终两人统一了思想，使蓝天更加意识到了目前严峻的形势和艰巨的任务。

蓝天留在了神山。诺亚交代给他的主要任务是要以佛的名义给这些愚昧的人们说教,以便尽快教化这些残余人类,挽救这个岌岌可危的部落,使他们能够与来到这里的新人类一起担负起挽救人类的历史重任。

这里的社会已经完全回到了蛮荒时代。唯一值得欣慰的是,他们还没有忘记佛祖,所以他们的人性虽然犹如随风摇曳的烛火一样脆弱不堪但还没有完全泯灭。心中对于佛的挂念和下体的一块遮羞布为他们保留了人类最后的文明。

蓝天认认真真勤勤恳恳地开始了他的工作。

由于长老现在一切都听从诺亚他们的布置,所以,蓝天现在实际上成了部落的首领。

蓝天很满意自己目前的角色。除了呼风唤雨这种人类的权力欲本性以外,其中也有孩子般的好奇心和英雄救美的虚荣心,或者慈悲为怀的善良愿望。当然,他对于自己的奇怪角色多少有点忐忑不安。在这种原始和神秘的地方,他还远没有适应这里的环境,不知道会不会有些意外发生。

女人们个个都兴奋异常。当然,她们根本不了解自己身体内的那种原始的冲动,她们只是感觉非常非常喜欢新来的两个小伙子。甚至人们自己都觉得奇怪:男人为什么有如此吸引力。

尤其令人激动的是:要准备生育孩子。而且,人人都可以生育孩子。

这真是太不可思议了!

长久以来,没有孩子一直是部落眼看着一天天临近的灭顶之灾,人人都在渴望着新生命的到来。可是生儿育女那种事情实在已经久远了,当最后一个为人父母的老人去世以后,人们才发现对于繁殖技术太不够重视。如今没有人能够讲清楚自己如何来到这个世上,更不用说能生个一男半女,从而对这个世界有所贡献。

但没有生只有死的状况着实让人惴惴不安，年复一年，大自然一直没有给予这些陷入绝望中的人们任何机会。就这样，对于新生命的渴望都变成了与菩萨的交流。

在这个世界上，除了部落的人们自己以外，找不到别的生物，不管是动物还是植物，自然也不知道雄性与雌性的差别。在这个连昆虫都没有的单调世界里，人们根本就没有见识，得不到一点点启发，完全不知阴阳配合的奇妙。

不过，就像美妙的音乐，对于它的喜好有一种最自然的属性。不懂得乐器的人们并不缺乏对于音乐的“一见如故”，甚至，由于孤陋寡闻或欲望过于积累而会变得更加冲动。

尽管部落女人对于她们自己的许多本能都已经搞不清楚了，但一旦受到某种刺激，原始的母性依然蓬蓬勃勃地在内心深处膨胀起来。她们深深地陷入空前的莫名兴奋之中：她们喜欢扭动腰肢，或者晃动臀部，或者甩动高耸的胸部……他们自然而然地为自己的这些女性特征而骄傲，为突然隐隐感觉的某种妙不可言的神秘而陶醉。更奇怪的是，她们甚至恨其他女人，总喜欢暗暗地互相较劲，每个人都很想跟新来的男人套近乎……

这就是男人，真正的男人！人们不断地重复着这个挥之不去的想法。搞不清这是一种什么感觉：很高兴？很想念？很需要？

不过现在蓝天的地位明摆着，与过去的封建时代一样，这个部落也有自己严格的规矩。也好在女人们都不希望给这位可心的小伙子留下什么不好的印象，所以女人们还算克制，暂时还没有人过于放肆。

但有一个女人最占便宜，那就是雪莲。她仗着她年轻漂亮长老喜欢，照顾蓝天生活上的美差竟然又落到了她的身上。部落的女人们虽然不好明说，但不公平的事情总会惹来是非。雪莲这个丫头，本来么，部落尊她为仙女也是有道理的，可她最近越来越得寸进尺，她总是独霸着所有的男人，是可忍孰不可忍！女人们愤愤不平，却也奈何不得。

部落，恰如久旱的沙漠，而蓝天只是一滴水，他能够滋润整个大地吗？

想不到白云和柳青青来了。

一听说由她们两人帮助女人们怀孕，长老就傻眼了：这……这……能行吗？咱没有经历过难道还没有听说过吗？这女人的肚子是随便可以搞大的吗？他于是心里又充满了狐疑。……可是，这里难道有谁有点儿经验吗？

所以，老人家虽然不大相信，但又不便多说，心想：那就走着瞧吧！

不过女人们却非常乐意。

一种前所未有的体验或某种神秘感的驱使使女人们充满了期待。虽然部落的女人们不清楚“爱”或“欲”的意义和境界，但能够有孩子则是一个非常具体的伟大目标，一个部落里压倒一切的硬道理。

所以白云和柳青青的到来，同样受到了热烈的欢迎。

白云和柳青青着手为妇女们做人工授孕手术。

能够为这个饱受劫难的部落解决子嗣的大问题，也为了繁衍人类这个伟大的事业，两人打从心眼里感到由衷的高兴。

人们现在越来越关注生孩子这件事。但还是有人怀疑白云和柳青青的做法，这种样子能够弄出孩子来吗？虽然人们没有什么见识，但说起来也不是一丁点儿没有听说过：不是说还要有男人才行吗？……

不知这些流言与长老有没有关系。

但无论怎样，诺亚白云他们都是些什么人？要知道他们都是从天上下来的，他们都会飞来飞去，他们就是神仙！难道可以怀疑神仙吗?

毕竟,多数人还是相信白云和柳青青。所以,人工受孕的工作进展比较顺利。

尽管广受部落人的欢迎,但这种原始的地方终究令人不舒服,好在没日没夜的紧张工作不容人有多少思考的余地。由于工作忙任务紧,柳青青基本没有时间和蓝天约会,只是短时间地与蓝天有过几次接触。

神山的工作刚刚告一段落,白云和柳青青马上回到了第一村,重新投入到了紧张的实验室工作中。

神山,终于有了希望。

然而,另外一种渴望,莫名的渴望却也愈来愈强烈地开始占据女人们的心。

女人们没有满足,他们似乎需要更多,更多。其实,欲望本来就是这样:一旦点燃了的野火,谁也不知道将会烧到哪里。

蓝天这几天一直很忙。他这几天的主要任务就是给部落的人们上课。

追溯到祖上,这个部落大概已经差不多有一百多年与世隔绝了。由于闭塞,他们现在什么事情都不懂,集中训练可以最快速最有效地提高这里的文明程度。可是因为人们听不懂汉语,所以由长老当翻译。但困难的远不止语言问题,只要稍带一点技术性的问题,人们就全都傻眼了。

所以,蓝天上课的每一句话几乎都成了高科技。真是要命,真是急死人。而且由于长老经常自己也听不懂,因此上课非常非常困难。

好在人们都渴望进步,愿意学习,连长老也很喜欢学习,因此学习的气氛倒是十分浓厚。可一下那么多的新鲜知识,而且都玄乎到极点，几乎把人们的头脑都搞炸了，都要神经错乱了，因而学习的进度十分缓慢。

首先，就是宣讲人类基本的伦理道德。

男女有界，长幼尊卑，好的行为就是有理(礼)有节，互助友爱，还要奉公无私；而乱伦、偷盗和无序为最恶劣的坏行为将予以严惩。这种课程有点像政治课或宗教课程。

第二种课程就是天文地理农牧方面的一些简单常识，也包括衣食住行生活方面的基本知识。但这些方面的内容实在太多，所以现在蓝天也只是天南海北地胡扯一通。

第三种课程就是医疗卫生方面的知识。但由于没有什么医疗条件，也没有什么药物，所以目前只能讲讲卫生方面的问题。

应长老的一再要求，特别要多讲关于生孩子方面的知识。因为没有什么比部落里延续香火更为重要的了，而这里的人们对此几乎一无所知。这对于部落确实是一件最糟糕和最悲哀的事情，当然也是眼下人类极为严肃和沉重的话题。

这本来就是一个最重要的问题。

所以，蓝天十分卖力气，认真备课认真演讲，比所有其他课程都要讲究。他特别花了不少时间讲了这次关于先进的实验室生育技术，也不知那些人听懂了没有。不过对于这位腼腆的小伙子来说，最难讲的就是人类的自然受孕。

这怎么说呢？蓝天因此而大为苦恼。因为实在找不到现成的例子，人们遥远的记忆里也是一片空白。如果能够找到一对雌雄的昆虫也好有个示范，可是现在什么都没有。

蓝天有时想想也真够烦的，这个可怜的部落看起来简直什么都要人教。

但长老想的却是长远的未来。无论是作为一个老祖宗或者一个领导人，延续香火总是头等大事，要让部落真正掌握这方面的关键技术。起码他也知道，生孩子这种事情总不能老靠外人帮助。

有一次上课时，长老终于有话要说："那么……以前的事情可不是这样，听说还需要男人。"长老回忆起从前的传说努力摆出一副很有经验的样子插话。

这下女人们都来了劲了，叽叽喳喳纷纷要求老师讲清楚这件事。……不是现在已经有了两个男人了吗，怎么还是讲不清楚呢？人们似乎变得更糊涂了。

也有些稍聪明一点的女人本能地感觉到，那种事情并不简单，多少有些神秘。而且不知怎么的，她们特别想让蓝天来讲这件事，似乎这样才过瘾才令人信服。

这看起来多少有些道理。因为从前的问题，根本就是因为没有男人。可现在就不一样了……

蓝天还是有些为难，他倒不是想回避这个话题，该讲的早晚总要讲的，只是还没有准备好怎么讲，因为这个问题确实不太好讲。面对如此学生，面对如此世界，真是难为了这位腼腆的年轻人。想想今天时候确实不早了，早该下课了。

蓝天心里有点不耐烦，于是匆匆讲了一个大概："一个男人和女人睡在一起就会怀孕。"

可是，女人们依然不肯放过蓝天，她们愈发亢奋地死死盯住他："你讲清楚，怎么样子才行，你得再讲清楚一些。"

蓝天很有些难堪，甚至有些恼怒：简直烦死人了！

于是，蓝天竖起两根手指头，"就是这个样子，睡在一起。……然后，女人的肚子就会大起来。……然后，女人就会生孩子。"怕人们仍然不放过他，还形象地在自己的肚子上划了一个大大的圆弧形，就像一个真正的孕妇。说完，他匆忙脱身离开了。

在雪莲的帮助下，蓝天终于查清楚了部落人的食物问题。

一天，诺亚有事来到了神山。

蓝天一把拉过诺亚，他带着诺亚穿行在弯弯曲曲的山洞里，来到一处偏僻地方停下脚步。

什么也看不见，诺亚于是打开小小的半导体手电，看到的是一排几十个陶罐，里面用水养着黑糊糊的东西。用手按一下，软绵绵的有很好的弹性，有点像一大块肉，但那颜色质地又与肉有很大的不同。

“大概是一种真菌类植物，好像从前被称为太岁。”蓝天介绍说。

“就是中国民间传说的那种神秘物种？”诺亚似有所悟地问道。

“差不多吧！应该是同一类的生物。”蓝天回答道。

蓝天接着说道：“这种东西培养非常简单，只要用一些浑浊的泥水就可以了。但据说一定要在这个洞中，而且也不是随便摆放在洞中的某个地方。生长速度非常快，每天都可以看到它长大。虽然这里的人们比较瘦弱，显然也营养不良，但维持一般的生活却不成问题。”蓝天把诺亚交代的这件重要事情了解得很清楚，简直像背书一样讲得非常流利，他这个人就是讲究认真。

“……啊，原来如此！”诺亚的眼睛里闪烁着愉快的光芒。

这个发现有多么重要……有多么重要啊！虽然部落的人们与大本营不约而同地都用菌类作为食物，但诺亚他们的那种显然生长太慢，不适合批量生产。

不过，诺亚也知道，虽然性命攸关的粮食计划因为发现了“太岁”而有了重大突破，但对于未来建立人类社会的巨大粮食需求，那也只能算是毛毛雨。

诺亚越来越着急。因为神山顶上储藏的人类遗传样本随时都会失效，而目前这里的人类种群完全不能满足人类健康发展的多样性的起码要求，至少要繁殖 100 个人类种族。而且，人类无论如何也不能孤单地生活在这个世界上，还要有许许多多的动物，许许多多的植物。

无奈之下，诺亚只好孤注一掷了。

诺亚有了一个极其大胆的想法：引爆火山！让满天的火山灰飘向整个大气层遮蔽阳光，这类似于从前被称为“核冬天效应”的一种科学概念。也就是数量巨大、时间持久的灰尘减少阳光的辐射，从而快速降低地球表面的温度。而火山冲出的巨大数量的硫化物在高空中会产生硫酸雾滴，根据科学研究，这种硫酸雾滴特别能够反射太阳光，降温效果尤其明显。

诺亚把这个想法与大家商量，大家的意见不尽相同，一时不能完全统一。蓝天比较赞成，可也许女人们想得太多，也许她们的胆子太小，总之两位女士坚决反对。

但诺亚知道，这件事也是没有办法的办法。地球环境的变化，一千年也改变不了多少，可现在人类的状况再等上几年都勉为其难。虽然引爆火山也会带来环境问题，但副作用不是很大，因为火山爆发本身就是一种比较常见的自然现象。

由于大家都很忙，而且人们的意见也不统一，所以诺亚决定自己一个人干，悄悄地干。

说干就干。当天下午，经过四个多小时的长途飞行，诺亚又一次来到了中西伯利亚靠近北冰洋的普托拉纳高原。他顺利找到了那个藏有军火的洞穴，取了好几个大炸药包，也没有忘记从另一个房间找到了引爆用的雷管。他顾不上休息，接着马不停蹄地向西偏南方向飞行了大约 8 000 公里。

第二天拂晓，诺亚终于来到了地中海地区。

不一会，天就开始放亮了。横插进地中海的亚平宁半岛很容易寻找，诺亚在从前的意大利上空盘旋。

这里是意大利的西海岸，一眼就能够看到海拔 1 161 米高的赫赫有名的维苏威火山。现在，这座活火山正在冒着热气，它在孕育和积蓄力量，准备在将来的某一天再次大爆发。

诺亚知道这座火山的厉害，因为它是地球著名火山中当之无愧的第一明星。公元79年的那次大爆发，灼热的火山碎屑流毁灭了当时繁华的庞贝古城。

现在，诺亚看到的是一个漂亮的圆圆的火山口，不知道是不是那一次大喷发以后形成的。当然，后来好像又有过大规模的喷发，不过基本模样不会有太大的改变。

今天天气很好，海洋中的风浪不是很大。诺亚将炸药包雷管上的导火索点燃后对准火山口推了下去，然后迅速逃离。

威力惊人的大炸药包爆炸了。“轰隆”一声巨响，腾起一股冲天的巨大尘云。

诺亚将飞碟停在10公里远的地方观察。他在紧张地瞭望，焦急地等待。

但等了好久，也没有期待中的火山大爆发。

一个小时过去了，诺亚忍不住了。他驾驶飞碟飞近一看，简直气疯了：连原来的火山口都竟然给堵上了！部分巨大的内环形峭壁倾倒向中间竟把火山口彻底埋住了。原来还在不断地喷着热气的火山口，现在竟然完全熄火了，甚至上面一点热气都不冒了。

真是活见鬼！

但诺亚没有灰心。立刻，他驾驶飞碟向相反的方向进发。他又向东连续飞行了接近10 000公里，来到了西太平洋的上空。

太阳已经西斜，海面上照例波涛汹涌，西太平洋上的岛屿似乎比想象中的少了许多。现在的菲律宾也变得很小，有许多小岛已经被淹没不见了，不过吕宋岛和棉兰老岛一北一南依然很容易辨认。

菲律宾是世界上火山活动最活跃的地区，最为著名的有阿波火山、马荣火山和皮纳图博火山等。

诺亚搞不清这些火山哪一座该叫什么名字，他也没有那个雅兴。他现在的心态有点问题，有些浮躁或者急躁。他一心想着搞出几次极为猛烈的巨大喷发，期待出现遮天蔽日的景象，快快为地球撑起一把遮阳伞降温。

反正这里正在冒热气的活火山很多，诺亚见到大的就去爆破一通。他现在胆子也大了不少，从一个火山赶到另一个火山，马不停蹄地连续爆破，希望以量取胜，结果居然大失所望。

说来真令人沮丧，诺亚努力的结果就是把所有的冒着热气的火山口都封闭上了，没有一个如他所愿发生猛烈的爆发。

完全失败了！

诺亚并不怀疑炸药的威力。这是22世纪发明的一种极具破坏力的新型炸药，其爆发力远远超过从前的TNT。

诺亚不得不结束这次鲁莽的行动。真有点经不住打击，他硬撑着又飞行了两个半小时后，拖着极度疲惫的身子闷闷不乐地回到了家中。

已是晚上，可大家都没有休息，都在等候着诺亚的归来。因为他不打招呼就出门已经两天了，大伙儿都十分焦急。

“哟，回来啦！”柳青青喜出望外。

“嗯……”诺亚的回答却有气无力。青青走过来了，他连眼皮都不翻一下，自顾自地在生闷气。

青青赶紧跑到白云那里去：“嫂子，快去看看，诺亚变傻喽！”

白云忙不迭地赶过去一看，还真是那么回事。

“怎么啦？累啦？”白云故作轻松地引导诺亚说话。她趴在诺亚的肩头，两手搂住了他的身体，吻着他那已经汗臭烘烘的脖子。

“还好。”诺亚的回答仍然漫不经心。他的身体随着白云的动作来回摆动，完全像个木偶。

“那你早点休息吧！”贤惠的白云很能体谅人，说话总是那样有分寸。她扶着诺亚躺了下来。其实诺亚也用不着人帮忙，但白云的动作仍然让他非常舒服，他感激地看了妻子一眼，就势躺下休息。看样子,他太累了。

“不知道蓝天那里怎么样了,你明天去看看他吧!”白云关切地对柳青青说道。白云由于心疼诺亚,也分外体谅青青。

“好吧!那样你就要忙了。”柳青青其实也早就想要去看看丈夫,只是觉得这里一直很忙,总不好意思开口。现在白云自己说了,虽然有点过意不去,但思念的冲动占据了她的脑子,她只是稍稍客气了一下就答应了。

其实,这会儿柳青青的心早就飞远了。

青青驾起飞碟,风驰电掣地飞行。

座座群山、朵朵云彩一路被甩在了后头。

可是,无论飞碟多么迅速,都没有青青的心思来得快,她的心早就飞到了那个人的怀抱里。

他的怀抱是那么温馨,青青每次都能够清晰地听到一颗强健的心脏在激烈地跳动,甚至那男人身上的汗味都令人感到某种刺激,以至于青青常常喜欢舔他的脖子。而蓝天总是喜欢用他带着胡楂的脸摩擦着青青,搞得人怪痒痒的。要是离开很久,久别重逢的兴奋与喜悦使得他们缠缠绵绵地没完没了……

青青的飞碟很快就停靠在神山山腰的洞口。性急的她一把推开飞碟舱门,急急地冲入洞中。她知道蓝天居住的地方,仿佛分别了很久很久,她有多少话要对他说,有多少苦要对那个男人倾诉,可怜这个平时看起来很有点粗野的女人今天像少了魂一样行色匆匆。

终于,青青来到了她日日夜夜思念着的地方。

但是,在昏昏的漫射弱光下,青青却看到了令她足以发疯的不堪一幕:

蓝天叉着双腿仰天而睡,而两则竟然赤裸裸地紧挨着两个光屁股女人！更有甚者，那两个女人竟然莫名其妙地生生看着柳青青，非但没有廉耻之色反而坦然自若，就好像母鸡在孵蛋般一付神圣或者天经地义的样子，那惊奇的眼神似乎倒是别人干扰了她们。

这还了得！柳青青的所有热血汇成激流都涌向了脑门，她的头发根根都要竖起来了，甚至眼睛也可怕地膨胀起来。

说时迟那时快，柳青青尖利的一声大叫，像饿狼一样扑了上去，两只手左右开弓，“啪！啪！”地将两个可恶的女人推开。然后左手一把拽起这个肮脏的臭男人，右手“噼里啪啦”一阵耳光。

挨了一顿猛揍，蓝天才从梦中惊醒过来。这几天他太劳累了，这次的睡眠非常解乏，也许这会儿他正在做着儿女情长的美梦。他压根儿不知道自己什么时候睡着了，当然更不明白为什么要挨耳光了。

“你这个不要脸的东西，一次还睡了两个女人！”青青的声音里带着歇斯底里的尖啸。“原来你整天就做这种事情，你到底搞了多少个女人?!”

“什么？女人？哪来的女人?”蓝天一边抵挡，一边闪动着两只充满血丝无限惊恐的眼睛，他努力转过头来想看看到底发生了什么事。当然，旁边空空如也，那两个女人早已屁滚尿流不知去向。

“你装什么蒜？你这个最肮脏的家伙！……伪君子！……畜生！……”青青一边吼叫一边两只手不停地锤打蓝天身上各处。

青青的力气很大，蓝天只好跳起来不停地躲闪。看那样子，他知道要是不躲闪就会被打死的。他也早知道这女人是个人物，但如此野蛮如此杀气腾腾却也着实令他大吃一惊。

虽然被莫名其妙地闷打了一顿，但蓝天也渐渐听出了一点端倪。当然他的想法无济于事，因为母大虫凌厉的攻势令蓝天应招不暇。于是，他想到了反击。要不然，就别想活着走出这个山洞了。

蓝天开始大声辩解：“女人？哪里有什么女人?”恼羞成怒的柳

青青这才注意到刚才那两个不要脸的雌货溜得不知去向。

刚才太冲动了，把注意力都集中在蓝天身上，以至于让这么重要的证据跑掉了。

不过，青青并不在乎。她的话就是真理，难道她会冤枉人不成？她为什么要冤枉他？她什么时候冤枉过谁啦?!

“你这个畜生！我亲眼看到的，你还不承认！你真是太无耻，太卑鄙了！……怪不得人类要灭亡，男人都不是好东西，天下就没有不偷腥的猫！”听到蓝天居然敢辩解，青青更加怒火中烧。

要是承认错误，跪下来求饶，她柳青青或许可以原谅他一点点里面的一点点。现在，看着这个曾经相信过爱过的男人，青青觉得自己成了一场豪赌骗局的牺牲品。

她输光了她最宝贵的东西，输光了她的全部。

想起刚才那一幕，一阵阵恶心涌上心头。真是肮脏到了极点！想到这种畜生居然曾经多少次占有过她——一个纯洁善良的女人！想到了这些，青青完全失去了理智。

也许是遗传基因手术中错误嫁接的某个劣根基因开始发挥主导作用，柳青青的眼睛中居然闪现出一股凉凉的杀气。

“我要灭掉你这个败类！你活在世上只能肮脏了我的眼睛！”柳青青不断地出手击打蓝天，越来越疯狂，一次比一次狠毒！

蓝天慢慢看出了青青的歹意，他不得不思考今天如何躲过这场莫名其妙的灾难。他竭尽全力地躲避，无奈力气竟不如发了疯的母大虫，他渐渐趋于下风。

厮打中，蓝天意识到如此下去的危险，他唯有逃跑才能脱离今天的灾难。于是他开始利用地形地物，灵活地躲闪着柳青青的追打。

柳青青虽然力气大，但由于疯狂和对于地形生疏，也已经多处被碰伤或跌伤，有了些颓势。

慢慢到了黑暗处，蓝天的形势开始好转，他终于取得主动。趁着黑暗，蓝天躲进了一个旮旯小洞里，并且蹑手蹑脚地移动脚步，成功躲开了柳青青。

青青失去了目标，更加狂躁。她双脚乱跳，双手乱舞，拼命地尖叫。末了，为了寻求发泄，她索性躺下来两脚乱蹬双手狂舞，声嘶力竭地啼哭起来，在洞穴里激起令人恐怖的巨大声响。

就这样，闹了大半天，青青才满身血污，一脸肮脏无可奈何地离开了这个令她无比悲伤的地方。

……

神山洞里死一般安静了好久，人们才战战兢兢地从各处出来，想去看看她们那个无比宝贵和尊敬的男人，看看他是否被那个可怖的女神仙打死了。

最后，蓝天终于也出来了。

蓝天的样子狼狈极了：睡觉时穿在身上的一点衣服几乎都扯烂了，到处都是一道道抓痕，全身青一块紫一块血迹斑斑的，一条腿也一拐一拐地瘸了。

看到长老走过来，蓝天迫不及待地问他："究竟是咋回事？害得我差点被杀了！"

可长老也是一脸的莫名其妙："哦，我听说了，那两个女人不懂事。上课时听说和男人睡在一起就能生孩子，就偷偷趁你熟睡时躺在你的身边……"长老蠕动着他那满是皱纹的老脸喃喃说道。老人的声音低低的有点儿心虚。

"啊……我的天哪！这不是害死我吗？"蓝天大呼冤枉。

但事已至此，看来也无可挽回。没有人比蓝天更清楚柳青青的性格：这个女人绝对是一头犟驴，没有人能够拉她回头。况且这回也真算是她亲眼目睹，男女之事从古到今都有说不清道不明的，何况对于柳青青这种人。

再想想那两个可怜的部落女人，蓝天真是哭笑不得。且不说人类的种种淫欲陋习在这里闻所未闻，就是普通的夫妻之事，这个部落看来也真的已经失传。

天哪,我以后怎么教她们啊!真不知道这些女人们对于男人的种种热情究竟是出于什么原因。不过这次她们知道脱光了衣服,也算有点技术含量,也不枉为师一场……无可奈何的蓝天只好如此聊以自慰。

柳青青要与蓝天离婚了!

大本营上上下下都受到了极大的震动。人们自以为无论在科技上还是在伦理道德上都史无前例地创造了一个人类的全新种群,而结果还是出了大纰漏。

神山部落的发现,也给大本营过早地提出来一个极其严峻的问题,那就是如何重建人类社会,重建人伦人道。

人类社会必须顺天理有人道。天理就是一种自然科学与社会科学以文明和审慎态度建立的许多法则,人类必须严格遵守,因此人类远不是自由的。人道就是克己服理,一种慈善、节俭以及和谐积极的生活态度。

人类可以创造最辉煌的科学技术,但面对自身的灵魂,却永远充满了迷惘。也许,人类的灵魂才是宇宙真正的黑洞。

对于蓝天和柳青青他们这档子事,诺亚也没有好办法。他只好亲自到神山详详细细地调查了此事的来龙去脉,虽然同样哭笑不得,但还是回去十分认真地向柳青青解释。却不料青青根本就不相信诺亚的话。她认为诺亚是在哄她,她甚至大骂他们两人是同党,合谋来骗她。男人都不是好东西!所谓耳听为虚,眼见为实,自己亲眼所见怎么能有假呢?

从此,青青连诺亚都不怎么理睬,白云劝说也无济于事。青青性情大变,她变得沉默寡言而且多疑,脾气更加暴躁。弄得诺亚黔驴技穷一筹莫展,只好对她小心翼翼,生怕什么地方一不小心惹翻了这位女魔头。

第十五章　西天寻秘

公元 2222 年 10 月。

倒霉落魄的蓝天获得了新的差使：去欧洲探险。

这大致有两个方面的意图：一方面是暂时避开柳青青的锋芒，给予她一段时间冷静思考；另一方面是寻找或者证实旧人类在欧洲的两个最重要的实验基地。

第一个实验基地实际上就是早年由众多欧洲国家共同建立的“全人类知识图书馆”。

这是一个当时最先进的主要以电子档案为主的图书馆，集中了当时全世界许多最知名或最具规模的国家和大学图书馆不计其数的图书资料。

例如，里面的三维电子图片囊括了地球所有著名的自然文化遗产或人类历史文化遗产。其中人类的建筑成就作为一个重要的专门项目也详细地列入其中，小到优雅的乡村小别墅，大到高耸入云的摩天大楼。

科技方面从人类的钻木取火方法、活版印刷术到远赴火星的星际飞行器……真可谓林林总总包罗万象。而且，这个图书馆的保质年限可达 10 000 年，这就最大限度地保存了人类文明。

然而，这么持久地保存如此数量如此尖端的集成电路硬盘需要极为苛刻的温度条件。所以，这个图书馆的名称不叫“图书馆”，而被称为欧洲热力学实验基地（这种含蓄的称谓是否还有别的原因不得而知）。

第二个就是闹得纷纷扬扬上百年的“西方人类长生不老实验基地”。

公元21世纪，人类长生不老的研究取得了一系列关键性的突破，某些科研成果令人震惊，其中“西方人类长生不老实验基地”是全球同类科研项目中的佼佼者。

由于成就卓著，全世界的阔佬、权贵或者军阀头目纷纷趋之若鹜，于是长生不老实验基地的规模与实力急剧增长，俨然似国中之国。

后来，某些较为低端的长生不老技术也一度流向一般的富有阶层或权力阶层。

金钱可以买到生命或时间，部分人类寿命的大幅延长，无论对地球自然环境的承载力或是对人类社会现实经济与伦理道德都造成了极大的冲击。

颇具讽刺意味的是：人类长生不老技术的巨大进步竟然大大加剧了社会的混乱，与地球生命的大毁灭也不无关系。

不过无论怎样，蓝天还是很想去看看那两个充满神秘和传奇的地方，因为这对于未来的人类社会非常重要。

一百几十年过去了，那个图书馆及其尖端的温控系统和宝贵的资料不知有没有遭受到破坏或损失，还有就是那个人类长生不老实验基地里是否真的还有人活着。也许有人需要解救，这从人道主义上讲是一件最为迫切的事情。

清晨，蓝天驾驶飞碟出发了。

离开了神山，蓝天有一种如释重负的感觉。因为那里已经变得很危险，天晓得什么时候那个女魔头会来个“回马枪”，把他大卸八块生吞活剥了。孙子兵法说得好：三十六计，走为上计。老百姓也常说：好汉不吃眼前亏，留着青山在不怕没柴烧。

天空还没有完全放亮，东方微微泛出些许红晕，依稀可见天上漂浮着一片片的云块，好像那些云层把地面人类和天上神仙的世界一分为二。到目前为止，地球环境的恶化基本上还没有影响到云层以上的地方。只要远离地面，那里依旧清凉。

这大概也算公平，因为人类显然是自作自受。关于因果报应的学说其实由来已久，现在果然应验。虽然科学理论和宗教教义很少渊源关系，然而因果报应的学说却为大家所公认，可谓殊途同归。其实，宗教的思想也有着更为乐观和积极的一面：天地轮回，生命轮回，就像今天东方的又一轮朝阳即将冉冉升起。

看来人类的作孽与神仙不相干，天上神仙们依然逍遥自在。

不知天涯有多么遥远，不知天穹有多么高深莫测，神仙居住的天堂又在哪里呢？

对于宇宙太空，只有航天人才能真正体味到无限的遥远、无穷的深邃和无比的艰难！

不过，在部落人们的心目中，蓝天他们就是神仙：据说来自月亮，来去无踪，日行万里，本领无穷。

可是，神仙也有烦恼，甚至听说天庭也有战争，至少神话小说里就是这么说的。难道不是吗？部落的人们把蓝天看作神仙，却不料又来了一位更厉害的女神仙，把他打得落花流水不知去向。

星空，广袤得令人害怕，黑暗的深邃也令人不安，甚至星星的明亮也成了一种诡秘。

蓝天这时感觉到，似乎这个世界上就只有他一个人存在，整个宇宙都没有一个生灵。如果他的飞碟发现意外，那么他将像一块石头一样坠向地面，转瞬间“轰隆”一声，他的眼前一黑就什么都不知道了，不久他将化作一抔黄土而彻底融入底下这片荒漠之中。

茕茕孑立形影相吊，蓝天感觉非常郁闷。他变得十分脆弱，不禁想起了过去的许许多多。

他和柳青青从小青梅竹马，两小无猜。对于青青的记忆，似乎从蓝天一出生就有了。因为大本营也就那么几十个人，很容易熟悉，而且孩子们都是集中在一起生活。虽然他们的遗传各不相同，但他们的培养和平常的生活从来都是在一起的，从这个意义上说，他和柳青青诺亚他们和亲兄妹没有差别。蓝天后来才知道，他和柳青青的配对是大本营从小就安排好的。怪不得，柳青青在蓝天的记忆里就形同影子，真是步步相随形影不离。

孩提时代的点点滴滴都似乎历历在目，儿时的友谊更是刻骨铭心。蓝天无论如何弄不明白，她柳青青为何要如此狠毒，非要置他于死地不可，竟不容他有丝毫的解释。如今，害得他流落他乡做苦行僧。想想两人的蜜月也是那样令人心醉，也不缺乏卿卿我我、缠缠绵绵，可现在倒好……唉，真是三十年河东三十年河西，甚至恍若天地有别阴阳间隔。女人啊女人！究竟是个什么东西呢？

蓝天不自觉地抚摸着伤处，在许多地方依然能够感觉隐隐作痛。这种疼痛的感觉与普通的受伤有着某种不同，这种疼痛很难受，因为疼痛连着人的心，就好像心被人用刀在慢慢切割，心脏在一滴滴掉血。他现在没有眼泪，也并非是男儿有泪不轻弹，其实眼泪差不多已经掉光了，只不过没有人知道，毕竟男人掉眼泪总是一件丢人的事情。

遥远的天涯没有尽头，西去的道路漫长而又不可预测。

前方哪里有危险？新家又在哪里？没有女人能行吗？如果没有女人不行，又到哪里去再找一个呢？只有神山上有女人，但那里除了雪莲外都令人讨厌。……啊，只有雪莲，她是完美的。她是那样温柔可爱，她是那样善良，根本就不像柳青青那样。柳青青那女人简直就不像个女人，活脱脱就是一只母大虫。我蓝天难道上辈子缺德，上天惩罚让我娶了这么一个没有一点女人味的东西？!

一路上，蓝天一直闷闷不乐。他是一个善良甚至软弱的人。过去他对于旧人类的种种恶劣行径，总是不大相信，总认为老师课堂的演讲有失公允，人们的种种传说更像是危言耸听。很显然，蓝天更喜欢倾听正面的东西，更为美好的东西。所以，在他儿时的记忆里，刻意留下的大都是美丽或美好的东西，对于女人就更是如此。什么“牛郎织女”，什么“梁山伯与祝英台”，都是令人着迷的故事。《红楼梦》与《西厢记》更能令人春心萌动，撩拨着年轻人火一样的激情。为了爱情可以付出生命的代价，又何惧“跳墙”去和倾心的人幽会呢？少年的青青虽然没有那些传奇故事的主人公那般美妙绝伦，但爱情的种子依然播种，年年岁岁的记忆也充满了甜蜜。然而人性的恶毒居然真实地再现，人间悲剧又一次重演。如果不是发生在自己身上真是令人难以置信，蓝天想着想着不禁悲从中来，他抑制不住内心的伤痛，眼泪又在眼中打转……

经过了大约两个小时的飞行，穿越阿富汗险峻的多山地区和伊朗高原，蓝天来到了里海地区。

里海实际上是个内陆湖，也是世界上最大的咸水湖。现在里海显得比较平静，浅蓝色的水面一直向天边延伸，在初升太阳的照耀下，一片波光粼粼。

望着里海辽阔浩瀚的水面，蓝天的心胸也开阔了许多。他接着往西飞行，跨越海面，来到了高加索地区。然后他沿着大高加索和小高加索之间的较低地带飞行，一边飞行一边观察。一个多小时后，终于来到黑海的上空。

这里就是基督教圣经里“诺亚方舟”故事发生的地方。由于好朋友诺亚的缘故，蓝天很熟悉那个迷人的故事。

据说圣经里的内容大多是很有学问或有修养的学者写成。其中有些写于三千多年以前，有些则写于两千多年以前。圣经中大部分为预言，许多预言后来果然应验，甚至圣经里的许多故事后来人们经过证实都确有其事。几千年的预言最后应验，这就使人产生一种神圣和神秘的感觉，想必这也是上帝为人们所顶礼膜拜的重要原因。

如果说要清洗人的灵魂，或者倾听上帝的声音，这里确是一个合适的地方。在人类所有传奇的故事里，“诺亚方舟”的故事无疑是最令人震撼无比。这个故事是那样深刻地剖析了人类丑恶的灵魂，而且最为严厉地教训了作恶多端的恶人，令人永生难忘。尤其难能可贵的是，这竟然是一个关于环境灾难的故事。虽然对于这个故事的真实性人们一直有许多争论，尤其是没有基督教信仰的人们。但无论怎样，这个极具教育意义的故事还是广为流传了下来，且远远超越了宗教的范围。

身临其境，蓝天有些激动。为了寻找“诺亚方舟”故事发生地阿勒山，他驾驶飞碟从土耳其附近黑海的水面上往东飞去。

大约半个小时后，跨越了一些丘陵地带和一大片平原，果然看到了奇异风光：中间有一条长长山脊连着的大阿勒山和小阿勒山。蓝天的心不禁剧烈地跳动起来，他顺着西坡一路搜索，在离峰顶大约有 200 米左右高差的地方果然有一块长方形的船形地坪。这块临近峰顶的地坪在奇峰屹立的群山中特别显眼。

蓝天将飞碟停在那处地坪的左侧。

这片地坪长约有 150 米左右，但是宽度却大约只有 30 米，在长度方向顺着山坡有点倾斜。显然，如果在这样的地坪上建造圣经中描述的巨大“方舟”应该是没有问题的。

山坡上有一处破落倒塌的建筑遗迹引起了蓝天的注意。他跑过去，用手扒开废墟上的一些堆积物。再继续发掘有困难，于是就去飞碟里拿来铁锹进行挖掘。挖着挖着，渐渐看出来这座废墟原来好像是一座很小的神庙。他继续挖掘，在一座破败的神像后面找到了一个不大的洞穴。蓝天急切地打开一看，里面竟然是一排排整整齐齐码放的陶罐。这些陶罐都用石灰严严实实地密封死了。蓝天从旁边一只破了的陶罐可以看出，里面竟然装了多种植物种子。

看着眼前的这一切，蓝天的心中有些感慨：也许神庙和这个神像都不过是假象，而种子库才是这座建筑的真面目。当然，如果为了人类以外的自然生命建立一座神庙也属合情合理。如果真是那样的话，那么至少建立这座小庙的人们属于真正的聪明人，因为他们知道人类应该谨慎和感恩地存活在这个世上。

真是踏破铁鞋无觅处，得来全不费工夫！这些种子无论是粮食种子或自然界普通植物的种子都是极其宝贵的，这对于未来重建自然界的多样性非常重要。

蓝天小心翼翼地退出地洞，重新把洞口封好，以免雨水灌进去弄湿了里面的种子。由于目前的地球气候仍然不适宜植物生长，人类还没有找到合适的地方种植这些植物，而这些种子显然太宝贵了，没有绝对的把握，是不能拿这些种子去冒险的，所以蓝天决定暂时封存这个小小的种子库。不过也许使用这些种子的时候不太久远了。

高加索地区本是海洋十分接近的地方，由于地球环境变迁以后海平面大幅升高，现在海洋变得非常可怕。蓝天在这里比任何地方都更加感受到诺亚方舟那个故事的意境：当北冰洋的海水越过东欧平原漫向伏尔加流域，地中海和黑海的海水也在上涨，直到从北方和里海沟通。于是，伊朗高原连接的小亚细亚半岛和高加索山脉自然成了救命的地方。不过，圣经里叙述的水面比现在的显然要厉害得多，当年的灾难现在还难以想象。方舟建造的那块地坪在接近 5 000 米海拔的高度上，大水涨高到海拔 5 000 米高度让方舟飘起来，真不可思议！！相比之下，现在地球环境变迁，温室效应造成海平面升高一百几十米竟也只能算“小菜一碟”。

不过话又说回来，洪水的浩劫场面虽然远远不如圣经里的描述，但现在温室效应带来的灾难也已经到了极其恐怖的程度。或者，现在的环境灾难，不仅仅是海平面上升带来的水灾难，应该包括其他方面的天灾人祸，这与从前的灾难没有什么两样。

圣经在一千多年前通过那个传奇的故事，老早就警告过人类，灾难性的后果也写得明明白白，但所有这些并没有真正引起世人多少重视。看来人类对于上帝的尊敬也十分虚伪，许多人其实是在违背了上帝意愿，做了不该做的事情以后，由于心灵不安才拜倒在神殿下做忏悔。末了，还要求上帝保佑他好运。

由此可见，无论圣经多么伟大和神奇，也无法洗涤过于肮脏和顽劣的灵魂。

终于，当最后一抹绿色从地球上消失以后，圣经和上帝也不见了，忏悔和倾听忏悔的人都没有了，人间和地狱之间的隔板被抽掉了：人类终于坠入了灾难的深渊……

几天后，蓝天驾驶飞碟转到高加索山脉的东面，又一次来到了里海的上空。

很快，蓝天就发现这里的气候特别古怪。这里的气温远高于山脉的另一边。他透过弥漫的水汽，吃惊地发现，仅仅几天，里海的形状就变了模样。他简直不敢相信自己的眼睛：难道上次看错了？

水面好像缩小了许多，居然新露出了好几个岛屿。天哪，这究竟是怎么回事啊！

啊……可能许多水都蒸发掉了。看起来，也许只消再有一个月，里海的水分就会蒸发掉一半。这真是一个十分怪异的地方！

烈日照射在飞碟上，人在空调里都能够感觉到一种令人恐怖的酷热。这是一处异常危险的地方，决不能久留。蓝天只好打道回府，重新回到了大阿勒山上。

高加索地区的考察完成后，蓝天继续他的西天之旅。

10 月 25 日，一大早蓝天就出发了。他沿着阿尔卑斯山脉飞行，三个小时后，顺利找到位于原德国境内的一处幽静地方。

德国南部地区，崇山峻岭的一个峡谷中。在通往山谷深处的路口，一片被人工削平的崖壁上，赫然写着巨大的文字。

蓝天停下飞碟，近前一看，果然是：欧洲热力学实验基地。

在下面说明的文字里，意思表明这是一座藏书馆，内部主要是作为资料的电子硬盘，绝无宝藏。并警告，内部设置了几十道机关，任何擅自闯入者都将格杀勿论。

绝杀机关的最后三道是世界级科学家才能解密的密码机关。第一道密码的求解需要解一道十分复杂的三元偏微分方程式；第二道密码隐藏在一种蛋白质的 DNA 链序列中；第三道机关的密码隐藏在具有几千亿颗恒星的一处河外星系图谱中。

显然，这是在告诉人们，必须达到旧人类在公元 21 世纪后期的科技水平才能打开地宫，也才能够阅读这些 21 世纪人类顶尖科技成就的档案资料。

不过，这多少有点此地无银三百两的味道，可能引起人们的逆反心理或巨大的好奇心，从而引发事端。

这座人类最宏伟的图书馆到底有没有最后完成？后来的盗贼有没有被吓住而没有光顾这块地方？或者基地的防盗措施是不是抵挡住了全世界的偷盗高手？

蓝天有些不安，他小心翼翼地进入峡谷。

很不幸，进入大约 500 米就开始见到人类的遗骸。显然这不属于正常死亡，因为这里极为荒僻，甚至方圆几十公里都找不到水。

蓝天继续前进，路上三三两两可以见到某些人类的遗物或尸骨，但没有任何类似于电子图书档案的东西散落，他稍稍放心了一些。

初步对这个峡谷检查的结果表明：人类文明被这座图书馆基

本保存了下来，看起来一直到人类在地球上消失，也没有盗贼能够成功进去。

蓝天想到，如果这次人类重返地球能够大获成功，人类从低级社会进步到发达社会可能比从前的社会进步要快捷许多。那么也许只要 5 000 年以后，那时人类的科技就可以打开并阅读这座知识宝库，这真是令人鼓舞！

至于这座大型地宫的热力学原理，蓝天显然无从知晓。他想，大概当时的科技界已经发明了理想的保温材料，可以建立一个真正的热力学绝热系统。当然，也许利用了太阳能或原子能来调节热量平衡。否则，无法想象几千年乃至一万年的恒温保质期。由于保存期限是如此久远，温度要求是如此苛刻，这个基地的技术水准当之无愧是人类热力学高科技的顶峰。

休息了一个晚上，第二天蓝天又出发了。这一次来到了从前称为瑞士的地方，最为著名的“西方人类长生不老实验基地”就在这里。

瑞士是一个多山的地区，阿尔卑斯山脉的五分之一都在这个国家。经过一番搜索，蓝天发现了茫茫群山中的实验基地。

这是一处非常险要的地方，有几条不大的峡谷和几座险峻的高山，还有一个小小的山间盆地组成，在空中可以根据地面零零星星的建筑废墟作出判断。有一条山谷一直通到区域的中央，显然原来就是当做通道的地方。可是，当蓝天试图沿着这条通道飞进去时，只见预报核辐射的信号灯突然变红并闪烁起来，他忙不迭退了回来。显然，这里的进入道路已经首先用核辐射封闭起来了，而且在核辐射屏障以后还不知有哪些机关，看来根本就进不去。

唉……还要不要继续行动呢？蓝天有些犹豫。

可任务没有完成总不能随随便便离开吧？而且要是这里果然

还存活着某些人类，解救他们是义不容辞的责任，况且这也是增加地球人丁的一次机会。

不过，这里要是真的有活人的话，那种感觉总有点怪怪的。试想一下，一个几百年前的人，看起来非常年轻，可论辈分却大得不得了，连招呼都不好打……

蓝天的思想在斗争着。他有些迷惘，也有些紧张。于是，他极力安慰自己：虽然那些长生不老的人们在当时地球人满为患时极大地加剧了社会与环境危机，但时过境迁，现在有几个那样的人看来也没有什么大问题，甚至是一件好事情，不必对伦理等某些方面过于讲究。况且没有听说过长生不老可以遗传的，不用对此过于忧虑。

既然不能离开，蓝天只好驾驶飞碟在空中慢悠悠地继续观察。

后来，蓝天直接从高空中进入了实验基地的中心，居然十分顺利，没有遇到任何麻烦。这使蓝天增强了信心，他选择在一处悬崖峭壁下停好了飞碟。

步出舱门，蓝天才意外发现崖壁上有些异常。走近一些，看得出原来是一些太阳能电池的残片。经过了悠久年代的风风雨雨，经历了许许多多的物理和化学作用，这些原来的浅灰色半导体晶片如今已经破败不堪，残缺不全。

蓝天重新把飞碟停靠在紧挨着悬崖的地方。并从飞碟舱门里伸出了由套管连着的液压装置，上面有一个带开关的小座椅。蓝天控制着液压装置上下左右十分灵活，他认真地在崖壁上检查起来。

不久，果然找到了一处开关。尽管蓝天不明白这个开关的作用，但还是从飞碟里接来了电流。他耐心地等待了足足有半个小时，期望有什么奇迹出现。比如："吱呀"一声，什么地方开启了一扇窗口…… 可是，等了好半天，面对的依然是岩石，一切都还是老样子，什么都没有变化。

四下里静悄悄的，令人有些害怕。

真是活见鬼！难道我这次真的要空手而归吗？蓝天有些沮丧，从机械臂上下来后就一屁股坐在了地上。

……

“喂，哪里来的王子，好帅哟！”冷不丁崖壁上传来了嗲嗲的女声。

蓝天毫无思想准备，万分惊骇。他像被蝎子蜇了屁股，一下跳将起来。他猛抬头往崖壁上望去。只见刚才还好好的崖壁竟开启了一扇小小的门，而在这几米高的崖壁小门口，亭亭玉立着一个无比美貌的女子，显然刚才的声音就是她发出的。

蓝天一时竟不知所措，他呆呆地站立在那里。由于那次神山的经历，他现在实在害怕再交桃花运。另外，虽然他受命调查这里也包括可能的拯救行为，但对于长生不老这种事情很不以为然，他总觉得这里是人鬼混淆阴阳错乱的地方。

所以这会儿蓝天的心中充满了疑虑，甚至有一种很古怪的感觉。眼前这尤物究竟是真人还是机器人？或者是鬼？或者是半人半鬼？想到这些，蓝天的脊背有点发凉，非但没有见到同类的高兴，甚至一点也没有对于美妙异性的冲动。

对视和沉默了好一会，蓝天终于定下神来。他试探着问道：“你是谁家的姑娘？你叫什么名字？”

“呀，很高兴你称我为姑娘。想不到吧，我差不多已经有200岁了。我不在乎告诉你自己的年龄，这本来是我们法国人很忌讳的，可我现在长生不老，不在乎告诉你年龄。”她喋喋不休地继续道：“我一看到你就立刻爱上了你。年龄不是问题，更不用说没有选择，所以我已经决定向你求爱。……噢，对了，我叫玛利亚，一个很普通的名字。”

“你们法国人最崇尚自由，你……你……怎么知道我会同意呢？”蓝天因为紧张说话有些颤抖，声音也变得有些古怪。

“你看看我是多么的美丽和性感，从来没有人拒绝过我，我想谁就会马上拥有谁。”玛利亚的口气非常自信，一边说着一边扭动起腰肢，不断地掀起她的玉腿……真是极尽煽情诱惑之能事。

“你难道不感激我救了你吗？”蓝天忽然说道，他说这话的目的是想为自己解围。

“所以我要把自己献给你。”却不料玛利亚反应极快。不过，这是她平生以来第一次这么谦卑，大概是百年的等待以至于急不可耐。

蓝天立刻后悔自己刚才说的话。如此怪异的地方，交上桃花运大概不会是什么好兆头。他的神经绷得都快要断了，时刻保持着高度的警惕。

一阵沉默，两边陷入了僵局。尽管如此，这个叫做玛利亚的女人依然在不断地做着各种调情的举动，由此来发泄她太多的欲望，到后来甚至屡屡有许多淫秽下流的动作，搞得蓝天不知如何是好。

突然，蓝天的脑中闪过一个念头，他大喝一声：“你若不听话，以后我就不给你供电！”

想不到一听到这话，玛利亚立刻花容失色，竟然表现出极度恐慌。

玛利亚急忙跪下来求饶：“你千万不能抛弃我，我害怕死亡。我已经活了将近两百岁了，我一直在这里孤独地等待着有人来解救我。我要长生不老，我要永远美丽！”这个女人一改骄奢淫逸的浪荡，竟然盈盈秋水泪汪汪，变得凄凄切切起来。

“那你老实告诉我这里发生的事情。”蓝天以不容置疑的口吻说道。

“好的。”玛利亚老实了以后还真有点儿淑女的味道。不过也许这是假象，越是漂亮的女人越容易让人怜悯，漂亮的女人一老实就会很像淑女的样子。

蓝天重新启动液压装置，机器很快就把他举了起来，在玛利亚的帮助下他顺利进入了洞中。

通过一段小小的隧道，很快别有洞天。宽敞的洞穴系统建立在一座大山肚里，甚至在陡峭的绝壁上开了几处窗口……

蓝天看到有许多房间。

“这是柯文教授建立的庞大实验基地的一部分。这里主要是他自己做试验的地方。”玛利亚边走边说。

蓝天打开一扇门，只见金属床架上躺着一具骷髅。

“这是怎么一回事？”蓝天问道。

“这是中东的一位大富豪。他花了一大笔钱希望长生不老，是柯文教授早期的一位顾客。他活了一百五十一岁……”玛利亚的表述非常清晰，看来这女人的记忆力特别好，每个细节都叙述得十分详尽，就好像一切发生在刚刚过去的昨天，而不是在百年前的过去。

然后，玛利亚又一一讲述了发生在其他房间里的故事。每一个房间都有一个令人震惊和惆怅的故事，让人不知该哭还是该笑，让人有些心酸又有些鄙视。玛利亚一再表现出了惊人的记忆力，从前的点点滴滴她都如数家珍，叙述得滴水不漏。

蓝天这才重新仔细地审视起眼前这位异常美丽的女人。但无论从哪里，都看不出这位女人有什么值得怀疑的地方：她的五官、她的肌肤，所有的一切都看不出有什么异样，可她的过去和这里的一切都让人神经紧张。

玛利亚惊人的记忆力对蓝天提供了极大的帮助，通过很长时间的交谈，蓝天大至弄清楚了长生不老技术的基本方法。

根据柯文教授的理论，人的生命可以分为两个部分。

第一是灵魂。

人类具有像计算机一样进行运算的逻辑能力，以及根据已经获得的感性认知进行思维和推理的能力，从而获得千变万化的思维结果，这就是智慧。

人的智慧在固定程序式运算方面虽然后来远不如计算机，但其灵活应变的能力却极高。所以，由于应变能力不足，人类智慧的完全仿真化一直是一个极其困难的课题。而智慧是灵魂的基本表现，智慧的完美计算机化是灵魂延续、储存或重现的前提条件。

灵魂的另一个突出表现就是记忆。

医学上遇到很多失去记忆的人。这种人不知自己原来是谁，生动地说明了失忆的人丢失了灵魂的某个方面。如果不告诉从前的事情，让那个失忆的人换一个名字重新生活，那么他就俨然是另一个人。

所以，智慧和记忆构成了灵魂的基本方面，而灵魂就是人类生命的精神部分。

生命的第二部分是肉体。

这包括小到细胞大到人的脏器、血液、五官和四肢等等，这部分是人的物质基础部分。根据达尔文的进化论，生命开始于某些物质的进化，精神是生命进化到一定阶段的产物。从生物学的角度说，生命的消亡是从肉体开始的，即使精神的缺点也可以追溯到肉体。

所以，肉体也是不可或缺的。肉体的存在是精神存在的前提，也就是灵魂的物质基础。

智慧生命的存在关键在于灵魂和肉体的相互依存，而这种相互依存的一个极其生动的方面，就是感觉，感觉把精神和肉体紧密地联系在了一起。但柯文教授把感觉归因于肉体的东西，他认为那是一种基于物质层面在人脑中的响应。某种感觉进入思维程序就获得了精神的东西，而由此得到的记忆渐渐构成了自我。

但感觉可以作为某种神经系统的信号输入，所以感觉的记录与重新植入其实并不困难。

“我”是什么？当一个生命在娘肚里开始形成，他的肉体、感觉、智慧和记忆以及这些的有机糅合，就渐渐创造了一个完整的智慧生命，也就有了一个“我”的个体存在了。于是，一个新的“灵魂”就产生了，并随着肉体的成长开始丰富和复杂起来。

根据对于生命的这种解释，长生不老的创建从基本原理方面开始就不难理解。

所以长生不老的方法有两种：一种是灵魂的长生不老；另一种是生命的长生不老，而生命的长生不老则要求灵魂和肉体两个基本方面都不能或缺。

当然，要将灵魂和肉体有机地安装在一起，通过感觉达到完美，真正做起来那是史无前例的困难事情。

不过，好在客户所要求的，从来都不是创造新的生命，而是原有生命的延续。

柯文教授不仅是当时最伟大的科学家，而且实际上是一个极具商业心机的生意人。

后来，专用于生命创造的智慧计算机的出现，给生命的创造带来了革命性的有利条件，人类灵魂独立于肉体之外也终于成为可能。

谈到这里，蓝天试探性地询问玛利亚：“请问小姐，你是属于灵魂的永生还是生命的永生？”……玛利亚低头不语。

蓝天只好将话题转到其他方面：“哎，那位中东富豪是怎么回事？”

“那位富豪是较早实施长生不老的一位。那时的方法也不是最先进的，而且他要全面的生命的长生不老，所以进行得不太成功，他只活了一百五十一岁。”玛利亚如是说。

“那么，当时采取了什么方法呢？”蓝天饶有兴趣地问道。

“他吃了一种药，一种长生不老丹。”玛利亚的脸色有点神秘。

稍稍停顿了一下，玛利亚接着说下去：“这是一种令人非常痛苦的药物。但这位富豪有个怪癖，从小就害怕死亡。一想到将来总有一天会死去，就惴惴不安。所以他决心追求长生不老，哪怕吃苦危险都一定要坚持下去。”

玛利亚看了蓝天一眼继续说下去:“吃了那种药物,可以让控制生命进程的部分系统停止老化甚至一定程度地逆向进行。不过在逆向回春的过程中会反复以前的疾病。这位富翁以惊人的毅力,以60岁之躯,终于将自己的生物学年龄逆向推进到20岁。为此,他付出了他的一半财富,其中包括一处尚有一定油气资源的小油田,这在当时石油资源已经枯竭的情况下是一笔令人瞠目结舌的巨大财富。”

“后来还有其他更为先进的长生不老的方法吗?”蓝天对于这里发生的一切感到不可思议,他决心彻底了解人类关于长生不老这么一种违反自然规律的怪癖行为。

可玛利亚的目光躲闪着,支支吾吾闪烁其词。

算了吧,蓝天想着时间也不早了,晚上陪着这娘们着实也很不方便,这货色一看就知道是个淫虫,他可不想让她给强奸了。

虽然远离女人已经很久了,蓝天的周身都被这骚货挑逗得阵阵难受,但他的头脑依然十分清醒。不要看这个女人现在老老实实,可她一米七几的个子着实高出他一大截,毕竟令人不放心。

蓝天在心里暗暗地算计着,他始终保持着高度的警惕。因为如果稍有不慎,就会“一失足成千古恨”或者死无葬身之地。

身边多了枚定时炸弹,蓝天决心连夜回返,以免夜长梦多。

趁着月色,蓝天带着玛利亚踏上了回家的旅程。

大概是过度的兴奋消耗了能量,或者是一开始充电太少,玛利亚要求再度充电,她说她的充电量远没有达到要求。

蓝天本不想理她,想起她那欲火中烧咄咄逼人的样子,着实令他这位保守的东方人不敢恭维。

可蓝天也并非圣人,就像普通男人一样,女人潸然泪下的楚楚动人实在具有非凡的魔力，他还是禁不住人家的苦苦哀求，只好将电源给了她。

玛利亚一只脚架在电源插座上，另一只脚跷着二郎腿，并且闭上了眼睛。

看起来充电是一种飘飘欲仙的享受，就像从前旧人类吸食海洛因一样。望着她一副欲仙欲死的舒服样子，蓝天也只好无可奈何地摇了摇脑袋："唉……"他本能地感觉到这个女人不简单，可也说不上有多么危险。不过至少，玛利亚是一个很有文化的人，当然，她的人生阅历令人望尘莫及。

回家的路程十分遥远，一切都变成了令人心焦的等待。飞碟进入了自动飞行程序，闲着无事，蓝天开始思考一些问题。

长生不老基地的许多事情令这位年轻人万分震撼。生命，只有一次，对于每个人来说，都是极其宝贵的。避免死亡，是动物的本能，是生命体自我保护的一种最基本的反应，其本身是具有积极意义的方面。但如果由于智慧的伟大作用，人类突破死亡的魔咒，果然实现了长生不老的古老梦想，那又意味着什么呢？

对于这个问题，蓝天想不出来，这个课题无论在自然科学或社会科学方面都太深奥了。即使仅仅在理解上都远远超出了他的能力范围，更不要说去具体实施，简直是不可思议！况且，他也根本没有闲暇去思考这些问题。要是在很久以前，大本营的某人有这样的想法，那也一定会被认为是疯子或某种无聊行为。至于自己是否希望长生不老，他过去没有想过，因为那时他总认为那是不可能的事情，因而也用不着自寻烦恼这种莫名其妙的问题。

而现在，活生生的现实居然就在眼前，看起来，也许生命真的可以永恒。

可是，蓝天已经失去了爱情，难道活着有多大意义吗？要那么长寿干吗？长生不老不是永远地痛苦吗？

想着想着，蓝天不禁有些烦恼。这些涉及人类最深层次的科技、道德与伦理方面的问题，岂是他蓝天一介普通人所能够想得通的？这个世界的麻烦事难道都要他蓝天去承担不成？

蓝天想着想着就在疲劳的驱使下睡着了。

……

不知过了多久，蓝天在迷迷糊糊中被惊醒。他突然发现玛利亚在疯狂地亲吻他，并且不停地做着猥亵的动作试图激起他的情欲。

这个女人由于充了电，每一块肉都焕发出十足的淫荡。

蓝天大为吃惊，他来不及细想就拼命用力与这个疯狂的女人搏斗。厮打了好半天，无奈蓝天个子比她小了许多，两人基本打了个平手。

蓝天气喘吁吁，渐渐地趋于下风。

想到了危险性，蓝天忽然灵机一动："哎，你不能这么求爱吧！西方人虽然好色却也很文明，听说过法西斯吗？……其实你也是蛮好的，我们心平气和地谈谈吧。"

听到蓝天的这番话，玛利亚立马又嗲了起来："就是嘛，这么个青春好年华，何不及时行乐？"一边说着一边放肆地脱起衣服来了。

蓝天十分紧张，毕竟也是凡人，他感觉到浑身的燥热，尤其是某种冲动令他难以把持自己。但他不断地告诫自己，必须冷静面对，要不然，弄不好自己会成为这个女人的俘虏，那就惨了！自己失足到还是小事，可这意味着人类的堕落与失败。

蓝天在坚持着，苦苦地挣扎着。他的灵魂受到了空前的挑战，他的肉体也不太争气，在慢慢地暴露出人类固有的脆弱和虚伪。尤其糟糕的是，在不断的撕扯过程中，接触到玛利亚的肌肤，蓝天感觉到触电般的刺激，老实说此刻他真想把这团无限美妙的肉体拥入怀里……

渐渐地，蓝天快要支持不住了。这个不要脸的女人先是把上衣脱了个精光，但见那雪白柔嫩的肌肤，玲珑委婉的曲线果然无与伦比，煞是迷死人，蓝天直觉得阵阵头晕目眩。

当这个女人的裤子暴露到一半时，蓝天突然眼睛一亮，他看到了她肚脐眼上有一个红色的小圆按钮。说时迟那时快，蓝天一把搂住她，另一只手迅速按下了这个按钮死死不放手。片刻后，奇迹终于出现了：玛利亚竟然慢慢瘫软了下来……

蓝天已经一身大汗，最后也颓然地倒了下来。

过了一会儿，玛利亚居然换了一副面孔。

玛利亚仿佛恍然大悟，非常不好意思，并且不停地检讨自己："真不好意思！真不好意思！我怎么会这样？……"蓝天惊魂未定坐在那里警惕地看着她。他沉默不语，密切注意着玛利亚的变化。片刻，蓝天才长长地松了一口气，看着玛利亚慢慢地重新穿好衣服。

"你坐下吧。"蓝天平和地对她说。

"不，我的主人！我站在这里随时听候您的吩咐。"玛利亚突然变得非常的谦卑，俨然一个很矜持的侍女。

"是吗？"蓝天真是哭笑不得，这转瞬间的变化也实在太大了！想起她刚才那副淫荡的样子，他一下子真还适应不过来。不过人家女人这么客气，也不好意思再提刚才莫名其妙的那件事。

唉，算了吧！就当什么也没有发生。

蓝天放松下来瘫坐在椅子上。他的脑子一片混乱，一时间实在适应不了玛利亚的巨大变化。他需要理一下思路，想想到底发生了什么事情。幸亏柳青青不在这里，要不然又是黄泥掉在裤裆里，不是屎也是屎啊！

"玛利亚小姐，噢，尽管你年长我将近200岁，但我还是这么称呼你。"蓝天主动客气地与她打招呼。

"谢谢您，我最高兴有人这么称呼我。"玛利亚的回答显得文雅和彬彬有礼，真和刚才判若两人。

"你能告诉我你肚脐眼上的红色按钮是干什么的吗？"

“那是我的欲望开关。我本是柯文教授的情妇，可他却把我变成了杂役工。那个该死的家伙白天让我做杂役，晚上做他的情妇，我一天 24 小时都没有空，就是那个该死的按钮!”玛利亚提起那个红色小按钮就愤愤不平，一肚子怨气。

“可是，那开关不是在你自己肚子上吗？你不能自己开关吗？”蓝天不解地问道。

“不行，这个按钮专门用来体现男人的意志，只对男人有效。”玛利亚无奈地喃喃自语，一副可怜相。看来，掌握了高科技的人们也可以奴役别人，为所欲为。

“那你为什么要做他的奴隶呢？”

“因为我贪钱、爱美又怕死。听说有永葆青春这样的美事，就死心塌地追随他。”

“那你不是达到目的了吗？甚至所有长生不老的实验者都最终纷纷死去，包括柯文教授自己，基地里只有你一个人坚持到最后。柯文教授对你也算不薄啊？”

听着蓝天的这句话，玛利亚神情尴尬，低下头来沉默不语。蓝天谅她有什么难言之隐，也就不再勉为其难，于是就不再追问她了。

飞碟在风驰电掣地行进。好在现在玛利亚变得非常文明，根本就不用担心出什么事情。蓝天有了空闲又一次陷入了深思。

作为一个风华正茂的年轻人，他还真没有好好思考过一回这样的问题：生命是什么？生命为了什么？死亡又是什么？

尤其是最后一个问题。

死亡是必然的。凡事有始就有终，这是宇宙万物铁定的规律，不可违抗，也不应该违抗。

死亡也是必需的。死者为后来的生者腾出了生存空间。如果没有死亡只有诞生，那么这个世界早就连针都插不进去了，最终也就没有生者。

死亡也是伟大的。连身躯都作为肥料奉献给大地。

死亡也是公平的。千万年以来,人世间充满这样那样种种的不公平,唯有最终一死,人人不能避免,是为最公平。

长生不老的人们只是他们自己想要永远地赖在这个世界上,继续作威作福。其实他们并不希望别人长生不老,因为这个世界的生存资源是有限的,其实人们内心里也明白死亡对于这个世界的积极意义。但受金钱驱使的高科技终于使自私的人类做出最为怪癖的事情。

从21世纪后期开始,延长寿命乃至长生不老药物的纷纷出现,不仅大量浪费了人力物力,还极大地加剧了人与自然的矛盾,极大地加剧了人类社会的矛盾,直接引发或加剧了社会的混乱与动荡。

“我的生命也许等不到地球春暖花开莺歌燕舞的那一天。”蓝天也不禁感慨地自言自语道。

“不过,按照生命轮回的说法,一个善良的灵魂也是可以永生的。”忽然,蓝天“扑哧”一声笑了起来,自己怎么也如此怕死起来?

人生,最重要的是要有价值,要有崇高的理想。如果地球果真变得美好,我愿意化作彩虹,哪怕这样的生命非常短暂,也要为这个世界增添一道靓丽。

排除了思想的惶惑,蓝天感觉到了一阵轻松。

闲着无事,蓝天再次想与玛利亚聊聊。

“你对于死亡有什么看法?”蓝天很想知道历经几百年沧桑的玛利亚对于生活和生命的认识。

“我爱我的美丽,我要我的美丽永远永远!我决不能变成老太婆,更不想死去,我要永远活着……”玛利亚的回答像连珠炮似的喋喋不休,口气异常坚决。

人各有志,蓝天不想与玛利亚争论,就话锋一转,说起了另外的事情。

“柯文教授爱你吗?”

“他是个坏家伙,实际上他杀死了许多人。那些人的肉身被用作另外一些人灵魂的载体,这样就达到延长一些人寿命的目的。”一提起柯文教授,玛利亚竟然气不打一处来,她甚至神经质地打着哆嗦。

“难道是人头嫁接技术吗?那是一种极其残忍的手段,以前只有在非常特殊的情况下才会实行。比如说某个脑部健全而身体患上不治顽症的极其重要的人物,又适逢脑死亡的活体时就可以施行这种手术。不过一直过不了身体组织排异作用这一技术难关。”

“才不是呢!人头嫁接那种太低级了,即使成功也不过多活了几十年,那离长生不老差远了!他们采取的是彻底的换脑,这有两种方法:

一种是直接采用外科手术植入记忆功能部分的脑组织;另外一种就是采用电磁手段,在彻底清除原有记忆的人脑里植入柯文顾客的记忆。

于是,一个灵魂就直接转移到了另外一个人的躯壳里,由此就占有了别人年轻和健康的躯体。”

“柯文教授不会如此对待你吧!”蓝天冷不丁地冒出了这么一句。

“就是那个畜生,他占有了我年轻美丽的身体,欺骗了我。不过他也只是多活了几十年,后来我听说了他的死亡。他该死,真该死!只是可惜浪费了我美好的躯壳。”

玛利亚由于激动,一时失去了稳重,竟像连珠炮似的发起飙来。

仇恨与愤怒使玛利亚涨红了脸,甚至五官也扭曲变形得可怕。看来这下可真是触到了她的痛处。

蓝天本来还要继续问下去,看到这种情形怕发生意外,就只好罢了。

经过三个多小时的飞行，蓝天终于抵达了第一村。因为害怕遇到柳青青，他并没有进入家中。

诺亚出来迎接他："辛苦了，我的好兄弟！"

"看到你真高兴，好兄弟！"蓝天紧紧地与诺亚拥抱，激动地流下了两行热泪，不知是某种委屈还是紧张之后的放松。

蓝天将此番出行的一切详详细细地向诺亚汇报，比如大阿勒山上发现的种子库，长生不老基地的种种情况等等。最后把玛利亚的情况介绍给诺亚，诺亚听说了玛利亚的故事也觉得颇为古怪。两人又一起进行了一些分析讨论，蓝天并嘱咐诺亚要小心谨慎。

交代完这些，蓝天立刻又转身离去。他驾驶着飞碟一号，很快又消失在茫茫云海中。

果然不出所料，当柳青青见到玛利亚时连肺都气炸了："这个畜生，居然又搞了个女人回来。我非杀了他不可！这个死鬼在哪里?!……"

柳青青大喊大叫着要找蓝天闹事。她到处寻找却找不着，越是找不到就越来火。她实在找不到蓝天就想与玛利亚打架，但玛利亚人高马大，又有人在一旁劝架，柳青青却也奈何不得，于是最后只好一个人呼天抢地大哭起来。

为了谨慎起见，诺亚决定对玛利亚进行全面身体检查，希望确定她对于大家是否安全。

诺亚和白云一起找玛利亚谈话。

"你必须服从命令，否则我们不会接纳你。"诺亚严肃地对玛利亚说道。

"你想想，是谁把你从基地里救出来了？你要是不听话，我们以后就不会给你充电了，那样你不久就会重新沉睡过去甚至死去。"白云也在旁边帮腔，她已经知道玛利亚的软肋所在。

听着这些话，玛利亚显得无可奈何，只好嘟嘟囔囔地说道："好吧，只要你们不杀死我，让我活着，我干什么都行。反正俗话不是也这么说嘛：好死不如赖活。”

事不迟疑，诺亚和白云马上交换了一下眼神，两人决定立即行动。他们动手迅速把玛利亚放倒在平台上，并且将她的四肢绑好。

玛利亚还算配合。

可是当白云拿过手术刀，玛利亚却惊恐万状地尖叫起来：“救命啊！……救命啊！……”

诺亚见状又好气又好笑，不过他还是温和地对玛利亚安慰道：“放心吧！玛利亚小姐。不过是在皮肤上开一点点小口子，伤不着你的。”见她还是一副胆战心惊的样子，他调侃道：“您是有200年经历的老前辈了，如此见多识广，还怕这种小手术吗？”

“求求你们千万不要杀死我，我好不容易挨到现在，我可是吃了好多好多……苦的。”其实玛利亚不是没有见识，而是在以防万一。现在，她直瞪着两眼苦苦哀求。可以看到，她的两眼噙着泪花，身体也在微微颤抖。看来，她还是不放心，她要努力确保自己的安全，她不想有任何闪失。毕竟，200年悠悠岁月着实不容易。

“玛利亚小姐，我们都是遵守法律的好人，决不会随便杀人的。你看我像一个杀人的人吗？”白云抚摸着玛利亚的头发尽量用平静的口吻说道。

“可是我……”玛利亚欲言又止，一副吞吞吐吐的样子。

“不要说是人，就是动物，我们也要保护。怎么会随随便便杀死你呢？”诺亚也在继续耐心做着玛利亚的思想工作。

“那你们为什么要把我这样绑着，你们把我松开好吗？”归根结底，这个神秘的女人还是不信任他们。

“这是做手术的常规，防止病人手脚乱动出危险，你不必介意。”今天诺亚的脾气奇好，他像哄小孩一样哄着玛利亚。

“想你如此睿智和博学多才又有几百年人生阅历的人，总不会不知道这种基本的常规吧？”白云的口吻却明显带着揶揄的味道。

安慰了好半天，玛利亚虽然仍然不太放心，但终于勉强安静下来。或者，她也是无可奈何，终究拗不过诺亚和白云。

白云终于褪下了玛利亚的部分裤子，露出了她的半截屁股。只见这个女人的皮肤细腻洁白，微微带了一点肉红色，好像隐隐带了丝丝筋络的汉白玉，晶莹剔透，似乎每个汗毛孔都散发出不可抗拒的诱人的芬芳。

诺亚看着发呆一时竟然忘了做事，白云狠狠地瞪了一眼，他才如梦初醒，有点不好意思，他赶忙帮助白云按住玛利亚的身体。于是，白云操刀在玛利亚的屁股上开了一个很小的口子。

果然不出所料，被开口子的地方，完全没有血流出来，这就证明玛利亚的身体是人造的。然后白云又在玛利亚的脑后同样开了一个小口子，不幸情况也是如此。

看来这位玛利亚小姐真的是受他人愚弄，她年轻美好的躯壳早就丢掉了。无论她现在的身体做得是多么惟妙惟肖、精致绝伦，仿真度高超到每一个汗毛孔都栩栩如生，以至于性感十足，但总还是一件赝品。

检查完毕，诺亚请玛利亚坐好，郑重地对她宣布："尊敬的玛利亚小姐，我们已经确认你是个机器人……当然是……是最高级的。"诺亚说话显得有些迟疑，并且他说话时密切注视着玛利亚的表情。

只见玛利亚耷拉着脑袋，神情沮丧，默不作声，显然她自己心知肚明。

"不过，我们认为你的灵魂是真实的。你现在的灵魂就是当年的玛利亚。"诺亚十分诚恳一字一句准确地表达着他的意思。他知道自己的话的分量有多重，这关系到一个人的身份，关系到一个人的尊严。

果然，听了诺亚后面的话，玛利亚小姐的表情轻松了许多，她看上去甚至有些高兴。

"我们一定会尊重你的,人类的精神地位远远高于他的肉身,我们将给予你人格的待遇。"白云和颜悦色充满同情地对玛利亚说道。平心而论,同是女人,白云此时此刻多少能够体谅到玛利亚的心情。毕竟,这是一位很不幸的女人。

默默忍受了一百几十年孤独的女人,这么多年来第一次听到如此关怀的人话,玛利亚被深深地感动了,两只美丽的大眼睛里扑簌簌地直淌眼泪。她不仅是如此美丽,而且显得那样真挚,柔柔轻盈地举手投足之间像只玲珑小鸟一般惹人怜爱。

"你只要老老实实就可以了,我们保证定期给你充电。"

"还要让我喝点水。"

"没有问题。你愿意继续做杂役吗?"

"我很愿意。那些活,我都干了一百几十年了,真是太熟能生巧了。"

玛利亚的事情终于圆满解决了,还增加了一名高素质的劳动力。诺亚感到非常高兴,白云也十分满意,因为最近越来越忙了,尤其是许多技术活实在缺乏人手,玛利亚的到来无异于雪中送炭。

后来,白云又耐心细致地做柳青青的思想工作:"玛利亚被证实是机器人,你不必与她计较。"

"谁知道那个死鬼下次又会带回一个什么样的女人回来。"青青还是不能平静,她对于蓝天仍然耿耿于怀。

"唉!……"白云也只好深深地叹了一口气。

玛利亚真行。

现在,家里的许多事情,里里外外,她一教就会,而且都做得很好。她的力气很大,记性更是好得不得了。尤其难能可贵的是,只要给她充满了电,她不需要休息,可以没日没夜地连续干。

玛利亚任劳任怨的工作作风真是令人望尘莫及!

并且，玛利亚极其聪明，可以不断地学习新的东西。她的思想也在进步，因为她每天接触的都是些高尚的人们，所谓耳濡目染潜移默化。

诺亚对于玛利亚的进步非常高兴，他甚至给了她一条做人的信条：为人民服务。

玛利亚也非常高兴，受到了人们的尊重，她的劳动被认可了价值。所以，每当受到表扬，她都十分荣幸地嚷嚷：为人民服务！

尽管如此，柳青青还是对玛利亚充满敌意。因为这尤物的美丽处处都刺痛着她被扭曲的心灵。

第十六章　南迦巴瓦峰

飞碟一号在空中飞行。

残阳似血，西方缕缕的云彩也被染成了红色。深秋的大地笼罩在雾霭里，缥缥缈缈中透出某种压抑的凝重。这是一个充满死亡气息的世界，只有广袤宇宙里的星星放射着一点点冷光，努力不被漫漫的黑暗吞没。

蓝天感觉到自己也成了空间的一颗星星，孤零零地在太空里游荡，周围黑洞洞空荡荡什么都没有，他感觉到了无限的孤独……

已经很久了，只要一有空闲，孤独感就会袭上心头，这种感觉真的比死亡还要难受，因为至少死亡可以是很短暂的事情，而孤独的生活可能漫漫无期。

蓝天也不知道该不该怀念过去与柳青青的那些甜蜜岁月，他现在就像一个没有灵魂的人，大概就像没有了灵魂的玛利亚的肉身一样。不过，没有灵魂就没有思想，就不会感觉到痛苦。如此说来，他现在连一个没有灵魂的肉身都不如，真有些生不如死的味道。

现在，蓝天甚至不知道应该飞向何方。人们在忧郁的时候总是向往家乡，思念亲人，可他却有家难回……

蓝天降低飞行高度，希望离开过于空旷的太空世界。

这没有什么困难，很快来到云层的底下。然而，现在飞碟的下面，还是一片没有生命的土地，黄褐色的世界同样是一片冷漠。

难道人类之间的相互关爱如此重要？……看来确实如此！如

果没有爱，或者丢失了爱，那么生命就失去了意义，所谓行尸走肉大概就是这个样子。

越想越令人烦恼。

天空渐渐暗了下来，飞碟在云层里继续飞行，似乎飞行的动感可以稍稍减轻人的孤独感。

可是，云雾的阴影忽闪着从舷窗外飘过，给人的感觉就像在进入另外一个世界。难道飞碟在飞向冥界或者人类想象中的天堂？心情郁闷的蓝天忽然向往死亡。也许死亡是一件好的事情，至少对于在凡间有解脱不了烦恼的人来说就是如此。

飞碟在极速飞行，而飞行者却不知道自己在飞向何方。

天空漆黑一团，差不多已经是半夜了。大概有几千公里的路程过去了，蓝天不知飞到了哪里，就稍稍降低高度在空中盘旋。

忽然，蓝天好像看到了一处灯光。

是灯光吗？这怎么可能呢？难道真的到了阴间？因为在阳间是不可能的。难道看错了吗？应该不会，自己的判断从来没有出过大问题。那么，会不会是在做梦？

蓝天"啪"的一下给了自己一巴掌，他感觉到很痛，这分明是清醒着，好像既不是在阴间也不是在做梦。

说不出是高兴还是恐惧。按理说，他应该高兴，因为这似乎是人类活动的迹象，难道他不是在到处寻找同类吗？

但在这漆黑的夜幕下，广袤荒凉的地方要是果真贸然出现一盏灯——孤零零的，也许是全地球唯一的一盏灯，即使不是鬼怪作祟那也一定古怪得离奇。

甚至，很有可能等待着他的是一个非常危险的陷阱。蓝天想起前一阵子在欧洲的种种古怪经历，不禁毛骨悚然。

但使命难违，蓝天属于那种责任心很强的人，不会放过一切履行使命的机会。所以他掉过头来，回到大致原来的地方，继续在上空盘旋观察。这下看清楚了：虽然显得颇为诡异，但看起来确实像灯光。

为了慎重起见，蓝天不敢离得太近，他在离光亮处大约60米的地方悄悄降下了飞碟。

一走出飞碟，蓝天马上发现这里竟然处在一片沙漠里面。

令人有点意外的是，虽然现在是十一月份，但沙漠的夜晚竟然并不是想象中的那般酷热，基本还能忍受。

夜幕黑沉沉，天空在沙丘的上面显出空洞的深邃，沙丘连着的地面则显出更深的墨黑色。高低不平的地表给人以某种动感，风吹过沙丘发出粗狂低沉的吼声，黑黢黢的周围也好像潜伏着许多不怀好意的眼睛……真是一片鬼魅之地！

不过黑暗虽然令人不安，但也有利于隐蔽，让人有些安全感，而如果身处亮点的话则可能更加糟糕，因为那样注定会被暴露无遗。

孤独和恐惧的感觉不断刺激着蓝天的神经，他感觉不到空气的燥热，反而觉得心虚害怕。但在强烈的好奇心或使命感驱使下，他还是战战兢兢匍匐着向那处灯光前进。

蓝天爬得很慢，一边爬行一边不住地四下里张望，以防遭到不测或暗算。没有什么障碍物，松软厚厚的沙子不会发出一点声音。似乎经过了漫长的时间，终于靠近了发出亮光的地方。

灯光来自一处沙丘下，由于固定不动因而不太像鬼火。看来倒像一处地宫，大概本来是埋藏在地底下，也许某个时期的特大风暴吹去了厚厚的沙丘，使得被深深掩埋的地宫顶部暴露出来了。

果然是一处地下建筑。

有一个朝天的窗口，透过厚厚的玻璃可以看到里面有一盏灯在燃烧。灯的焰火并不大，可幽蓝色的灯光在今晚漆黑的夜里显得分外明亮。

蓝天很紧张，连大气都不敢出。他静静地观察，想象着里面某个房间是否会有人出来走动，这样他就能观察这些人了。但等了好半天，始终不见任何动静。

真是奇怪！如果没有人，这种灯火维持不了多久必然会熄灭。很难相信，这么小的一盏孤灯可以燃烧几个月、几年甚至几百年。

既然现在这盏灯火是好好的，那么可能会有人存在。但蓝天现在是孤身一人，不敢贸然行动。他现在的思想很复杂，他甚至不知道自己到底是希望有人还是不希望有人出现。因为在这个绝对是死亡的星球上，根本不会有正常或简单的事情。

所以，无论怎样都要好好思量一下。

要是这里再突然冒出个什么活物来，大概不会是艳福，更不会像玛利亚那么好说话。也许这压根就是一张网，在某个黑暗的隐秘处有一双饥渴的眼睛在日夜等待着猎物。

当然也不能退缩，决不能就这么两手空空地离去。好在相对于地宫里面，蓝天现在处于暗处，而且选择的位置相对隐蔽。不过他还是时不时地掉过头来看看后边或左右两侧：在这种时候，在这样的地方，任何人都会变得十分神经质。说来也怪，人越是危险，生命似乎越宝贵。

就这样蓝天暗暗潜伏着又观察了很久，却毫无发现。

也许里面的人都睡着了。要是里面的人果然充满敌意的话，第二天天亮以后就危险了。这里光秃秃一片沙漠无处躲藏，除了逃之夭夭以外，看不出有什么好办法。

所以，最好在黑夜里把一切都搞明白。

蓝天继续在黑暗里潜伏着。当然，他的脑子并没有闲着，他在回忆着他所有的知识或者调动他所有的智慧，希望能悟出这古怪的谜底。

然而，经过漫长的等待，所有的一切都还是老样子，想象中的人或鬼都没有出现。地宫里面的灯火依然在幽幽地燃烧着，对于某种事情的想象也一直在折磨着蓝天。

东方已经微微泛起鱼肚白，夜幕在悄悄褪去。眼看就要失去夜幕的掩护，蓝天有些不安起来。于是，他决定转移。他把飞碟重新停留在 200 米开外的一个大沙丘下，这样即使地宫里面的人出来也不容易看到，而且即使地宫里出来的人不怀好意向这边冲过来，他也来得及迅速逃跑。

蓝天爬到遮住飞碟的那个沙丘顶上，挖了一个大坑将自己隐蔽在里面，再挖了一条沟槽，使稍稍露出的人头能够看到那面的情况。他迅速搞好这一切，果然非常理想，从现在的潜伏点可以十分隐蔽地观察那处地宫。

过了一会儿，太阳出来了。立刻，灼热的射线像针刺一样令人受不了。尤其是暴露在沙子外面的脑袋，尽管有东西挡着太阳光，还是感觉温度在不断上升。

蓝天十分狼狈，连滚带爬地躲进了飞碟里。他迅速启动空调系统，并且将飞碟立即升空。然后，他在空中又继续观察了好一会儿，但终究没有任何发现，于是只好离开。

蓝天的飞碟垂直向高空飞去，他要弄清楚这里的地理方位，以便过几天可以再来。

天空一片晴朗，当到达一万米的高空时，他看到了南方的几座有些特征的山峰。然后，他又接着往北方飞行，一个半小时后居然又回到了高加索地区。

真是奇怪！蓝天将飞碟停留在大阿勒山上，打开了地图。他对着地图琢磨了半天，终于搞明白了：原来那沙漠地方就是阿拉伯半岛。

蓝天决定好好休整几天，理一下思路，然后再一次进行那处诡异沙漠的探访。

第一村竟然出大事了。

玛利亚小姐突然性情大变，她居然又重新变成了一个淫荡的女人。她那下流无耻不要脸的举动将她从前的恶劣面目暴露在大家面前。可她不以为耻反以为荣,整天纠缠着诺亚要与他如此如此。

诺亚恼羞成怒却一时找不到好办法,白云气急败坏同样也无可奈何。只有柳青青磨刀霍霍在想办法要除掉这肮脏的女魔头:果然不是个好东西!我说么,他能带回什么好货色。非得把她宰了不可,让那个狗东西去单相思吧!

诺亚百思不得其解,这里除了自己以外没有一个男人,这女人肚脐眼上的开关是不可能开启的。幸亏白云很贤惠,虽然也嘀嘀咕咕很有些不高兴,却远不像柳青青那般莽撞,要不然就是跳到黄河里也洗不清。

可是问题又来了,诺亚想道:自己没有碰她,而这里又没有其他男人,那么,这妖女肚脐眼上的开关是如何开启的呢?会不会是开关失灵了呢?按理说这也不可能啊,自己与白云亲自检查过她,亲眼目睹了这个机器人制作上的精巧与质量的优异。作为特别安装人类灵魂的载体,其上乘的工艺和技术真是无可挑剔,这种机器人看来至少可以存活500年。

想着想着,突然,诺亚的脑子一激灵:不会是雪儿吧?可是……这么小的孩子也算是男人?真不可思议!诺亚将自己的猜测告诉了白云,白云也觉得难以置信,而且小孩也不懂事啊。

其实白云也一直觉得此事多有蹊跷。但回头想一想,难道应该怀疑自己丈夫吗?这绝不可能。

白云相信自己的丈夫:他是那么爱她,他是那么一个高尚的人,一个负责任的人,怎么可能与那么一个下三滥的妓女搞到一块呢?

再说了,退一万步讲,即使玛利亚与诺亚有染,也未必一定要将她变成那副模样。

那么就真有可能是玛利亚伺候小孩时雪儿无意间触动了玛利

亚的开关。要是果然是雪儿所为，那倒真有点搞笑了，可惜无法向雪儿证实，他实在太小了。

就这样，家里面紧张了好几天。人人自危，白云更是担心雪儿的安全。不过玛利亚有一点还算不错，就是她无论怎样疯狂怎样恶劣，但她对于小孩却看上去没有什么恶意。凭良心讲她对孩子一直很好，即使是现在如此疯狂不要脸，基本上也没有改变这一点，这多少令人宽慰一些，也透露出这个怪癖女人的某些善良。

当然诺亚就彻底倒霉了，他的雄性魅力显然是玛利亚疯狂的主要诱因，这个女人就像浑身注射了雌激素，如春天的猫儿一样嗷嗷叫春。

玛利亚脱光了所有的衣服，不停地追逐着诺亚，没完没了，无休无止，那情形真是污秽难堪。原本应该是两情相悦的好事，但现在哪里还有半点儿情趣？

可怜的男人只能勉强招架，他要不断地逃跑才能稍稍躲避片刻。最要命的是，疯狂的玛利亚根本就不分场合，甚至不顾白云在场，都要不停地与诺亚纠缠。

甚至玛利亚还理直气壮地大声叫嚷："我为爱等待了两百年！我再也不会让这个男人跑掉了！"

好在有勇敢的柳青青不时出来打岔，分散一下玛利亚的注意力，诺亚才得以勉强保全自己，不过却弄得筋疲力尽狼狈不堪。虽然诺亚也年轻力壮，但无论如何也不能没日没夜不停地这样消耗，所以真是苦不堪言。

然而，柳青青最终也没有寻找到机会下毒手。因为那疯狂女人的力气比以前更大，这里没有人是她的对手。当然，也有另外方面的原因：青青现在不愿轻易让玛利亚看出自己的歹意，因为万一失败露出马脚显然吃不消她的报复。青青已经感觉到那个女人极其聪明，因而是个非常危险的角色。

真是如临大敌度日如年。好不容易挨过了几天，大概是电力消耗得差不多了，玛利亚的疯狂劲头终于稍稍减退。诺亚看准了机会，故意和她接近，冷不丁将她的开关按下，终于又一次制服了这个怪物。

望着重新变回淑女的玛利亚，大家只好一个劲地直摇头。人们面面相觑哭笑不得，却也无可奈何。因为既然已经重新做人，就应该既往不咎。

这么些日子以来，诺亚也看出柳青青的用意，只好郑重地正告青青：不得加害于玛利亚。因为她的灵魂是真实的，大家应该尊重她的人格，杀死她肯定是严重的违法行为。其实说起来她也是一个蛮可怜的女人，她的美好的肉身被别人窃取了。

话虽这么说，为了防止再出意外，诺亚还是决定送玛利亚到神山去。

那里的长老年事已高，所谓的男人也都已经被证实徒有虚名。没有任何雄性，连一只公的昆虫都没有，就让她去那里待着吧！

最重要的是，那里由于怀孕的妇女很多，非常非常需要人手。而玛利亚是个有文化有技术的人，即使干粗活也可以抵上十个小伙子，因为她不但可以没日没夜连续干活根本不需要休息，而且不怕热，甚至不出汗。诺亚准备让她带上一个小型的膜式太阳能电池，随时为她充电。

至于将来，诺亚也想好了。他要与大本营联系，再和蓝天一起，彻底纠正玛利亚异常的欲望开关，让她永远不会有淫欲的念头。这个女人其实是个大大有用的人才，她拥有 21 世纪人类的文化，而且干起活来永不疲倦，这简直就是上天赐予的理想人才，以目前人类的处境，太需要这样任劳任怨的技术能手。

本来诺亚一直担心神山那些残疾人们如何哺育很多的孩子，现在有了玛利亚，问题就不大了。

说干就干，诺亚把玛利亚送去了神山，并且如此这般详详细细地与长老都交代好了。

长老刚看到玛利亚时惊讶得半天都没有合拢他那满口大黄牙的嘴，跑到这里来的稀奇古怪的人们真让这位极端闭塞的老人大大地长了见识。虽然很有点疑惑，不敢相信这么漂亮的姑娘是专门来给他干活的，而且不要吃饭，甚至晚上都不要休息，真是玄乎到极点。但大结疤现在对于诺亚是言听计从，无论多么离奇古怪的事情他也不敢不相信，于是马上应允。

只有天上的神仙才有那样的能耐，对于玛利亚大结疤只能这样理解。可怜的长老再一次被搞得晕头转向，不过这也不能怪他，原始社会的人们当然无法理解人类21世纪的顶尖科技。

诺亚居然送了这么漂亮的一位女神仙给他们，老人家有点儿消受不起，对诺亚千恩万谢。

诺亚终于放心地回家了。

其实也不要长老不好意思，因为玛利亚根本就不用指挥或管束。尽管别人看她是那么高雅和娇脆，可她自己才不管这些，一刻不停地干这干那，好像能量无处发泄一样。不管是白天还是晚上都在忙碌，真是个闲不住的人。

神山的人们都有这样那样的残疾，这里的一切都是勉为其难只能勉强度日而已。但自从这位女神仙来后，每天都有新的变化，玛利亚成了大家的好帮手、好老师乃至好朋友。

神山的面貌很快焕然一新，21世纪文明的曙光在迟到了一百几十年以后终于照亮了这个奄奄一息残损的部落。

难以想象，玛利亚成了一个高尚的人。她确确实实把诺亚灌输给她的做人理念放在心里并落实到自己的行动上，而且玛利亚显然没有人类那种两面三刀弄虚作假的坏习惯，她所做的一切都是：为人民服务。

诺亚最近有喜也有忧。

喜的是，神山和第一村的发展势头非常好，大本营拯救人类的计划正在一步步落实。而忧虑的是，地球的气温还没有明显下降，这样无论如何也不可能大批量培养食物，因而也不可能大规模繁衍人类。

家里生育机器人的维护工作越来越麻烦，而且半年后就要生产了，到时不知道忙得过来还是忙不过来，白云难免有点儿忧虑。不过听说神山那边玛利亚非常出色，居然以一当十，独自撑起了半边天，令人宽心不少。

最让人宽慰的是，柳青青最近脾气好了许多。由于每天很忙，她也顾不上过去的恩恩怨怨，发牢骚骂人或挑衅这样的事情越来越少了，渐渐地开始正常起来。

可是，当大伙都安居乐业，一切都在有条不紊地前进的时候，天气却似乎有点不寻常。灰蒙蒙的天空，太阳好像失去了往日的威风，被蒙上了一层面纱。一周下来，气温竟然有了明显的下降。

虽然诺亚日日夜夜都在盼望着地球降温，但对于地球的任何异常，他都保持特别高的警觉。对于目前这些变化，在没有弄清楚原因以前，诺亚是不会盲目乐观的。他决定立即对地球进行全面考察，看看最近地球上究竟又发生了什么样的惊人事件，究竟是什么原因居然能够引起地球如此明显的变化，最后还需要正确评估这种变化对于目前人类的影响。

一天，忧心忡忡的诺亚启动"遥远的距离"反重力仪，驾驶飞碟笔直地上升，很快就进入五万米的高空。他在高空中快速巡视地球。

……

啊……诺亚终于证实了自己的猜想，他看到了令人恐惧的壮观景象：整个菲律宾群岛大约十几座火山都在猛烈地大喷发，一股股强大的火山烟柱直冲云霄，可以清楚地看到大气平流层里一条长长的烟灰带。这条烟灰带是如此广阔，居然遮蔽了半个地球。

诺亚知道，现在的菲律宾火山灰中富含二氧化硫，这种物质在高空中很容易变化为亚硫酸或硫酸，而平流层里大量硫酸雾滴会很好地反射太阳光。

怪不得，这几天大气温度明显下降。

这真是太好了！

也许是上次在那里爆破失败后，火山内部渐渐积聚压力和能量，直到最近引起突然猛烈的爆发。要是果真如此的话，这次迟到的辉煌部分地也还是自己的功劳。

一阵眩晕，诺亚突然感觉到有点控制不住自己。他的心脏跳动得太剧烈了，也许血压也升得太高了，他感觉到头晕目眩，眼眶有点儿湿润。

这一刻，诺亚已经等待太久了！

……啊，也许是播种的时候来到了，诺亚忽然若有所思。

片刻后，诺亚发了疯似地驾驶飞碟径直扑向西藏高原。

经过两个小时的极速飞行，诺亚来到了高原上空。他开始控制飞行速度并降低高度。当飞碟到达一万米左右的高度时进行垂直下降。

透过云层，诺亚准确地对准了西藏东南地区。

飞碟垂直缓缓下降，果然见到雅鲁藏布江正在气势磅礴地咆哮奔腾，迸发出无限活力。诺亚沿着雅鲁藏布江一路寻找，很快就来到了大峡谷，终于见到了地质学上最为神奇的山峰——南迦巴瓦峰。

在第一眼看到这座举世闻名的山峰时，诺亚震惊得差一点将飞碟跌落在大峡谷里：在这座垂直高度达 5 000 米的神奇山峰上，她的峰顶部大约几百米高度已经绿草茵茵，一派生机盎然！

天哪！我的天哪！这是真的吗？这莫不是在做美梦吧？

诺亚完全不敢相信自己看到的这些。他不断地刷自己的脸以证明不在梦里；又不断地揉眼睛，以检验自己没有花眼；还几次敲敲脑袋，以证实这个东西并不是木头做的——他现在差不多已经成了神经病了。

不过，这也没什么，人们太高兴了大概就与疯子没有什么两样。

诺亚慌不迭将飞碟停留在山坡上，诚惶诚恐地叩拜起来：真是苍天有眼，菩萨显灵，万千生灵终于重生有望。人类若有新生一定改恶从善，洗心革面重新做人……

南迦巴瓦峰是一座最为神奇的山峰，她的海拔虽然不是最高，但她垂直 5 000 米的高度落差为地球之最。这个落差曾经使这座山峰具备了从热带、温带到寒带的地球所有气候带，从而成为地球上一个很小的范围里聚集了最多样性生态的地方。看来，她独特的生态系统为地球保留了许多物种。

诺亚相信，由于地球空前迅猛的气候变化，地球其他地方的物种根本来不及扩散和转移，事实上也没有地方可以转移，一切的生物都最终灭绝，整个地球莫不如此。

但是现在看来至少有一个例外：那就是神奇的南迦巴瓦峰。无论地球环境变化是多么突然和迅速，许多生物在本地向高处转移几千米总还是来得及的。由此看来，这座神奇的山峰，就这样拯救了许许多多的物种。

啊……这就是南迦巴瓦峰！这就是西藏高原！

诺亚的内心，充满了对这片土地的无限感激。这片神奇的土地，原来就是人类的诺亚方舟!!!

诺亚在南迦巴瓦峰上方绿色区域取了一些带有小草的土壤，准备在家门口的地里培植一个生态系统，以此作为给白云的珍贵礼物，并且也可以作为一个物证。因为如果空口说南迦巴瓦峰的奇迹，女人们没准会说他吹大牛，毕竟那确实是一件令人难以置信的奇迹。

第十七章 末日城堡

高加索地区的山山水水具有诗情画意的境界，而阿勒山更是个有灵性的好地方。蓝天在这里韬光养晦，过了几天舒心的日子。

几天来蓝天也没有完全闲着。事实上，他一直在思考着某些似乎很重要的问题，尤其念念不忘沙漠里那盏诡异的灯。

休息了几天，养足了精神，蓝天重新鼓足了探险的勇气。他决心要探查那处诡异的沙漠地宫，除了好奇心以外，主要还是职责所在。显然那里还有活着的人们，也许他们都是好人，他们肯定需要帮助。

一天夜里，蓝天又出发了。

天空，照例漆黑一团。虽然这黑暗令人不舒服通常也不方便，但现在对于寻找那个目标却非常有利。连续飞行一个半小时后，估计应该差不多了，蓝天紧张地四处搜寻，却不见有任何光亮点。

蓝天扩大范围继续搜索，飞碟在低空以缓慢的巡航速度在方圆几百公里范围内搜索。开始并不顺利，他耐心继续搜寻，结果竟然整整用了两个小时才终于找到了那处灯光。谢天谢地，那灯火又重新点上了。当然，也许那灯火压根儿就没有熄灭过。

蓝天依旧将飞碟降落在离灯火一段距离外，像上一次那样趴在沙堆上观察动静。

可是等了很久，灯光处依然没有任何动静，蓝天越来越觉得此事颇为诡异。

突然，一个念头冒出来，这会不会是一处坟墓？因为蓝天想到了一个令人毛骨悚然的古代秘密：坟墓里的长明灯。

相传古代盗墓贼非常难得地遇见过几次那种极为怪异的灯火。当盗墓贼费尽周折好不容易打开坟墓，进入墓室深处，却冷不丁看到墓壁上有一盏幽幽闪亮的灯火，而这座古墓已经有一千年的历史。盗墓贼会被吓死，没有被吓死的屁滚尿流地逃跑了。也有胆大的，不是一下子恼羞成怒地将灯砸坏了或者就是一不小心弄坏了那种神奇的灯火。据说也曾经有考古工作者遇到过那种怪事，但不知是人们缺乏心计或者是那种灯很脆弱，居然没有一盏流传下来。

人们始终都无法解释，因为这看起来违背能量守恒定律。不过，古代陵墓的防盗差不多总是当时首要的科研项目，以人类悠悠一万年的文明，出现若干神奇的发明也属情理之中。再说了，能量守恒定律虽然伟大，但相对于宇宙的博大和深奥，人类的局限性有如井底之蛙。

问题的关键可能是：陵墓的机密不可以流传于世。

所以，即使是科学界也无法解释坟墓里的能量来源，再加上人们各种各样的传说，古墓里的长明灯遂成为最玄乎和恐怖的故事。

现在，这等好事居然也让蓝天给摊上了，真不知是荣幸还是倒霉。

那边，地宫里透出的蓝幽幽的火光，影影绰绰地照出些许沙丘的坡面，地面凹凸不平造成的明暗看上去有点像鬼脸一样令人压抑。

好不容易熬到了天亮，而且居然是个阴天，蓝天不禁松了一口气。跟上次不太一样，他现在喜欢天亮。如果这里确实是一座坟，只有死人的话他当然喜欢白天。虽然他并不认为有鬼魅的存在，但光明终究令人舒服一些，也让人更放心一些，并且坟墓里当然也不会有活着的坏人。所以，在天放亮以后，蓝天又勇敢地站了起来，他完全忘记了上次在这里狼狈不堪。他要趁这难得的阴天，抓紧考察完这处地方。

由于找不到入口，只好扩大搜索范围。

蓝天爬上沙丘，放眼望去，四周都是起伏不平的沙丘，一个接着一个绵延不断，一直延伸到看不见的远方。

距离出发点大约600米的地方，有个什么架子一样的东西孤零零地耸立在那里。蓝天深一脚浅一脚地赶过去，有时还得连滚带爬。好一会儿，到了近处一看，原来是一口油井铁架子的残余部分。看来，这里以前是生产石油的地方，不过现在蓝天对这个东西不感兴趣。他继续搜索，终于在另一个方向发现了有些异样的沙丘。

蓝天过去一看，原来是一处建筑遗址。虽然上面也堆满了黄沙，但有些结构部分露出顶端，只要走近一点就可以发现。在某些地方，侧面也能看到原来的房屋墙面。

蓝天很高兴，继续在附近搜索，果然发现了入口处。

大门颇有气派，不过三分之二被埋在砂里。门头上醒目地写了几个大字：逍遥宫。

这给蓝天的感觉就像一个游乐场或者俱乐部什么的，大概是人们娱乐或休闲的地方。不过那种场合都是在从前人类繁华的大都市里。蓝天虽然在影视资料里经常看到那种地方，但他当然并没有看到过真正的场面，而且现在是在一片大漠中，所以激起了他极大的好奇心。

于是蓝天开始一些必要的清理工作。他设法移走了许多砂子，可大门很沉无法打开。好在有一道门缝，他用尽力气去推，可怎么也推不动，不过门缝似乎比刚才略为大了一点点。蓝天由此受到了启发，他不断地去推，并且又推又拉地发生震动。这时，太阳从云缝里钻出来了。马上，蓝天就感觉到了灼烧的热浪。他有点慌了，更使劲地推拉门。终于，门缝越来越大。看看差不多了，他侧过身去，一使劲便挤了进去。

立刻，蓝天感觉到一阵清凉，他大大地舒了一口气。

进入里面一看，令他大出意料的是，里面并不是伸手不见五指黑咕隆咚，而有一些光线，有的地方居然还很明亮。可是，根本就没有一扇窗户。那么，光线从何而来呢？真有点古怪。门口向里是一段平地，但十几米后就是下降通道，看来这座宏伟的古堡是一座半地下建筑。

前面居然有一盏很亮的灯，可走近一看又不是。再仔细看时，蓝天看出来了：这是一大股光导纤维，外面的光线由此而来。他用手试了一下，竟然没有一点热的感觉：显然这些仅仅是可见光。看来，阳光中的短波与长波辐射都被过滤掉了，所以感觉不到一点点热量，尽管城堡外面已经很热了。

有意思的是，进口通道中央鼎立着一面很大的倒计时钟。上方写着：人类灭亡倒计时。下面写着：及时行乐。时钟的终点指在公元 2152 年 11 月 2 日。

“这个时间倒还差不多，不知是科学的预测还是某种诡计的巧合。真想不到，人类的灭亡预期居然也具有巨大的商业价值，这大概是人类最后一个极具天才而且显然成功的商业策划。”蓝天看了那巨钟后苦笑着喃喃自语道。

蓝天看着那钟总有些不舒服，或者觉得有些诡异，于是小心翼翼地绕过去继续往前走。

城堡整个都极为富丽堂皇，这从走廊上就可以看出来。走廊的两侧分布着许多雕塑，画着飞禽走兽类，也有一些裸体男女；廊顶上是用光导纤维制作的满天繁星，用来代替作为光源的顶灯，整个走廊宽阔而又很长。人在走廊里面走动，一切都栩栩如生就像真的进入了一个充满野性的世界。

一个侧门通向第一厅：咖啡和茶。

蓝天进去看了一下，虽然门口确实有一些可以品茶的地方，不过里面显然是吸毒的地方。玻璃柜子里琳琅满目地摆放着各种各样的毒品：古老的鸦片，新品海洛因、神奇飘飘粉等应有尽有。蓝天觉得很乏味，就回到了走廊继续往前走。

走了大约有 20 米，来到了第二厅：角斗场。

蓝天觉得有些意思，于是饶有兴致地观察起来。好在每一个服务项目旁边都有图文并茂的说明，任何人都可以一目了然。看起来，这里的服务相当不错，可谓处处替顾客着想。

第一个项目是：斗鸡或斗蟋蟀。画的是中国头戴古怪官帽的唐代人聚集在一起非常投入的场面，倒也别有一番情调。

可第二个项目却非常血腥，令人震惊：画的是两个白种勇士决斗的场面。一个勇士已经把一把利剑插入到另一个人的心脏处，从左侧的锁骨处插入，深达三分之二的剑体。

蓝天一阵恶心，他看不下去，转身往外面走。他不想再继续看下去，以免自己昏倒在这里。

唉，我太胆小了，连女人都不如。这时蓝天忽然想起了古罗马时有许多淑女贵族就喜欢看这种游戏，想不到后来的文明社会居然也有这种极其野蛮的决斗场面。

又走了大约 25 米，来到了第三厅：游戏场。

这里看起来是一个十分豪华的赌场，好几条用于赌博的大桌子上，现在还散满了用作赌博的扑克牌和骰子……

第四厅：里面都是画的不堪入目的男男女女乱七八糟的场面，显然这是一处妓院。蓝天赶快退出来了。

第五厅：餐馆。

这还差不多，刚才被那些恶心的东西弄得十分难受的蓝天终于有些轻松起来。然而进去以后他才发现，这里更充满了血腥。

第一道菜是中国菜：画的是围着一张桌子的四个中国清代人。他们每人拖着一条长辫子，手里拿着一把小勺子。而桌子中央的洞中露出一只猴子的脑袋，那猴子被砍掉了天灵盖，露出的脑浆就像在碗里盛着一般。那猴瞪着两只眼睛在看着人们吃它的脑浆，而伸着勺子准备挖食的人们显然饶有兴致垂涎欲滴……

真是惨不忍睹！蓝天看了非常难受，下意识地继续往里走。可是只走了几步，他就像触电般地停住了。

第二道菜谱更是一幅令人极为震惊的油画，画中的写生场面十分逼真：一个玻璃门的巨大电烤箱里，一个很大的白瓷盘子上，端坐着一位裸少女。她的双腿盘着，脑袋耷拉着像睡着了一样，瀑布一样的头发披在后背上。而电烤箱外面正等着用餐的是一位彪悍的黑人。

蓝天忍不住又仔细看了看下面的说明，这位黑人居然是20世纪非洲的一位皇帝！

这里的一切看来都是真实存在的。

天哪，这是什么地方！蓝天感觉天转地旋有些支持不住，他只好扶住墙壁闭上眼睛休息一下。

后面剩下的几个厅蓝天就没有进去。

蓝天一直往前走，走了很远，终于来到了一个满是机器的地方，这才停住了脚步仔细观察起来。

蓝天一眼就看出这是一座十分精致的发电站。因为这种发电站和月球基地的发电站很相似。作为一个航天人，蓝天对于动力工程并不陌生。

发电站一共有两套完全相同的设备。大概是因为有现成的油气资源，这里有两台燃气轮机，而月球基地使用的则是小型核反应堆。看不到变电系统，大概发出的电能仅供本地使用，而且很可能另外有高效的蓄电系统可以调节或储存电量。

由于此地十分干燥，且这些设备都是用非常优良的材料制造，所以保存完好。看到这些设备，蓝天多少有些安慰。虽然暂时都用不上，但他想象这些先进设备一定能够比较完整地保存三千年甚至六千年，直到人类重新发达的时候。

真是令人难以置信，一片荒凉的沙漠底下竟然掩藏着这样一座古怪的城堡。听说从前的美国人就有这种怪癖，在沙漠深处建立了拉斯维加斯赌城。当然，从能量科技的角度看来，这座半地下城堡的建设是非常科学的。沙漠里白天的酷热可以积蓄能量，而夜晚的清凉则十分有利于调节温度，并且就地有油气资源可以长久利用。

中东地区的民俗民风向来十分保守，因为这里世代居住的是曾经的游牧民族，传统的宗教对于人们的管束十分严厉。也许是石油财富的过度积累，某位富翁在这里建起了这座“逍遥宫”。

看起来，这里的生意还很红火。这也算是一处另类的“末日工程”，及时行乐的人们在此渡过了最后的好时光。

蓝天继续往里面搜索前进。又穿过一道门，眼前竟然阳光明媚。他又一次大为惊讶，只见走廊边有一个个房间，里面的层架上有许多枯死的植物挂在那儿。

原来这里竟然是一座相当规模的实验室农场，明亮的光线都是从屋顶的光导纤维引进来的太阳光。阳光能量显然受到了某种控制，以至于这里的温度非常宜人，不冷不热，应该很合适于农作物生长。如果不是因为缺乏管理，这里应该是个充满生机的地方。

蓝天的心头一热：这是一处建立生态系统的绝佳地方，虽然还是小了点。

所有的一切令蓝天大开眼界，他觉得自己的头脑有些晕晕乎乎，好像一下子走进了21世纪的一部电影里，真有些不知所措。

穿过实验室农场，看到有一道小门，蓝天不知道要不要继续前进。

蓝天踌躇不决，因为已经深入城堡的地下部分很远了，人也感觉有点累了。当然，他也有些顾虑，因为不知里面是否又会遇到什么古怪事情。他想了一会儿，最后觉得既然来了，坚持一下吧，坚持把这里所有的地方都考察完，免得将来后悔或有所想象。

打开这个小门，原来是一条普通地道。既不豪华，也很狭窄，而且黑咕隆咚的。幸好还不算很热，蓝天打开半导体手电，鼓足勇气蹒跚而行。

走了很长一段路。终于，见到了一线光明。

大概应该走到头了吧，由此出去也就完成了这次搜索。虽然收获不算很大，但至少发电站和实验室农场很有价值，并且进行了一次免费的古堡游，没有白来一趟，蓝天这样想着。

可是当蓝天一路跌跌撞撞走到尽头时，一下就惊呆了：啊！……啊！面前的水晶棺椁里，竟然栩栩如生地躺着那个美貌如仙的玛利亚！

蓝天的头发根根竖起，两手微微颤抖，伫立在那儿一动也不敢动。仿佛他稍一动作，就会惊动这里的鬼魅，让他永远待在这地狱里不能出去。

好一会，蓝天慢慢从惊魂中回转过神来。他深深地吸了一口气，观察了一下四周，并没有什么，只是那盏闪着蓝幽幽的灯依然亮着，给地宫平添了许多诡异的气氛。此时，诺亚好像听到了非常轻微的放电声音。他朝那盏灯瞧了瞧，有些怀疑那灯是不是通常化学意义上的燃烧反应。他本想过去仔细看看，但又怕触发了墓道里的机关，只好作罢。

但无论怎样，蓝天还是要将玛利亚看得清楚一些。于是，他慢慢趋步靠近。只见尸体保存得十分完好，尸体完全被泡在一种浅蓝色的液体里。清澈的液体里，玛利亚美丽的脸庞依然十分可人，要不是古堡阴森森的氛围，定会让人想入非非。

待情绪稳定下来，蓝天不禁纳闷起来，这究竟是怎么一回事呢？

如果玛利亚没有双胞胎的姐妹的话，这里躺着的就是玛利亚的肉身，或者说是柯文教授，因为柯文教授窃取了玛利亚的肉身。当然，也有可能柯文教授将玛利亚的肉身卖给了别的什么人。但无论怎样，当窃取肉身的人死亡以后，附着的灵魂就不存在了，剩下的唯有肉身，那应该算是玛利亚。

啊，玛利亚小姐，你的一生充满了坎坷。你的肉身有这么一处地方安葬也算不错了。而最令人难以置信的是，你的灵魂居然还活着，也算实践了长生不老的愿望……

要离开了，蓝天向玛利亚的肉身告别：再见了，玛利亚小姐！你美丽的肉身安歇吧！

当然，蓝天的心中依然迷雾重重。比如，柯文教授如何来到这里并且成为这里的主宰。不过有一点可以肯定的是，如果不是柯文教授这般水平的人，这座古堡里的科技含量就会少了许多。

蓝天最后走出了这座末日城堡。

一阵狂风吹起，风沙满天。望着灰蒙蒙的天空，蓝天的心情同样一片阴霾。

人类有多少卑劣，多少肮脏，多少耻辱，真是罄竹难书！

黄沙漫漫，渐渐地将一切遮掩；岁月悠悠，尘世间的往事也渐渐远去。

敢问苍天：难道这就是凤凰涅槃？那么……那么人类可望浴火重生？

……

蓝天忽然想到，在这片荒凉的沙漠里，曾经生活着一个极富传奇的民族——犹太民族。他突然有一种怪异的想法，很想知道人类最具有危机感的一些人，那些团结、顽强和充满智慧的人们在地球灾难来临时又是如何地不同凡响。

第十八章　天堂路漫漫

人人都惧怕地狱，个个皆期盼天堂。大概动植物也是如此，又有谁不想过好日子呢？

可是真的很难想象，整整经历了几十亿年的漫漫岁月，地球才从恐怖的地狱演变成了生命的天堂。

因为有了绿色，吸收地球多余的二氧化碳，生成有机物。这种叫做“光合作用”的生物化学反应，加上某些悠久的地质作用，遂孕育了天量的煤、石油、可燃冰或其它矿物质。这不仅渐渐地改良了大气层，孕育了生命赖以存在的自然环境，而且把远古的阳光能量储藏了起来。这是一笔无法估量的财富，然而人类在短短几百年里都把那些原本可以更好利用的宝贵原材料作为能源烧掉了。不仅如此，作为燃烧后果，恰如天方夜谭所说“魔瓶里的魔鬼”也释放了出来，这就是二氧化碳等温室气体……

真是难以想象，人类仅仅几百年间就把天堂变成了地狱，绿色成为历史。

沧海桑田的自然也许太过古老，往事悠悠也莫不令人嗟叹。在人类昙花一现的几百年里，地球的中东竟成为传奇的地方。

古代的中东，只有烈日炎炎和漫漫黄沙。骆驼背上的游牧民族在严酷的大自然面前艰难度日。然而，他们却一再创造奇迹。比如神奇的金字塔，不仅仅埋藏了千年的辉煌，也有着令人惊叹的科学。可是，当被誉为黑色金子的石油源源不断地从地底下喷涌而出以后，人们只是坐享其成，反而没有做多少值得歌功颂德的事情，真所谓坐吃山空。

靠近地中海的许多地方没有石油，那里都是大片大片荒凉而贫瘠的土地。然而那些贫瘠荒凉的土地竟也引来年复一年无休止的血淋淋的战争，即使耶路撒冷是几大宗教的发源地也不能教化人们。很难想象，那样贫瘠的土地是如此宝贵，以至于一次次地要用鲜血来浇灌。想必哥伦布地下有灵，一定会嗤之以鼻，这点不毛之地与整个南北美洲和大洋洲相比，实在不屑一顾。

但无论怎样，犹太民族应该属于人类最优秀的民族之一。在人类发展的漫长而又充满艰险残酷的历史上，他们经历了最多的磨难和危险，他们在人类走向文明的道路上付出了最大的代价或牺牲。艰难困苦反而锻炼了这个民族的坚强不屈和强大的凝聚力。如果说，在这场空前的地球灾难中有些人类能够幸存的话，那么可能性最大的，莫过于犹太人。西藏神山的人们尚且依靠地理之便侥幸躲过一劫，那么犹太人是否可以有人和的优势逃过灾难呢？

蓝天的胸中犹如黑暗的夜空划过一道闪电，一点点希望不断地攫取着他的心，他禁不住要去看一看那个充满神秘和传奇的地方。

公元 2223 年 4 月 1 日，蓝天向中东进发。

飞过一片片荒凉的沙漠地带，来到了地中海边。

这里就是从前的以色列国和巴勒斯坦国。蓝天降低高度在那一片地区搜索起来，他渴望见到举世闻名的宗教圣城耶路撒冷。然而，半个多小时过去了，根本就见不到耶路撒冷城市的影子。难道那座城市不翼而飞了不成？无论怎样，至少总有废墟存在吧！

蓝天继续耐心地搜索，终于发现了废墟：在一片广阔的丘陵地带，坑坑洼洼，东倒西歪地分布着许许多多残垣断壁。由于破坏得过于厉害，以至于在高空不易发现。低空飞行状况下，可以看到到处都是一片狼藉，房屋几乎完全被摧毁，地上可见一个一个巨大的坑。蓝天将飞碟停了下来，继续在地面考察。

蓝天马上就明白了：战争，可恶的战争，看起来仿佛就在昨天。一切的一切，似乎都在诉说着一个悲惨的故事。几千年的文明，许许多多热爱生活的生命，都在硝烟中化为灰烬。

然而，在这么一个十分广大的地区，进行一场空前规模的战争，显然远远超出了当地国家的实力。

看来，果然如基督教圣经几千年前所预言的那样：将要发生世界末日的战争。很早就有人说过：人类的历史，从中东开始，也从中东结束，看来这话不无道理。

上帝啊！您既然如此睿智和仁慈，为什么不能帮帮那些可怜的人类呢？……为什么人类总要手足相残呢？

那么，犹太人怎么样了？

蓝天忽然想起，没有见到犹太人的尸骸。于是，他继续往以色列国的地方进行搜索，结果更是令人惊奇：所有犹太人的居民点，不论是坍塌了还是保存完好，里面都没有尸骸。耶路撒冷是如此，其他居民点也是如此。更令人百思不得其解的是，偶有几处房屋完整居民的家中都井井有条，仿佛是出远门旅行或走亲戚，根本不像遇到了灾难。这与其他所有地方遇到的末日垂死的混乱场景相比截然不同。

似乎都失踪了，也许整整一个民族，真是匪夷所思！

那么，犹太人都去了哪里呢？

飞碟一号在天空盘旋。

底下的这片土地，显得格外荒凉和空旷。它已经不再属于谁，更没有人再会去流血牺牲进行争夺。阳光照耀在沙漠里，一片刺眼的灼热,岁月的侵蚀使这里的土地更显出血样的红色。

难道犹太人去了地球的第三极?

自从人类科技昌明以来,一直流传着关于地球第三极的说法。除了神秘得有点玄乎的传说以外,也有许多严肃的科学家参与其中进行了许多认真的科学研究,所以使得关于地球第三极的种种猜测不断引起公众和许多国家机构的重视,尤其在后来地球环境日趋恶化的危机时期。

与人类早期的哥伦布探险完全不同,人类在地球上已经拥挤不堪,生存空间极其缺乏。如果说,哥伦布是怀着发财梦和殖民精神进行生死冒险的话,那么后来人类寻找地球另外的生存空间确实也属无奈之举,甚至应该说是一件神圣的事业。

然而颇为奇怪的是,人们想象中的世外桃源虽然不约而同地都认为十分美好,但大都认为空间有限。也许,资源的匮乏与残酷争夺使人类产生了某些心理变态。

所以,每一个进行此类研究的国家或者政府都不希望别人插手,都希望仅仅自己能够找到地球的第三极,从而遁入一片人类从未涉足的绿色空间。

而最为诱人的一种说法:地球中心是空的,那里别有洞天……

对于常人来说,地球上最为神秘莫测的地方莫过于百慕大。

为了寻找地球第三极,蓝天一早从中东出发,向百慕大进发。

蓝天花了差不多两个小时,飞到了阿尔卑斯山脉的西端。然后他马不停蹄继续西进,又花了三个多小时才抵达了这片神秘诡异的地区。由于时差的原因,太阳始终停留在东面,居然还在上午。

乍看起来,这百慕大地区与其他海域并没有太大的区别。但蓝天的神经还是绷得紧紧的，因为那些可怕的传说不断地折磨着他。

蓝天搜索了半个小时也找不到一个岛屿，大概这百慕大群岛已经被淹没得差不多了。

就在蓝天稍许懈怠时，莫名其妙地一阵乌云卷来。他环顾四周，发现前后左右以及上下的天气都变了脸色。转眼间已经是一片乌云滚滚，电闪雷鸣。

蓝天有些慌张，他有点想回家。虽然飞碟的飞行性能非常好，不仅可以作太空旅行，甚至可以进行水下潜行。但现在气候如此恶劣，已经无法进行任何观察活动，但是他又有些不甘心，毕竟来一趟不容易。

就在蓝天犹豫不决时，飞碟"倏"地一下沉了下去。

显然，飞碟失去了浮力，差不多在做自由落体运动。说时迟那时快，飞碟里前所未有地警铃骤响、红灯急闪。可怜蓝天头晕目眩之际根本来不及作出反应，飞碟在急速下沉，很快飞碟就沉入了海平面以下，并且急速地向海底继续沉下去。

这种情况确实非常危险，即便像飞碟这样神奇的飞行器也是如此。因为如果飞碟下沉过度，海水封闭后会形成极其强大的压力，不仅不能上浮而且立刻会被压扁。

就在这万分危急的紧要关头，飞碟自动应急机制被激活，"遥远的距离"反重力仪立即启动，强劲的发动机也立即怒吼着喷射流体，若干秒钟以后，飞碟停止跌落。很快，飞碟开始徐徐上升，并且明显加速。

飞碟外面一片漆黑，犹如在一个深不见底的隧道里穿行。渐渐有了一点亮光，后来周围越来越明亮。飞碟终于穿出了水面重新飞上了天空。

等蓝天完全清醒过来时，灿烂的阳光已经照亮了舷窗，飞碟自动踏上了归途。

“好险哪!”蓝天这才发现自己已经惊出了一身冷汗。

百慕大的失败使蓝天的情绪陷入低谷。他本想好好休息几天调整一下,却不料越是无所事事,他就越是郁郁寡欢。也许,他的生命就像迎面吹来的一阵阵风,只有不断地进取,才有活力。如果停顿下来,一切就烟消云散了。

直到一个星期后,蓝天才重新鼓起了生活的勇气,强烈的使命感又一次拯救了他自己。他开始向往新的探险行动。

地球上另一个最为神秘的地方就是北极地区,人类一直有关于极地神秘飞行器的种种传说,大多是关于外星人或地球空洞的议论。

当然,对于北极的议论有时也会涉及从21世纪中期开始人类对于北极资源的血腥争夺。

一天夜里,蓝天从阿勒山出发,急急地赶往北极地区。由于有了新的使命,蓝天的心情果然好了许多,他重新感觉到生命的意义和快乐。

几个小时的亚轨道运动,风驰电掣地越过了万水千山。

蓝天逐渐降低了飞行高度。

眺望地平线上的北极上空,美丽的极光好似绽开的花瓣,或者又像轻歌曼舞的少女:若隐若现,缥缥缈缈,煞是瑰丽,又神秘莫测……可惜蓝天不是诗人,无法写出不朽的诗词来咏叹这美好的景色,他也不算科学家,无法解读令人震惊的自然现象。

北极上空,大气平流层,飞碟像一片孤独的树叶漂浮着。

俯视北极。看不到什么云彩,只有深蓝色的海水一望无际。

没有第二种颜色,没有任何其他参照物,单调的世界里果然幽幽地显现出一个空洞的形状。蓝天一阵兴奋,他仔细地观察了好一会,希望能够判断出什么。但是,一切都十分模糊,很难判定这是一种光学的诡异还是真实的流体低密度区域。他降低高度继续观察，发现这个空洞看上去很深很远，就像一条隧道或走廊。

如此的深邃产生了某种暗示，令人无法抵御诱惑。

蓝天驾驶飞碟沿着空洞沉了下去。不过，有了百慕大的教训，他将速度控制得很慢。

感觉有点像在一个方圆几百米的玻璃圆筒里，周围的一切在徐徐上升，自己倒好像静止不动一样。蓝天意外发现，这里竟仍然顽强地生活着一些动植物，虽然都小得可怜。

只见水中漂浮着零零星星的水藻，若干蠕动的水生小动物在水中游弋。

太奇妙了！蓝天非常激动。谢天谢地，苍天还是眷顾生灵，在这个地球的角落里留下了一些生机。

海里的光线很快变暗。这大概因为本来极地的阳光是斜射的，而且现在越来越深入水底下的结果。于是，蓝天开启了探照灯。

水下的世界出奇的平静。

蓝天已经完全忘记了来到这里的初衷，他被新发现的绿色和生命所震撼，为这里美好的未来倍感鼓舞。尽管可能不一定真的存在一个通向地球深处的通道，但这里确实是另有一番天地。

当然，先前的猜测也不是完全没有道理的，这里确实有一个深渊，两侧的山脉十分陡峭，到处一片怪石嶙峋。也许正是水底下的这些复杂地形，为地球保留了一些生机。难道这就是地球第三极的某种含义？蓝天若有所思。

突然，蓝天看到了一艘大型沉船。这显然是一艘军舰。瘦长的尾部高高地翘起，巨大的螺旋桨依然保存完好，特别的流线型表明它以前的速度很快，棱角分明有如积木般的武器系统大概是导弹发射架。

蓝天继续搜索，很快又发现了另一艘沉没在海底的大型军舰，那家伙圆不溜秋像条鲨鱼，应该是艘大型潜艇。

接着，蓝天又发现了好几处残破的工程设施，这些设施很显然是用于海底矿藏的开采，但他看不出来到底是用于开采石油或者什么金属矿藏。

北极地区是地球当之无愧的“聚宝盆”。但人类自私、贪婪和残酷的本性总是使得战争成为最后解决纷争的办法。结果，“聚宝盆”最终竟成了死亡谷。

蓝天还有一道心事，他老是惦记着公元 2008 年挪威政府在北极斯匹次卑尔根岛所修建的那个举世闻名的种子库。

虽然大家一致认为那个种子库最终不会躲过世界末日的混乱，因为那个地方太特殊而且名声在外，必然会引起坏人的注意。可蓝天总是抱着一线侥幸的心理：那是一座非凡的大型工事，它的牢度可以抵御地震或原子弹，那里应该有许多特别的防御手段，不会那么轻而易举地落入坏人的手中。

当然最重要的是，现在的人们比过去任何时候的人类都更需要那些极其宝贵的种子。

况且，那个地方离北极只有一千公里，无论怎样都应该顺便去看一下。

飞碟一号马上向西南方向飞行，很快就来到了大致为斯瓦尔巴特群岛的地方。

原来的群岛有五个主要的大岛和 150 个星罗棋布的小岛屿。可现在在高空中看起来已经变化了许多，要不是那五个主要的大岛屿，真有可能弄错了。

大部分的小岛屿都已经不见了，零零星星剩下的差不多像一些大礁石，在肆虐的风浪中若隐若现。不过五个大岛依然十分明显，当然面积已经是今非昔比了。

那么斯匹次卑尔根岛又是五座大岛屿中的哪一个呢?

蓝天在这些岛屿上空盘旋寻找。他注意到群岛中一个最大的岛屿,岛上有很多山峰。其中东北部的一座山的海拔看起来差不多有 2 000 米,西海岸也有很多山峰,不过比较小,大概海拔还不到 1 000 米。由于这个岛屿地势十分险峻,于是就有了许多峡谷构成的很长的海湾。

突然,蓝天十分吃惊地看到,一个极为奇特的湖泊:这个湖泊的形状竟然酷似人的心脏!

……啊,蓝天想起来了:这莫不是 21 世纪初那个传奇的湖泊?

公元 2009 年有个法国摄影师在寒冷的北极第一次拍到一个心形湖泊并由英国媒体报道时,曾经引起了全世界的轰动。

从此,一对对情侣或夫妻趋之若鹜纷至沓来,留下了如痴如醉梦幻般的记忆。

浪漫的人们或许想象着世世代代会有更美好的未来,却没有人关心目力所及那正在消融的冰山,更听不到冰川撕裂时那令人揪心的声音。

现在,蓝天的感觉甚为古怪,他的心情与从前的人们完全不同:那神秘的心形湖泊恐怕不是什么丘比特杰作,而是苍天对于人类的最后警告!

也许,老天要人类扪心自问:大自然给了人类什么,而人类又还给了自然界什么。

呜呼!绿色世界最为悲情的历史,竟然是一个冰变成水的故事。

蓝天继续驾驶飞碟进行搜索。终于,对面山坡上一座巨大的拱门引起了他的注意。这应该就是那座 2008 年闻名遐迩的种子库，当年它的设计海拔为 130 米，现在海水果然离得已经很近了，不知道大风时会不会淹水。

蓝天向那里靠近，却在那个拱门的门头上发现了一个明显的标志：卐 。

蓝天感觉有些吃惊。虽然这个符号在古代许多地方都有发现，而且一般都寓意吉祥或功德无量，比如佛教就常使用这个标志。但自从这个符号被臭名昭著的法西斯用作标志后就变得令人恐惧，不知为什么这个符号会出现在这里。

蓝天于是将飞碟停在离那个拱门不远的一小块平地上。他走出飞碟朝那处山洞而去。

走近一看，那巨大厚重的钢门大开着，黑黢黢的隧洞看着令人很不舒服。蓝天进去进一步察看，只见里面的钢筋混凝土结构异常坚固，令人印象深刻。然而很遗憾，果然还有几处纳粹的标志或图案，根本就不见一粒种子。再进去 40 米，隐隐看到三个冷藏库的大门也全部打开了，里面照样空空如也。

对于这座人类空前规模基因库的检查结果令人沮丧：这里一度被恐怖分子占领，500 万份种子样本大概都被那些畜生当作了粮食，真是作孽！

蓝天的心头又蒙上了厚厚的阴影。他本来就心情不好，今天的遭遇更加重了他的坏心情。过去，他总想着为了人类崇高的理想，于是就有了追求，就有了动力。

真想不到许多人类是如此自私、肮脏和卑鄙……在无比的郁闷中，蓝天居然想到了自杀！他不知道自己的生活还有什么意义。

蓝天郁郁寡欢，好在时间不早了，于是他踏上了回家的路途。经过四个小时的飞行，回到阿勒山上已是深夜。

蓝天觉得非常劳累，只好马上休息。不料当天夜里就发起烧来，他生病了。

感觉到了极度的孤单。蓝天现在非常想念大本营的那些亲人，无限怀念在月球基地的那些岁月。地球的生活对他来说充满了苦涩，他觉得自己没有了方向。在这个世界上，他真的成了孤零零的一滴水，无论多么坚持，早晚总会蒸发得无影无踪。

就这样，蓝天不吃不喝地躺了两天。他不再珍惜自己的身体，他甚至向往死亡。死亡至少可以让人解脱，甚至也许能够到达想象中的天堂。活着真的太累了，他无法承受那份沉重，已经差不多崩溃了。与天斗与地斗已经够辛苦了，可竟然还要与人斗……

这个天就是宇宙，这个地就是地球，而这个人居然是自己曾经生死相许的爱人。人生在世活到这个份上真是乏味到了极点！

现在，就在这里死去吧……

蓝天就这样非常消沉浑浑噩噩地又过了几天。到了第五天，他清醒了一点，觉得非常口渴，于是挣扎着爬起来喝了一点水，竟然感觉精神好了许多。

原来，这几天天气不错，阿勒山上的气温不是太高，太阳能电池也会自动给飞碟充电，飞碟的智能系统一直在保护着蓝天，终于使他安然渡过了一个危险期。

由于受到北极探险的启发，蓝天突然想到了地球上最为特别的一个洲：南极洲。

以前为什么没有想起呢？不知什么原因，大本营从来没有提及南极洲那个地方。这大概就是导致大家忽视的主要原因，当然也因为生存太不容易了，似乎没有空闲想得更多一些。

现在蓝天忽然充满了信心。如果那里是地球灾难有所幸存的地方，那么也希望坏人没有注意到那里。觊觎之人越少越好，希望那里成为人类最后的一块净土，那样某些生态系统或人类文明可能会被保存下来。

说干就干，蓝天第二天早上就出发了。

整整飞行了六个小时，飞碟终于降落在地面上。

根据北极探险的经验，蓝天虽然并不指望南极地区是一处鸟语花香气候宜人的地方，但想象中的南极大陆应该有些绿色并且不可能太热。

可是现实却完全不是这样。当飞碟一停下来，蓝天刚打开舱门就立刻发现这里的气候非常炎热，并且十分干燥。他不得不迅速关闭舱门，龟缩进了飞碟。这种情形不禁使蓝天想到了月球向阳那可怕的一面，真是令人奇怪，他不禁十分失望。

窗外竟然是一片赭色的世界：一望无际的沙漠如汹涌起伏的红色海洋，带着血液流动的气势，沉默中传递出深不可测的力度。酷热的太阳光照射在砂砾上，闪烁着令人战栗的光芒。

天空一片湛蓝，没有一丝丝云彩，太阳显得特别耀眼。

蓝天驾驶飞碟进行空中考察，因为这个大陆实在过于空旷了。

空中观察确实比较方便，他以 200 公里的时速缓慢飞行，考察的范围越来越大。

突然，蓝天看到一处非常有规则显然是人工开凿的凹陷地带。他将飞碟停在不远处的一个高坡上，从这里可以清楚地看到前面的情况。

这是一处巨大的露天矿藏开发地带。这处矿场是如此巨大，以至于在一望无际的丘陵地带，到处都是一个个露天废弃的矿坑，而大部分矿坑的直径都有好几公里。

蓝天不禁有点纳闷：从来都没有听说南极洲曾经进行过如此规模的开发，即使是地球环境灾难前的不久，进行大规模的开发应该也是有历史记载的，况且南极洲作为一个国际区域，国际间的协调非常不容易，更没有办法封锁消息。

真奇怪！蓝天一时感觉莫名其妙。

忽然，蓝天不禁哑然失笑。他喃喃自语道：“如果没有猜错的话，往西南方向一千公里一定会有一座城市的废墟。”为了证实自己的判断，他马上驾驶飞碟向西南方向飞去。

一路上，满目荒凉，看不到一点点水，更没有任何绿色，只有无尽的沙漠连接着另外一片沙漠。狂风卷起浅红色的沙尘呼啸着掠过地面，搞得满世界飞沙走石昏天黑地。

大约 40 分钟后，地面的沙尘小了许多，已经来到了海边。一望无际的大海卷起滔天巨浪，汹涌的海浪疯狂地冲击着陆地，人的感觉就像已经到了世界的边缘。果然，海边上有许多建筑物的废墟，这些废墟许多已经被泡在了海水里了。

蓝天终于彻底明白了：他搞错了，这里不是南极洲，而是澳洲大陆。现在的废墟就是原来澳大利亚西部的一座工业城市。

不过，蓝天也并不后悔来到这里。因为澳洲也是极其神秘的地方，本来他也有探索这个大陆的想法。现在经过一番考察，看来犹太人不太可能避难来到这里，因为这里的自然条件一点也不比中东地方好，倒有几分相似。犹太人应该有更好和更聪明的选择。

蓝天深情地眺望南方。他知道，在遥远的那边，就是南极大陆，那里的气候一定会好许多。他默默祈祷，虔诚地希望那个人类最为顽强的民族能够躲过地球环境灾难，又一次创造奇迹，就像他们以前能够创造奇迹一样。

第十九章　最后的绿洲

蓝天一大早从澳洲出发，飞行了大约 3 000 公里便来到了南极洲。可是，眼前只是一片黑暗，黑洞洞令人害怕。只有在高空才能看到北方地平线上的太阳。

不过，这里的温度确实比较低，有些地方竟然只有 20 摄氏度左右。

由于黑暗不能观察而且十分危险，蓝天只好沿着南极洲大陆的边缘向东前进。

黑暗的边缘是一片朦胧地带，汹涌的海浪中有时可以看到深黑色的岛礁。但那些岛礁都太小了，无法登陆。偶尔遇到大一点的岛屿，蓝天觉得也不安稳，因为大一些的风浪就会有危险，更不用说遇到海啸了。

由于没有黑夜与白天，也就没有在意飞行了多长时间。经过漫漫的长途旅行，跨越浩瀚的海面，蓝天终于来到了由若干个岛屿组成的一处群岛上空。

看来已经接近了南极半岛。因为地处南极洲北面的这些群岛并不太暗，就像处于晨曦中一样。

蓝天来到了一个岛屿上空。这个岛看来不算小，直径大约有两公里左右。

岛上的地形十分复杂，有许多大大小小的山峰。许多山峰十分险峻，有的甚至尖锐突兀像把利剑一样直指天空。

好在山间还有若干处空地，蓝天想去看看地面上究竟有些什么状况。

随着高度不断降低，能见度有了一些改善。为了看得更清楚，蓝天打开了探照灯。

到快接近地面时，蓝天竟然看到了绿色。确切一点说，是黄绿色。东一片西一丛的，尽管植物很单调，看起来也没有其他种类，但却非常显眼。

啊，绿洲！终于见到了绿洲！

蓝天的心激动得“通通”直跳。他很快将飞碟停在一处山间平地上。

开始还以为是一些草，走近了才知道，原来都是灌木。但长得非常矮小，大约也就几十厘米高。树冠都是一抹平的，有些令人费解，也许是风太大或营养不良的原因。

不知道这些绿色是从前一直保留至今，还是最近地球气候有所好转而新出现的。

两年多来，吃尽了千辛万苦，终于在地球上寻觅到了成片的绿色，蓝天的心里充满了喜悦。他进一步观察周围的情况。

四周的山峰不算很高，但却使呼啸的狂风减弱了不少。甚至听不到大海的波涛声，只有高空的云团快速地越过头顶。

蓝天经过仔细的观察，地面上确实只有这种非常矮小的灌木，很小的叶片显得黄黄的、斑斑点点的，间或才有些绿色。看来，这些植物生活得很不容易，它们在努力熬过漫长的缺少阳光的日子。

再也没有新的发现。

于是，蓝天想到海里看看，不知水里的生态会是什么样子。

好在下海并不困难。蓝天驾驶飞碟来到海面上，将飞碟置于潜水程序。飞碟很快开始下潜……

南极洲的海洋果然不同凡响，甚至显得生机勃勃。

在探照灯的照射下，不断出现零星的生物，有动物也有植物，不过都很小。如果关掉灯光，可以看到一些发光的生物。那些以不同速度移动的发光生物，在晦暗的水下星星点点，犹如宇空一般。

蓝天看了一下海水的温度显示：30 摄氏度。竟然有如此理想的温度！他感到有些吃惊。

蓝天继续前进，来到一片海底峡谷，决定在此考察一番。他努力观察地势，好不容易选定了一处平地，将飞碟稳稳地降落在软软的海床上。

蓝天一直观察了几个小时，又用机械装置捕获了一些小的动植物，觉得时候不早了，于是就准备返航。他启动飞碟，却不料已无法将飞碟抬起，似乎有千万吨的吸力将飞碟牢牢地吸附在海床上。

蓝天这时才想到，由于飞行时间过长，没有补充能量，以至于现在无法进行大功率运作。

实在没有办法，蓝天只好打开一只震动能充电器。可是现在洋底比较平静，很难吸收到多少能量。他又从一个瓶子里倒出若干干燥的水藻，用一些水培养起来，这样能增加飞碟内部的氧气，至于水和食物暂时问题还不大。他不断地忙碌了一个多小时，终于筋疲力尽迷迷糊糊地睡着了。

也不知过了多久，似乎听到传感器里传来一些异样的声音。

是在做梦吗？……不太像，好像是真的声音。

蓝天努力睁开眼睛抬起头来从舷窗向外一看：天那！有几只像海豚一样的动物运动着人类手臂一般的"鳍"在进行挖掘。它们在不断地劳动，努力将水流引入飞碟底部。这种做法显然是正确的，动物们在帮忙。

大概是人类基因工程培养的新物种，所以它们具有相当的智慧而且对人类非常友好。蓝天激动得热泪盈眶。

两个小时后，蓝天估摸着差不多了。于是开启信号灯，在舷窗里向那些可爱的"海豚"挥手致意。

飞碟顺利腾起，身后激起了一股股的浊流。

忽然，有一个小的“海豚”游了过来摇晃着它的小脑袋，它隔着窗户似乎在向蓝天挤眉弄眼，那模样竟像一个孩童般可爱。

蓝天也学着它的模样，做着调皮的鬼脸回应这个小家伙。

蓝天非常感激这些友善的动物，他竟然有些恋恋不舍。为了表示善意，蓝天当着这些“海豚”的面释放了他的捕猎物。

回到岛上，休息了两天，飞碟也设法补充了能量。

蓝天与诺亚接通了无线电联络，向诺亚汇报了南极探险的情况，特别强调了这个岛屿和附近海底的生态系统。

诺亚总体上肯定了蓝天的工作，但也批评了他擅自行动的危险性。

在这次电话联系中，诺亚告诉了蓝天一个令人振奋的好消息：据最新研究，21 世纪末期，中国南极科学考察队曾经秘密在南极建立了一个小型地球物种基因库。

自从和诺亚无线电沟通以后，蓝天对于以后的行动不禁有了一些顾虑。可就在蓝天考虑究竟是自己单独探险，还是等待与诺亚、白云协调行动的时候，老天却催促他上路了。

今天的行动颇有些戏剧性。蓝天正睡着时，海上刮起了飓风，掀起了惊天狂澜。结果蓝天连人带飞碟一起被飓风刮跑了。

飞碟自动紧急升空，但由于风势过猛，飞碟只好就势向东南方而去，结果几十分钟后就来到了南极半岛。

蓝天沿着大陆继续飞行，大地越来越暗，很快所有的陆地完全溶入黑暗之中。

无法继续前进了。好在风势已经有所减弱，蓝天于是掉头往东北飞行。这样飞行了一会，能见度才有所改善。

已经飞行了很久，蓝天有些累了。他在天空盘旋，努力寻找合适的降落地点，最后终于找到一处小峡谷，随后将飞碟停在一个避风的悬崖下。

这里的温度果然不错，蓝天感觉非常舒适。唉，以后咱就不回到大阿勒山上去了，就在这里落户吧。……可是，不能光想着温度合适，没有太阳，光伏电池也没法充电呀？蓝天本来只是准备稍稍休息一下，可他想着想着，竟睡着了。

也不知过了多久，反正这个地方没日没夜，蓝天美美地睡了一个好觉。

一觉醒来，蓝天的心情少有地亢奋起来，他重新驾驶飞碟飞上天空。

这时，风变得小了许多，于是贴近地面进行低空搜索。

飞碟在继续前进，能见度又好了一些，地面上较大的障碍物大致都能看到。

前方出现了一片空旷的平地，灰色的地面一直向前方延伸，直到被朦胧的夜色吞没……

突然，前方出现了一排排十分规则的物体，蓝天有些害怕。他迅速提升了一些高度，在天空悄悄地盘旋飞行，进行空中侦察。这是必要的，因为在这么凉爽宜人的地方，很容易让人产生某种危险的联想。

经过半个多小时的观察，地面上没有任何动静。

蓝天降低高度，果断地打开了探照灯，他不禁大吃一惊。

地面上，竟然整整齐齐地排列着一排排坦克和装甲车！在稍远的地方，他又发现一大片坦克，两边加起来足足有好几百辆。可是周围看不到军营，也没有任何其他诸如临时建筑物之类的物体存在。

始终看不到一个人，蓝天的胆子也壮了起来。他继续降低高度，准备降落下来一探究竟。

就在这时，飞碟内警报骤起，预警核辐射的信号灯令人心惊肉跳地不断闪烁起来。

蓝天吓了一跳，急急地提升高度，迅速脱离了核辐射区域。

看来，从前的这支装甲部队遭到了核武器的打击。

大概，战争的场面是如此简单：22世纪的某一天，这支某国或某个军阀的装甲部队正在休整，一颗中子弹在上空爆炸。随着耀眼的白光和一阵闷雷般的爆炸声过后，一切恢复了宁静。中子流杀死了所有的生命，除了帐篷等被摧毁以外，几乎没有改变这里的外观。

从此，这里除了风沙以外，再无人造访，一切铸就了一幅生动的历史画卷。极为干燥的气候非常有利于金属的防腐。不但如此，风沙的摩擦居然令装甲的许多部位在探照灯下闪亮出光芒，看了令人害怕。

由于不能降落，蓝天也只好作罢，他随即驾驶飞碟向北继续搜索。

飞行了大约有一百多公里，终于顺利降落到地面。

蓝天刚打开舱门，一阵呼啸的狂风迎面吹来，许多砂砾钻进了嘴里和眼睛里，他只好马上戴上头盔，然后才艰难地跨出舱门。劲风不断地冲击着，他摇摇晃晃跌跌撞撞艰难行进。待风稍缓一点，他定神朝前方看了看，不禁毛骨悚然：映入眼帘的竟然是一具具横七竖八的尸体！

蓝天硬着头皮过去仔细观察，发现都是很久以前的干尸。不过，从旁边的种种遗留残物可以断定这些尸体还不是很古老。由于尸体已经完全失去了水分，所以收缩得十分厉害，这些干尸看上去都只有一个小孩一般大小。

南极地区的气候果然极其干燥，蓝天不一会就感觉到喉咙像冒火一样干得难受，怪不得这么多尸体都得以保存了下来。

虽然尸体变形得厉害，但很多迹象都能够看出死去的全部都是军人。许多士兵都保持着当年最后一刻的战斗姿态，而两类不同的装备残余显示了有两支人马进行了殊死的拼杀。许多尸体缺胳膊少腿，有的甚至没有了脑袋。不过他们的武器都比较简单，基本上都是轻武器。

这些乱七八糟的场面显示了当年战斗的残酷和血腥。没有任何尸体的处理，一切都是最原始的状态。看样子，当年的这场战斗差不多是同归于尽了，大概很少有人会活着离去。

至少有零星的资料可以证明，在地球年复一年变得越来越酷热的情况下，唯一清凉的南极大陆成为全球冲突的焦点。处于末日惊慌中的各国政府、拥兵自重的军阀、各路强盗和各种恐怖组织都纷纷向南极地区蜂拥而来，南极地区尤其是南极半岛发生了一次又一次的血腥争夺战。战乱一直延续了半个多世纪，期间还流行了许多次瘟疫，直到人类最后消亡为止。

事实上，在半岛的随便一处地方，都可以随意挖掘到人类的死尸，而且，很可能一挖一大片，真是令人恐怖至极。

正要离开，忽然，蓝天竟然看到了几棵树。那树虽不算十分高大，但也有大约两米左右。

蓝天从来没有看到过真正的大树，非常惊奇。他快步奔跑过去，啊，竟然是棕榈树！……居然还有一棵松树！虽然松树的针叶全都没有了，但棕榈树的叶片却长得很好。

那些树竟然都是活的！

真是奇怪极了！这里怎么会有活的树呢？从前南极半岛的最北端虽然不在极夜范围内，但低温和终年不绝的飓风使得整个半岛没有任何树木生长。即使后来温室效应提升了南极的温度，但夏季阳光中的辐射能过于强烈，植物大概难以承受连续几个月的强烈辐射。况且这里还是在南极圈内，这些树是如何渡过许多没有阳光的日子？即便能够存活，那么起初的种子又是如何来到南极大陆呢？真是不可思议。

蓝天受到了莫大的鼓舞，他不顾疲劳继续往前走。

昏昏的弱光下，前方一片黑乎乎的，竟然是一片稀稀拉拉的树林。

突然，蓝天隐隐看到不远处一只小动物好像在啃噬干尸。他十分吃惊：果然有动物！怪不得刚才看到有被撕咬过的尸体。

蓝天站在那儿一动不动。看着那畜生贪婪的动作，他不得不承认，在这极其荒凉极其严酷的自然环境下，也许这是一种生存的最好办法。那么多的尸体，保存得也很好，大概一千年都吃不完。不过，究竟是什么动物，能够如此顽强如此聪明如此幸运，终于成为自然淘汰和物种竞争的最后胜利者？

蓝天感到极度震惊和恐惧，但作为探险者的顽强不屈所造就的对抗心理使他鼓足勇气，他要彻底了解这件事情。于是，他慢慢地、慢慢地接近，过去了几十米才看清原来是一只狗。

那是一种紧毛皮的狗，有点像一只小鹿。

蓝天想起来了。他在前人类的影视资料里不止一次看到过这种小狗——一种可爱的宠物狗。

蓝天继续接近，想与这只狗有所交流。这时狗也发现了他，或者说，那只狗开始在意他。那畜生抬起头来，蓝天这才发现那狗的眼睛发射出阴郁的绿光，而且长得十分结实，浑身焕发出勃勃生机，已经完全没有了过去那种小鸟依人的温顺。那狗与他对视一会儿，不待蓝天动作，"嗽"的一声就跑走了。

蓝天感觉奇怪，追踪着狗的方向又前进了大约500米。他又发现了一些被啃噬得乱七八糟的尸体残骸。蓝天的心头不禁又一次悲从中来：人类竟然被自己的宠物狗吃掉了！

看来，在这场残酷的生存大拼杀中，由于人类自相残杀，意料不到的结局是让自己的宠物狗生存了下来，千千万万的人类尸体成了这些忘恩负义的畜生的食物。当然，从物种的角度来说也没有什么奇怪，这些畜生本来就是狼的后代，那是一种最具残忍血腥、聪明狡诈、顽强果断又吃苦耐劳，而且极具群体协同作战能力的冷酷杀手。

蓝天的心中极为难过，他的脑袋又一次眩晕起来。大概由于眼前的惨相刺激，一阵阵恶心袭来，他开始呕吐起来。他感觉到心跳气喘，四肢有些轻飘飘的。他不禁奇怪，自己并没有剧烈运动，怎么会这么气短劳累？这时，蓝天摸了一下自己的额头，立刻吓了一跳：原来自己正在发高烧！

蓝天不由一阵紧张，居然连路都走不动了。他只好坐下来闭上眼睛休息一下，准备恢复体力后回到飞碟那里去。

休息了大约半个小时，非但没有丝毫好转，反而加重了难受的感觉，而且还拉了几次肚子。这时，蓝天开始怀疑南极地方是否仍然有许多人类致命的病菌，自己可能已经传染上了什么毛病，必须赶快回到家中调养。

蓝天努力稳住自己，准备起身离去。可是，当他站起来注意周围时，他惊骇地发现，大约有三十几只狗已经包围了他。

可以看出这些狗们垂涎欲滴无限贪婪的样子。它们从来没有品尝过类似于眼前的如此新鲜美味，人类含有水分的体味极度地刺激了这帮畜生，使它们显得十分焦躁不安。几十对绿莹莹的贪婪的眼睛令蓝天不寒而栗。好在这些狗们的块头不大，蓝天捡了一块石头这么一晃就把它们吓出老远。

但很快这些畜生又聚拢过来了，蓝天如法炮制，可第二次的效果差了许多，并且越来越差。到后来，狗们只是跑开了一点点距离，而且不断地试图接近他。看来这些家伙很聪明，这下蓝天有些害怕起来。他认真地审视了一下周围，看看有没有可以充当武器的东西。近处只有一些石块，他想起远处有一些残破的枪支，但他现在没有力量冲过去。于是，他努力收集石块，哪怕是小一点的也不放过。虽然，畜生们似乎暂时也不敢逼得太近，但看来它们绝不想放弃。

蓝天十分紧张，他真的害怕了。但他现在甚至连胡思乱想的机会都没有，他不断地转动身体，以面对四面八方的敌人。

坚持了大概有两个多小时了，蓝天越来越累，气喘吁吁，到后来满头大汗。他甚至没有时间和机会脱下裤子拉肚子，身体状况越来越糟糕。他能够感觉到裤裆里的黏滑，甚至闻到了自己身上的恶臭味。

蓝天继续奋力挥舞着臂膀向畜生们发出威胁，但他的声音越来越轻，动作越来越软弱，甚至他的视线都开始模糊不清……

终于，蓝天倒下了，畜生们蜂拥而上。

今年夏天没有往年那么酷热，雨水也特别多，这大大改善了人们的生存环境。

实验室的生殖机器人在十月怀胎后成功地生产了两个俄罗斯孩子，两个金发碧眼的小男孩。

这太珍贵了！

获得男性的意义非常重大。因为那次地球灾难，除了温室效应以外，由于人类长期环境污染造成了所谓的“荷尔蒙灾难”，使得人类的男性特征每况愈下，男孩日趋稀少，这也是造成人类灭绝的重要原因。当然，这次繁衍俄罗斯血统还有着另一层意思，那就是为了表达对于俄罗斯人的怀念和尊敬。

神山的孕妇们也都陆续生产了。不过，有点遗憾的是，这些孩子竟然清一色都是女孩。真想不到，人类遗传物质样本也不能完全避免环境激素的影响。或者，神山也存在着某些环境问题。

新生命的到来给神山带来了无比的欢乐、无穷的安慰和无限的希望，所有的人们都被动员起来，大家齐心协力投入到这场空前的造人运动中来。

幸亏有了玛利亚。她是那么有知识、有能力而且非常有教养。最重要的是：她有着使不完的劲。要不然这么多的孩子无论如何应付不过来,白云和柳青青因此也可以多做一些技术活。

长老最近身体不好,越发显得风烛残年。不过,从他喜形于色的谈吐中,看得出他同样受到了非比寻常的鼓舞或刺激,他一下子成了人类有史以来最幸福的老人。

一切就像做梦一样:几天之内,山洞里到处都能听到婴儿的啼哭声,人人都忙得不亦乐乎……

神山终于摆脱了覆灭的阴影,开始走向良性循环。尽管不会一帆风顺,但终究是大局已定,前途光明。

雪莲被安排专门负责带那两个俄罗斯小男孩,所以她的担子也不轻。西尔巴也听从了长老的劝说,积极帮助大家忙这忙那,并且他跟玛利亚也不来电。事实上,玛利亚对西尔巴和长老都没有什么特别的兴趣,表现得很淑女。

所以最近以来,神山的气氛都是积极向上,显得和谐文明,很有点共产主义的味道。人们安居乐业,互相帮助,长老则指导大家多多生产"太岁",努力满足越来越多的食物需求。

更为难得的是,柳青青的情绪最近也比较稳定。她似乎开始成熟起来,她甚至学会了注意倾听别人的意见,凡事也学着尽量冷静地思考后再做决定。不过,由于比较忙,她的这些变化并没有引起白云多大注意。倒是诺亚,因为经常出门,一出去就是好几天,当一回到家中,总可以看出青青的些许变化。他能够看得出,青青开始思念蓝天,只不过她自己不肯轻易表露或承认罢了。今天,诺亚又看到青青在发呆,他接连喊了她好几次她都听不到。

诺亚若有所思,已经有好多天没有与蓝天联系了,不知他最近怎么样了。

诺亚回到屋里,赶紧打开无线电,准备和蓝天沟通一番,了解一下他最近的工作情况。

结果电台开通后却无人接听。这个糟糕的家伙,又跑到哪儿去啦?不会又找到了一个大美女吧。要是那样的话,我又得麻烦了。玛利亚还有个按钮可以控制，如果再遇到一个不讲理的大个子……兄弟啊，我也只好把你许配给人家啰！

诺亚想起了蓝天遇到的那些稀奇古怪的事情，也无可奈何地感到有些好笑。看看联络不上，也没有当一回事，去忙别的事了。

后来，诺亚又联系了几次，一连五个小时过去了，都没有回音。

诺亚和白云谈起这件事，两人感到不大放心。而且，白云又喋喋不休地提起病菌的危险性。诺亚虽然有些心烦，但也想到这两年来关于微生物危险性方面是否过于顺利，由此产生了麻痹大意的思想。

那么，蓝天是不是遇到了麻烦呢？究竟是什么样的严重问题使得他这么长时间远离飞碟失去了与基地的联系呢？

"这家伙肯定去了南极洲！"诺亚有些懊恼地说道。

"你怎么知道的？"白云问道。

"他曾经跟我提起过这件事。"

"那你为什么没有阻止他呢？他一个人去那里有多危险哪！"

"我没有同意他去那儿。而且，为了安慰他，我同意过几天多几个人一道去南极洲。"诺亚辩解道。

"唉，这个蓝天，也真是的。怎么现在这么鲁莽，一点不比从前，他好像完全变了个人。"白云说着眼圈都有些红了。

看看还是联系不上，考虑到蓝天的危险处境，诺亚和白云决定马上出发去南极洲。

于是，白云将家中的事情一一交代给青青。青青竟然没有问他们将要去什么地方，似乎她并不关心他们这次多少有些奇怪的旅行。

飞碟二号急速地跃入太空进行亚轨道飞行，流星般地直扑南极。

一种不祥的感觉开始袭上心头，两人都显得心情沉重。

诺亚自责地叨叨："我们对他关心不够，应该经常跟他联络。"

"都是你，没有及时阻止他去南极。这下好了，不知出什么事了。"白云由于心急，说起了埋怨的话。

"我不是跟你讲过了吗？我没有随便答应他去冒险。大概他压根儿没有听取我对他的警告。"

"这可怎么办啊！要是有个三长两短的，如何跟青青交代啊！"

"难道青青没有责任吗？是她把蓝天赶出了家门，这样我们大家也没法照顾他。"

"这可怎么办啊！……这可怎么办啊！……"白云开始抽抽搭搭地哭泣起来。

诺亚更加心烦意乱。

一万三千公里的路程，心急火燎的两人四个多小时就接近了南极洲。

从高空向南方望去，整个南极大陆一片漆黑。远方变幻着的极光有如幽灵一般，诺亚和白云不禁倒吸了一口凉气。这怎么寻找呢？简直就是另外一个世界！

看到如此景象，尽管有所思想准备，两人还是显得有些手足无措。

不得已，诺亚打开无线电，虽然很快就接通了，却照例听不到回答。

诺亚只好打开另外一个小功率无线电搜寻器，结果像预料的那样毫无反应。这是一种非常简单的搜寻仪器，其判断范围只有100公里半径，而且不能测向。但也没有别的好办法，就这样，诺亚和白云在两万米的高空使用搜寻器对黑暗中的大陆苦苦搜索。

不知过了多少时间，不知飞行了多少路程，生性善良的白云也不知掉了多少眼泪……

突然，一道火光冲上天空，像一个巨大无比的焰火。

“啊，我们已经来到了罗斯岛。”诺亚脱口而出道。他知道，从前南极洲只有两处活火山，除了这个罗斯岛以外，另一个就是靠近南极半岛顶端的欺骗岛，而那里原本海拔只有几十米的活火山肯定已经被淹没了，即使它在海底喷发也容易辨认出来。

显然已经到了大陆的边缘，只好折返回头。飞碟继续搜索，然而夜色茫茫依旧毫无线索。

黑暗的世界犹如另外一个天地，一种倒霉甚至死亡的感觉时时袭扰着两个人的心头，气氛压抑得使人透不过气来。这个神秘和令人恐怖的黑色大陆是如此的辽阔，据说差不多有两个澳洲那么广大。要在这么大的地方寻找一个人，又是一片墨黑，这怎么可能呢？

紧张的搜索不知不觉又过了好几个小时，在飞行了无数路程以后，能见度稍稍有了一些改善，因为现在飞碟在向北方飞行。

突然，眼尖的白云惊叫起来：“你……你看！……快看！”她激动得有点语无伦次。

诺亚凑过去一看，居然看到了奇异如金字塔般的山顶。

月亮悬挂在天空，一些云层被地平线下的阳光照亮，而绚丽的极光在满天星星的映衬下放射向地面。月光、霞光和极光交相辉映，竟然把那个出类拔萃的山峰染成了一抹浅浅的金色。

“那就是著名的南极最高峰：文森峰。”诺亚说道。他的反应很快，马上就做出了判断。

“我们到了南极半岛？” 白云有些惊讶。

“是的，我们已经来到了南极半岛的最南端。”诺亚接着说道。

“那我们过去看看，过去看看吧？”白云有点性急。

“简直像个灯塔。”诺亚没有回答白云的问话，他继续喃喃自语：“简直像个无与伦比的灯塔！”他说话缓慢有力，似乎带着某种思考。

“要是能够指引我们前进的方向就好了。”白云的话中寄托了她的希望:“帮助我们快快找到蓝天吧!”

听到白云的嚷嚷声,诺亚应道:“好吧,我们过去看看。”

有棱有角的山峰,显得分外靓丽。不过,由于他们都有心事,也没有心情去欣赏这般美好。诺亚默默地驾驶飞碟来到了山的背面,他打开探照灯,在黑黝黝的山背面搜索起来,可找了很久也没有发现什么异常。于是,诺亚又将飞碟不断地变换角度进行照射。果然,山坡上出现了三个特别的亮点。

“这就是长城一号!中国在南极洲建立的地球物种基因库。”诺亚信心满满地说道。

“你这么肯定?”

“我以后告诉你原因吧!现在我们得赶快去寻找蓝天,不能再耽搁时间了。”

“可是,我们到哪里去寻找呢?”

“这是南极洲最高点的文森峰。它像灯塔一样在冥冥之中指引我们前进。”

“我还是不明白我们究竟往哪里去。”

“往东北方向,南极半岛!”

“啊……”白云也一下明白了。

蓝天一定在那里,因为那里是南极洲曙光升起的地方。

飞碟二号向着东北方向进发,仅仅半个小时,无线电搜寻器里便有了反应。

啊,蓝天就在附近!

晨曦照亮了大地。虽然有些朦胧,但地面上的物体基本能够看清楚。诺亚和白云继续努力寻找,又过了二十几分钟,终于找到了蓝天的飞碟一号。

诺亚和白云不敢冒冒失失走出飞碟,只好将自己的飞碟停在旁边对飞碟一号进行观察，发现里面确实没有人。

很显然凶多吉少，白云的眼泪马上又掉下来了，她两手掩面而泣。

诺亚的眼睛里也充满了泪水，他默默祈求老天爷庇佑这位善良的好兄弟，希望他能够逢凶化吉平安无事。他不断地告诫自己：冷静，必须冷静！

由于不敢随便走出飞碟，诺亚只好小心翼翼地驾驭飞碟贴着地面飞行。地面能见度不错，再加上探照灯重点区域的照射，可以很清楚地进行搜索。

很快发现了漫山遍野的人类遗骸。

“这是什么地方？怎么会有这么多尸骨？”，诺亚的声音明显带着颤抖，而此时的白云更紧紧地搂住诺亚在瑟瑟发抖。如此多的死尸，阴森森不见阳光，真像到了阴曹地府。加上对于蓝天的无限担忧，两个人竟打起了寒战，心慌恐惧得头发都快要根根竖立起来了。但他们不能停顿下来，一刻都不能懈怠，还得继续寻找。

两人围绕着飞碟一号展开搜索，不久就发现了蓝天的头盔。而在离头盔不远处，孤零零地一具骸骨，旁边被撕扯得破破烂烂的显然是蓝天的衣服。看来，蓝天已经遇害！

诺亚的脑袋“轰”的一声炸响，泪水使得视线立刻模糊起来。他无法继续驾驶，只好马上将飞碟停在了地面上，这时白云终于忍不住放声号啕大哭起来。

诺亚的脑子一片混乱，一向沉稳的他现在竟不知如何是好。他只是不停地叹息：“这怎么办呢？……这怎么办呢？”

就这样夫妻两人伤心了好长时间，待白云稍稍冷静了一下，诺亚小心翼翼地提议道：“我们去把他的尸骨收拾一下吧。”

“不！”白云的反应奇快。“如果要走出舱门，一定要检验周围的微生物环境。”

“蓝天不是曾经在外边活动了吗？”诺亚还是有些不解。

“你难道不觉得他的死很有些蹊跷吗?”白云显得有些生气。

诺亚只好沉默了。其实他也感觉到了蓝天的死亡并不简单，只是总忍不住某种冲动。

蓝天的死亡对于他们的打击实在太大了，连诺亚都失去了冷静。白云因为过于害怕，而且更担心诺亚的安全，所以她死活都不让诺亚采取任何未经深思熟虑的举动。

“抓紧进行微生物试验吧?”白云小心翼翼地提醒诺亚。诺亚知道她是对的，只好点了点头表示同意。

于是，两人不顾连续的辛苦与劳累，谨慎地对蓝天尸骨旁以及其他选定的取样点用机械臂取了土壤样本。白云坚持着把实验安排好，然后等待培养结果。

趁着培养细菌的间隙，两人抓紧时间休息。可是，他们好长时间都是大眼瞪小眼，怎么也睡不着。无论如何，他们都不能忘记这个活生生的伙伴。二十年共同生活一起长大，而现在却阴阳两隔。诺亚一直闷闷地没有半点声响，而白云却又忍不住嘤嘤地哭泣起来。

很久，也许是实在太累了，白云终于睡着了，她的脸上依然挂着两行泪迹。

十二小时后，快速分析结果出来了。果然检测到了两种烈性瘟疫病菌和另一种毒性较小但也可以致命的传染病病毒。

显然，南极洲曾经爆发过许多次极其严重的瘟疫，而较低的温度和干燥的自然条件使得那些致命病菌长期保存了下来。从现场混乱的情况看来，显然还有野兽存在，而野兽又会把病菌到处撒播。

“此地不宜久留。”白云说道。现在的南极洲果然是个极其危险的地方。

“唉！蓝天的尸骨也无法带走，只能就地掩埋了。”诺亚显得无可奈何。

正说着，有两只小狗向这边走来。诺亚起先十分惊讶，他怎么也没有想到这里的野兽居然是从前人类的宠物。可诺亚马上就恼羞成怒，因为这些畜生居然敢啃噬蓝天的遗骸。

显然它们就是杀害蓝天的凶手。

诺亚立刻启动飞碟，过去将狗群驱赶开。可狗跑了一段路程后停下不走了。诺亚的怒气未消，他又驾驶飞碟飞过去，准备用飞碟的底部将狗压死。但被白云制止："算了，何必与畜生一般见识。"

诺亚想想也觉得自己有些失态，这是自然法则，也算某种生态平衡吧！他长叹一声驾驶飞碟回到了蓝天的飞碟一号旁。

诺亚和白云都穿上微生物防护服，白云先跨出了飞碟。她来到飞碟一号旁边，打开舱门，开启了里面的紫外灯进行消毒。与此同时，诺亚将飞碟二号转移到了蓝天遗骸附近，他也没有忘记顺手开启了飞碟内的消毒灯。然后，他拿过一把铲子推开舱门跨出飞碟，马上开始挖掘。沙土比较疏松，诺亚很快就挖了一个大坑。接着他把蓝天的骨骸用铲子推入坑里，又将蓝天遗留的破烂衣物也一并放了进去。为了防止野兽再来打扰蓝天，诺亚将土坑平整后，又搬来了许多石块。他用大的石块先放置了一层，再接着往上垒，较小的石块放在最上面。忙碌了好一会，终于垒起了一座坟墓。诺亚凝望着新垒的坟墓，止不住又一次热泪盈眶……

在诺亚忙碌的时候，白云没有过来帮忙，她消毒完了以后一直在飞碟里哭泣。

一个多小时候后，白云驾驶飞碟一号腾空而起。诺亚的飞碟二号也紧跟着起飞。

要离开了，两架飞碟绕着蓝天的坟墓久久盘旋，几十分钟后才慢慢离去。

飞碟向着北方飞行。白云并不担心飞碟外表的瘟疫病菌，因为高空超乎寻常的过冷度或者酷热以及强辐射环境等都具有良好的消杀效果。

诺亚和白云无比沉痛地向南极洲告别。

这里是地球最后的绿洲，也是亿万不幸人类的安息地，蓝天在这里应该不会寂寞的。

再见吧！蓝天，好兄弟。

再见吧！漫漫夜幕下的南极洲。

蓝天遇难的消息，犹如晴天霹雳，一下把青青打懵了。她竟然毫无表情地几十分钟，然后歇斯底里大发作。先是号啕大哭，继而不停地狂笑，后来又猛刷自己的耳光，把白云吓得瑟瑟发抖。

诺亚上去紧紧地抱住她，想让她镇静下来，想不到被青青左右开弓打了两个耳光。

诺亚突然挨了两个耳光，傻呆呆地有些不知所措。

疯狂的青青很有些蛮力，诺亚的嘴角流出血来，他直觉得脸上火辣辣的，捂着两腮蹲在旁边。诺亚心里其实一直有愧，觉得没有照顾好蓝天以至于出现这样严重的后果。不要说两个耳光，就是被青青捅上几刀子他也不会有半点埋怨。

不过，青青打人其实纯粹是为了发泄，倒并不是对诺亚有什么成见，因为她差不多已经疯了。

……

青青病倒了。

她一直高烧不退，有时还手足乱舞地瞎嚷嚷。睡着了时不时会说梦话，都是些骂人的粗话。清醒时，偶尔也哭泣着不停地说些自责的话。

整整一个星期，青青才基本病愈。但她整个人完全变了样子，憔悴不堪，整天沉默不语。她努力做事，一刻不停地做事情，而且比以前认真了许多。

第二十章　血沃大地

诺亚最近越来越忙。除了神山和家里的事情以外，他还要忙于地球的播种。整个西伯利亚地区，他选择了几十个较为合适的地点进行了播种，西藏地区也抽空撒了一些种子。

一天，诺亚飞越东西伯利亚和白令海峡，来到了著名的育空河流域，寻找适合播种的地方。

原来，育空河的下游与另一条被称作卡斯科奎姆河的下游共同形成一面积广大、沼泽遍布的河口三角洲。类似于河口三角洲那种地方是最适宜于播种的地方。但诺亚估计现在那里已经完全被海水淹没了，新形成的下游河口地区不知到了什么地方。

果然，海洋上溯了好几百公里。新的下游地区河谷也宽达几十公里，一望无际的沼泽湿地。河面仍然很壮观，浩浩荡荡的水面蜿蜒曲折地流过湿地，注入大海。

诺亚每隔大约十公里或二十公里，就选一块合适的地段撒播一些种子。

这些种子一般都是若干种类的混合物，其中有草类也有灌木或别的什么树种。根据土地湿度的不同那些种子分成了几个大类，以便适应不同的地区。

就这样，诺亚大约播种了十几个点。

由于在南极洲又发现了种子库，诺亚现在比以前大方了一点，但依然很谨慎，也很讲究科学。他不断地寻找合适的地点进行播种，连续工作了几个小时。

在快到上游地区时，地理状况发生了很大的变化。河谷变得越来越窄，河流也越来越湍急。

看样子前面就是落基山脉了。就目前的气候条件，山区还不适合生长植物。诺亚决定回头，结束今天的播种。

在回来的路上，为了扩大考察范围，诺亚偏离了育空河流域，偏向南方进入了阿拉斯加山脉上空。

这时，太阳照在飞碟一块金属部件上。

这是一块月球陨石冶炼的合金。虽然，这块金属的主要成分仍然是一种地球常见的普通元素，但其中却也夹杂了若干别的元素，由此成为一种神奇的合金，具有某些优异的特种性能。

然而，阳光射线的激发却使得一道特殊频率的光射向地面。

高耸入云的麦金利山上有一台识别元素的光学仪器。当这台仪器的石英玻璃窗口偶然接受到这道特别的光谱以后，立刻识别出一种新的元素，一种地球上没有的新元素。

代表当年美国顶尖科技的星球防卫系统——“地球之盾”，在沉默了150多年以后立刻自动发出了警报：

发现新元素，发现新元素，判断为外星人入侵！……外星人入侵！……外星人入侵！

无线脉冲信号迅速传递着危急的信息。这些人类遗留的自动化工程在受到信息激励后，某些有效部分艰难地开始运作起来。

当年人类行将灭亡之际，最后的值班军官不得不极其悲观地将整个“地球之盾”推入自动控制程序。为了尽最后的努力保卫已经完全丧失星际战争能力的人类，自动程序万般无奈地被进入“对于太空入侵生物格杀勿论”的极端指令。

从那时起，“地球之盾”这套贯穿整个美洲的防御系统，一直忠心耿耿地履行着自己保卫地球保卫人类的神圣职责。在人类大祸临头到最终灭亡的将近100年岁月里，这套系统一直恪尽职守运行良好。

从北美洲的阿拉斯加群山沿科迪勒拉山系跨越整个南美洲绵延15 000公里，太空导弹一直严阵以待。隐藏在群山深处的导弹发射井直指天穹，任何想染指地球的地外飞行器都将毫不留情地被粉碎并在大气层里化为灰烬。此外，人类最尖端科技武装到牙齿的机器人突击队士兵也一直处于待命状态。即使在地球最艰难的岁月里，落基山脉的气温曾经一度高达85摄氏度，这些功能强大的高科技兵器仍然有效。

但是100年以后，系统中的许多运动部分开始损坏，导弹发射系统的机械部分也开始丧失功能。“地球之盾”的监测部分在丧失了运动功能以后监测范围大大缩小，不过监测系统的光学部分与没有运动部件的半导体集成电路却一直还在正常运行。

诺亚并不知道，他们是幸运的。因为旧人类的太空武器系统已经失效，否则他们在地球大气层以外就将被准确击落。但他们也将是不幸的，因为仍然逃不脱残酷的战争考验。“地球之盾”系统的残余有效部分将代表旧人类以最先进的科技装备，以及祖祖辈辈血与火的冶炼中造就的冷酷无情和非凡的果断对外星人侵者进行血腥追杀。

现在，在原美国落基山脉的一处大型工事里，一些机器人正在慢慢苏醒过来。

这里的机器人都属于最后一批封存，专用于地球最危急的情况下，所以它们都制作精良，工艺先进，软件在当时也堪称一流。

但尽管如此，在过去的一百几十年里，由于得不到妥善管理和维护，有些机器人已经永久性地损坏，大概永远也爬不起来了。有些机器人则好像有什么毛病似的，一次次地努力着可就是爬不起来。

最先醒来的是一支由于身着黑色的光伏电池，故而名为“黑鸵鸟”的绝杀部队。

这些机器人被输入的最后指令就是绝杀所有侵入地球的外星

生物，不惜牺牲自己来保护地球上已经脆弱不堪的残余人类。

不过，由于年代久远，这些机器人最先进的激光武器大都已经失效，现在能够使用的基本都是原来用于防卫的轻武器。由于那些轻武器结构简单而且都是机械装备，在密封良好的情况下，直至现在都保持了良好的性能。而使用纳米技术创造的负催化剂更使弹药的化学稳定性达到了惊人的500年时间。

这些黑色的古怪家伙三三两两十分缓慢地爬出基地。看起来，它们有的非常像人类，而有的却像某种动物，甚至有的就是一辆车子。它们爬出山洞后都静静地排列在酷烈的阳光下，接受太阳的暴晒。

大约半个小时后，这支颇为怪异的军队就懒洋洋地顶着烈日出发了。

机器人们行动缓慢而迟钝，拖拖拉拉无精打采，但方向却很明确，一直在向北方进发。

随着日照时间的增加，机器人渐渐活跃起来，它们前进的速度也渐渐加快了。

又过了一个小时，它们有的开始组合起来。有些机器人爬上了车型运动机器人身上，有的盒型机器人像变形金刚一样伸展出了翅膀，于是这支部队大大加快了前进的速度。

很难说这些机器人的智慧如何，因为它们的功能很单调。

若论战斗或杀戮的技能则可令真正的人类望尘莫及。它们的心中只有一个念头：杀死所有的外星入侵者。在它们的计算机贮存器里，贮存了人类最为经典的杀人方法和最诡秘最卑鄙的伎俩。

原来的设计师甚至还为这些家伙安装了模拟的“人格”，使它们觉得自己很高尚。所以，这些机器人具备了人类英雄般的战斗意志，看上去一本正经，一副因为正义事业可以万死不辞的神圣样子。

几天后，经过翻山越岭长途跋涉，机器人部队到达白令海峡，终于停下了前进的步伐。

因为另一次远赴加拿大地区的播种，诺亚又一次路过白令海峡。

诺亚在偶然间发现了这支非常古怪的军队，觉得十分好奇。于是他低飞观察，却不料迎头遭到一阵猛烈的射击。

幸亏飞碟的材料非常耐受机械打击，尤其是那一层薄薄的石墨烯制造的有机装甲，甚至可以抵御穿甲弹。

诺亚大吃一惊，这完全出乎意料。莫名其妙不打招呼地就是一通打击，这也太离谱了。

对于从未经历过阶级斗争的诺亚来说，遇到的仅仅都是与自然界的矛盾，现在面对面的冷酷杀戮令他感到大惑不解和极度震惊。

这支怪异而又充满敌意的机器人部队，终于引起了诺亚的警觉。虽然他怎么也想不起来，自己或自己的朋友到底何时何地得罪了何方神仙，但似乎这支可怕的队伍是专门而来，有备而来的，并且显然居心不良。

于是诺亚没有走远，他停留在白令海峡的另一侧，准备好好观察那批怪物的动向。

大约傍晚时分，“黑鸵鸟”们吸足了能量，分成单兵或以某种组合向西边的白令海峡另一侧摇摇摆摆地飞去。

这时的白令海峡更加风急浪高，北冰洋吹来的云团在海峡上空翻腾并撕扯成许多碎片急速地向南方漂移。

海峡，不啻是一道死亡的门槛。

可是那些机器人全然不顾死活，显得非常英勇顽强。它们忽高忽低艰难飞行，大有前仆后继之势。一阵狂风吹来，一个机器人掉入水中。但这完全没有影响其他人的飞行。

所有的机器人都全力以赴，勇往直前，毫无惧色。就这样，它们整整飞行了一个多小时，才终于越过了海峡，结果有若干个机器人掉入水中不见了。

最令诺亚感觉不妙的是，机器人们好像随时随地了解他的行踪。因为它们的目标非常准确而且似乎可以及时修改追踪的路线。诺亚故意改变了路线不久后，他就很快发现，那些家伙正在向他现在的方位尾随而来。

好在诺亚已经领教过它们的火力，自感飞碟材料的坚不可摧，所以暂时不太担心自己的安全。他待在原地静静地等候那些机器人的到来，这样做是必要的。

诺亚不能继续逃跑，他必须了解那些家伙，由此评估机器人战士对于目前人类的危险性。如果那些机器人被最终确认是专门来寻衅的，那么将会有残酷的战斗在等待着地球基地的人们。

诺亚的飞碟停留在一个山头上，他居高临下占据着有利地位。

果然不出所料，一个多小时候后，那支黑色恐怖的军队就把诺亚的山头团团围住了。只见漫山遍野地爬行着几百个各式各样的机器人，它们都携带着各种各样怪异的武器。

当包围圈变得较小时，有三分之一的机器人飞了起来，又从空中将诺亚的飞碟围了起来，并且很快就对准诺亚开火了。

子弹"乒乒乓乓"地打在飞碟上。虽然飞碟并无损伤，但人在里面也感觉不舒服。不仅震动很厉害，而且老是担心飞碟会被子弹打穿。

于是，诺亚驾驶飞碟很快跃上了天空。

这时，一道闪光略过，引起了诺亚的警惕：可能是激光武器。飞碟材料对于激光的防卫能力较差，它们有可能打坏飞碟。

诺亚赶紧启动"遥远的距离"反重力仪。

随着反重力仪的启动，飞碟在"黑鸵鸟"的视线里消失了，而诺亚却能够看到它们。

诺亚看到那些家伙像无头的苍蝇一样盲目地胡乱射击，显然不知道他在哪里。

诺亚很快回到了第一村。他召集青青和白云开会，把发现“黑鸵鸟”的情况告诉了她们。

随后是一阵令人窒息的沉默，显然她俩缺乏思想准备，看上去有些惊慌。

所以，最后还是诺亚先开了口：“我们必须抓紧备战，至多两个星期，那些凶恶的家伙就可能赶到。当然，也许它们不认识路，到不了这里。毕竟，天地这么广大，路程如此遥远，地理状况也极其复杂，难道它们真的有某种神奇的本领，能够一直追踪到这里？不过，绝不能麻痹大意！除了穷凶极恶以外，看起来，它们真的非常善于追踪。”诺亚难得这么啰啰嗦嗦喋喋不休，看来是被人家给吓坏了。

青青朝诺亚看了看，看得出她对诺亚的过分小心有些不满。

“好吧，我到神山去布置一下，再把雪儿也弄到神山去。那儿可以构筑工事，地形非常有利于防御，比较安全。”白云接着说道。

“实在不行，就准备把神山山腰的洞口封闭起来，再派人驻守山顶以防万一，一定要确保大家的安全。”诺亚紧接着又补充了一句。

见青青不开口，诺亚转过头来，轻声问道：“你有什么意见？”

“对我来说，是不到江边不脱鞋；对它们来说，是不见棺材不掉泪。它们要是敢来，我就统统杀死它们！”青青的眼睛里闪着杀气阴阴地说道。

“也许你是对的。不过还是要早作准备，要是让人将这里的坛坛罐罐都打翻了，我们往后就没法过日子了。”诺亚对青青说话总是特别的婉转。

就这样讨论了好久，会议最终决定：家中由白云会同神山的人们进行防御和自保，而诺亚和青青作为机动力量主动对付“黑鸵鸟”，由此减少神山方面的压力。

用了两天的时间，诺亚和青青配合白云将神山的防御部署完毕，然后他俩一起驾驶飞碟二号去了中西伯利亚普托兰纳高原，来到了“峭岸湖王国”附近的武器库取了两支狙击步枪和许多子弹。

诺亚和青青一边熟悉武器性能，一边努力模仿电影中旧人类种种战斗状态。

青青很快就进入了角色，她目露凶光的神态俨然一个嗜血杀手。而诺亚却显得有些别扭，他充其量看上去有点像戏台上的武生。

诺亚和青青认真展开了搜索，但是并不顺利。因为整个西伯利亚实在太广袤了，简直无边无际。虽然需要搜寻的目标不算小，但也无异于大海捞针。

不过，不是冤家不聚头，其实他们也不用着急，实际上双方大体上是在不断接近中。一直到第三天早晨，果然发现了机器人，它们竟然也来到了中西伯利亚。

诺亚和青青在高空看到，那些机器人正冒着酷烈的阳光行进，而前进的方向似乎与诺亚青青来的方向颇为一致，这深深加剧了诺亚的忧虑。

而青青好像没有想得那么多，她一见那些黑乎乎蠕动着的东西，立刻兴奋起来，好像猎狗看到了猎物一般。

诺亚将飞碟迅速靠上去，结果很快就被对方发现了。立刻，机器人的枪口对准了这里毫不犹豫地开枪射击。

诺亚赶紧发动反重力仪，这才躲过了攻击。

过了一会儿，诺亚驾驶着飞碟回过头来又悄悄接近那些机器人。现在对方看不见这里，而那些机器人却暴露无遗。

青青兴奋得尖叫起来，她将飞碟舱门露出一条缝，举起步枪就射击。

可是，很快发现没有任何射击效果。经过诺亚仔细观察研究，结果发现，他们射出的子弹不知飞到哪里去了，根本就打不准。看来，屏蔽重力场的一个副作用就是对惯性运动中的角动量也有影响，所有射出去的子弹都不知乱飞到了什么地方。

这样，诺亚只好关闭反重力仪。随后青青的子弹一下打中了一个机器人，她乐得“哇哇”大叫起来。

可是只见那家伙只是翻了一个跟斗，然后很快就爬起来继续战斗。

青青又用两颗子弹打穿了那家伙。这次终于倒下了，可顽强的机器人并没有死去，还是不断地在地上爬行。

这时，有许多子弹瓢泼般朝飞碟打来，其他的机器人都已经发现了飞碟。

由于火力上的劣势，以及自身的安全考虑，诺亚只好重新发动反重力仪将飞碟隐蔽起来。

通过这次正面交锋，诺亚发现那些机器人不但十分顽强，而且很难将其杀死。

怎么办呢？决不能将他们引向西藏高原。于是，诺亚和青青经过一番商量，然后驾驶飞碟向西进发。果然，那些家伙跟了过来。

为了引诱对手，诺亚和青青一直飞到西西伯利亚海的另一侧，也就是乌拉尔山上等着那些凶恶的机器人。

乌云遮盖了整个天空，大海翻滚着几十米高的波浪滚滚而来。辽阔的西西伯利亚构成的可怕海洋，如果没有相当先进的飞行器，这里就是无法逾越的天然屏障。

诺亚倒要看一看，那些疯狂的家伙有没有能耐越过如此辽阔凶险的海面。

“我想那些家伙大部分会掉到海里淹死，那样就省得我们费事了。”诺亚望着滔滔的大海幸灾乐祸地说道。

“那样就太便宜了，我想要亲手杀死它们。”青青恶狠狠地说道。她看上去还是有些变态，似乎只有杀人才是最痛快的事情。

“唉，我还是不想杀死那些机器人。它们毕竟只是受程序控制，如果能够抓住它们修改一下程序就好了。”诺亚嘟嘟囔囔地自言自语。不过他说话的底气明显不足，因为现在大家对于旧人类高超的计算机软件其实根本就没有办法。

可青青却把诺亚的话当真了：“怎么？你想俘虏机器人？那些机器人的力气肯定很大，你绝对抓不住它们的。要是你偷鸡不成蚀把米反而被它们抓住，我肯定救不了你。”

“我也知道危险，但那些都属于高科技产品，我们又缺乏人手，杀死它们确实可惜。”诺亚继续辩解。

“那帮家伙可不比你的玛利亚。玛利亚只是一个人，她最多把你强奸了，说不定还会一直爱着你。可眼下就不会那么浪漫了，好像里面还没有一个雌货。”青青刻薄的话语越说越难听。

“你说得也是，看来那些家伙是执意要来灭咱们的。”诺亚并没有介意，他倒是希望青青多说话，这样对她的健康有好处。

第二天，诺亚和青青重新返回对岸。他们要验证一下那些可恶的家伙是否都已经被淹死了，但看到的情景却让人大吃一惊。

原来机器人并没有投海自尽，而是非常狡猾地在向南方进发，大约已经前进了四百多公里了。不知道它们是想迂回追击还是准备去西藏高原。

不行！得想办法阻止它们。诺亚和青青商量了一下，很快就想出了克敌制胜的办法。

接下来，诺亚和青青与他们的对手玩起了新的游戏。飞碟二号始终在机器人前方一两百公里的地方，而前进的方向则是中国的新疆。

几天后来到了新疆。

这里果然其热无比。整个新疆都是一望无际的沙漠，太阳照得沙漠如烘炉一般，飞碟根本就不敢靠近地面。

很快，诺亚和青青就来到了火焰山的上空。

这是一个著名的地方，神话小说《西游记》将这里描述成最为恐怖的地方。

小说里的火焰山并不是虚构的，而是确有其事，据说确实是世界最令人闻之色变的热极点。

不过如此吓人的温度并不完全是太阳的原因。这里的地底下原本是一片深而广阔的巨大煤田，不知为什么，这些煤田的某些部位始终在燃烧——一种被称为地下煤的自燃现象。这样闷烧着，氧化过程十分缓慢。这一烧就是几千年，一直烧到现在。

这次，诺亚和青青的如意算盘就是欲将那帮黑色的恶棍一起烧死。

两天后，那些家伙果然又追来了。

看到这情形，诺亚青青驾驶飞碟掠过火焰山，于是机器人们也向火焰山蜂拥而来。

诺亚和青青本想在高空中看热闹，却不料又一次看到了惊人的场面：那些家伙根本不在乎摄氏两百度左右的高温。事实上，看起来它们仍然非常喜欢已经变得更为酷烈的阳光。

机器人们在烧烤的温度下充满了享受，竟然变得空前活跃，像有着使不完的劲。越来越多的机器人甚至都飞起来了。

真是弄巧成拙！

这下诺亚黔驴技穷，只好继续将它们引向西方。

但诺亚和青青不知道，此时已经有另一些机器人悄悄奔西藏高原而去了。

人们一直搞不明白，那些机器人是何以知道诺亚他们行踪的。其实道理非常简单，出卖人们行踪的是某些电磁波，因为地球上现在没有任何其他的智慧无线电讯号。对于智慧无线电讯号的追踪和定向很容易了解讯号源的位置。

其实，神山或第一村的方位早就暴露无遗。这就注定甩不掉机器人战士的追踪，殊死的战斗在所难免。

再说神山方面，几天下来，人们的战备工作进行得差不多了，白云才稍稍松了一口气。

现在第一村只剩下最后的一些物品，白云正在那里搬运进飞碟一号。这些都是目前神山急需的物资，尤其是一些药品，万一急用就要马上到位，不能有丝毫闪失。

就在这时，三个飞行机器人来到了这里。它们一见到白云，二话不说就开枪射击，子弹打在舱门上发出爆震声。幸亏刚巧白云已经进入飞碟了，说时迟那时快，白云赶忙关好舱门。飞碟急速升空，然后一路疾驰来到了神山。

来到神山后，白云顾不上喝一口水，就立即与诺亚进行了无线电联络，告诉了这里的危机情况。

诺亚听后大吃一惊，立刻下令封闭神山山腰的洞口。白云很快就安排好一切。封闭洞口的工作由长老负责，并由玛利亚等协助。

由于早就做好了群众的动员工作，神山里团结协作同仇敌忾，人们决心誓死保卫来之不易的好日子，誓死保护他们的孩子。

神山脚下，白云静静地坐在飞碟里等待那些坏家伙的到来。

老远看到了几个机器人，它们连滚带爬，又跳又飞地冲了过来，白云这才驾驶飞碟升空。她一直飞到神山的峰顶，只见雪莲和西尔巴已经在那里等着她了。然后，白云和他们一起进行战斗准备。

山顶上有许多大小不等的石块，西尔巴又带来了两根大棒。

可是白云环顾四周，却再也找不到别的什么可以利用来充当武器了。

就装备来说,这边显然太过简陋。除非在不利的情况下躲进山洞内部,利用洞内错综复杂的环境进行“地道战”,否则很难取胜。

不过尽管如此,白云并不太担心。因为她估计,那些机器人无法爬上这么高的山顶。

一切布置妥当,白云才与诺亚联系,叫他放心,神山方面都已经准备就绪。

正当白云运筹帷幄,稍稍喘息之际,想不到那些机器人却并不进攻神山山腰的洞口,而是一路朝山顶而来。

神山峰顶,西尔巴叫白云在旁边休息一下,由他看守阵地。

两个小时后,一个蝙蝠一样的机器人连爬带飞地上了山顶。

西尔巴见状大叫一声,猛扑了过去。

蝙蝠黑洞洞的枪口对准了西尔巴。好个西尔巴全无惧色,勇敢地继续冲过去,却把后面看得明白的白云惊得魂飞天外。

正在千钧一发的时候,一个非常离奇的事情发生了:“蝙蝠”居然对着西尔巴跪了下来。然后它转过脑袋,哆哆嗦嗦地用枪瞄准白云。

愣头愣脑的西尔巴却顾不了许多,抡起他的大棒,一下就砸碎了蝙蝠的脑袋。

这时,后面的一只蝙蝠见状慌了神,它胡乱地对着白云的方向放了一枪。

西尔巴急得大吼一声,那家伙一下就愣住了,茫然不知所措。

说时迟那时快,西尔巴急跑几步,一把抱住蝙蝠将它举过头顶狠狠地摔落在石坡上,一下将其摔死了。

这时,白云才意识到,那帮机器人对于她的态度与西尔巴截然不同。正所谓冤有头债有主,似乎专门来找她寻仇的一样。真是莫名其妙,不可思议!

于是,白云如此这般地吩咐雪莲和西尔巴要好生看护神山。她自己驾驶飞碟立刻离开神山。

果然,白云很快就发现,剩下的那些机器人都纷纷离开了神山来追踪她。

那些异常凶恶的家伙似乎对神山的人们丝毫不感兴趣,包括山洞里面的玛利亚和雪儿,这多少使得白云稍稍放心了一些。

白云和诺亚、青青取得了联系,原来他们两人已经到了高加索地区。

白云又进一步核实了神山方面确实没有安全问题,然后她驾驶飞碟去和诺亚、青青会合,准备加入最后的大决战。

说起高加索,不禁令人想起了蓝天。

蓝天曾经不止一次谈起过高加索的神奇,这给诺亚留下了深刻的印象。

果然,高加索地区怪异的地理和神秘的气象简直令人惊讶得透不过气来。诺亚决心要在这里展开一场大决战,希望能最终消灭那支凶恶的机器人部队。

诺亚明白,就眼下的情势,如果没有天时和地理的优势,就完全没有胜算。

经过两个多小时的飞行,白云和诺亚、柳青青在高加索会合了。

在接下来的三天里,他们一直在考察地形,分析气候,制订计划。当然,他们更希望那些机器人不会找到这里。因为如果敌人能够找到这么隐蔽这么遥远的地方,那本身就是一件极其可怕的事情,这表明对手具有相当高超的科技水平,要战而胜之绝非易事。

当所有的计划基本有了雏形后,诺亚他们主要集中在原哈萨克斯坦地区活动。

哈萨克斯坦现在整个都是沙漠地区，周边广阔的地域也同样都是一望无际的漫漫黄沙。这里三天两头都会刮起极为猛烈而且有许多巨大漩涡的沙尘暴。沙尘暴在辽阔的沙漠里肆虐，遮天蔽日横扫千里。

不出所料，到达哈萨克斯坦的第二天，他们三人就惊恐地发现，几百名机器人分成若干组也来到了附近，而且看起来那些家伙精力充沛斗志昂扬，前进的速度也比以前快了许多。

诺亚将对手引入沙漠深处，等看到几十公里以外沙尘暴即将到来之时，他迅速飞上 6 000 米的空中。可笑的是，不少机器人也跟着起飞追踪，但终因速度和高度都远远跟不上诺亚而落在后面。

很快，强大的沙尘暴就来到了。

诺亚故意进入风暴的漩涡中心，那漩涡中心有大约一公里的平静区域。只见四周围都是一片乌黑，就像被围在一口巨大无比的深井里。

狂暴的旋风无情地刮向那些机器人。不过机器人并不害怕，说时迟那时快，只见它们迅速蜷缩起来，任凭风暴将他们吹打翻滚。

半个小时后，风暴过去了。机器人纷纷从沙堆里重新站立起来，迅速结集，很快重新整理队伍恢复了战斗状态。

诺亚和白云看到这些，两人都气得七窍生烟。但也没有办法，他们只好去和青青的飞碟一号会合，再商量对策。

三人通过无线电商量了半天，也没有什么妙计出来，诺亚急得直挠头。这时，他们刚好来到了与乌兹别克斯坦交界的咸海地区。只见那咸海里居然没有一滴水，苍苍茫茫上千公里白花花的盐碱地，在灼热的日光照耀下，白得有点儿炫目。

一个半小时后，机器人部队也追踪到了这里，诺亚一行只好往咸海深处继续撤退。诺亚想看看那些机器人在这么一大片白色的广大地区会不会迷路。

经过进一步的观察，诺亚发现机器人确实对他们的行踪了如指掌，看来这辈子都别想摆脱追杀了，诺亚感到恼羞成怒却又无可奈何。

但也有令人安慰的事情，居然有一个机器人莫名其妙地死掉了。

大家对这一现象分析讨论后认为，可能是盐碱地的盐分影响了机器人的电路系统，导致故障从而使得那家伙死去。

渐渐地，一个大胆的计划在诺亚心中产生。

第二天，诺亚一行来到了里海上空。

大概已经很久没有下雨了，酷热的高温居然把里海差不多一半的海水都蒸发掉了。现在里海中地势较高处出现了大片的盐碱地，白花花的和咸海一般模样，好几个原来的小岛变成了一个个大山头，三人决定就在这里等待机器人到来。

但这个鬼地方实在太酷热了，以至于即使开上空调，飞碟在地面也待不上半个小时。所以，实际上，他们是在几千米的空中在耐心等待着那些恶棍的到来。

几个小时后，机器人们蜂拥而至。当它们进入这片白得耀眼的盐碱地时，丝毫也没有减慢前进的速度。只见它们迅速占领了那几个岛屿变成的山头，然后若干飞行能力较强的机器人不断地冲向天空，试图与诺亚一行交战。

机器人们飞上天空，然后再开枪射击。

诺亚、白云和柳青青沉着应战，将全部的机器人牢牢地吸引在里海的中央地区。

双方展开了拉锯战。就这样持续了两个小时，始终不分胜负。

机器人们愈战愈勇，柳青青也杀红了眼睛。地面上已经摔死了几个机器人，战斗却越来越激烈。

白云有些担心，诺亚却运筹帷幄，似乎颇有信心。

就这样，艰苦的消耗战持续了整整四天。

终于，在第五天的早上，北方出现了浓密的乌云，一道道闪亮的电光划破长空像一把把利剑般刺向大地。

诺亚加紧与机器人们周旋。二十分钟后，狂风暴雨终于来到。

黑云压城城欲摧，倾盆大雨的天空像一口巨大无比的黑锅把所有的一切都罩入黑暗中恣意蹂躏。

看看已经差不多了，诺亚一行关闭了无线电，立即垂直快速升向高空。

飞碟像两颗子弹般迅速穿越电闪雷鸣的危险区域，仅仅几分钟便穿越云层来到了阳光灿烂的高空。

这次的狂风暴雨造成上百万平方公里范围和几千米高度的雨水区域，飓风的能量完全超出了飞行机器人的空气动力学极限。暴风卷起海水或地表的盐分，让那些机器人全都浸泡在咸水里面，里海周围不久便出现了几千条咆哮奔腾的巨大河流。

仅仅几个小时后，里海就一片汪洋。狂暴的飓风激起滔天狂澜，就像可怕的末日世界。

在高空默默望着这一切的诺亚，终于轻轻地擦去了额头沁出的点点汗水，白云也轻松地舒了一大口气。

人们又耐心等了两个多小时。

当暴风雨过去以后，里海完全恢复了以往的威严：浩瀚的水面和汹涌的波涛。

那支不可一世的机器人部队就这样被彻底消灭了。

忽然，不见了青青的飞碟一号。

这真是令人奇怪。这么多天来大家一直在一起并肩战斗，青青的状态也比以前好了许多。现在她去了哪里呢？

诺亚立即开通无线电与青青进行联络。可是，耳机里没有任何回音，青青消失得无影无踪。

诺亚和白云驾驶飞碟二号继续搜寻。

快到傍晚了，还是没有发现青青的踪影，无线电也一直没有联系上。看来，青青是故意离开的。没有办法，只好等以后再找机会慢慢想办法与她联系吧。

诺亚和白云商量了很久，最终决定，暂时不回到神山去。因为北美洲很可能还有别的机器人部队，战斗还没有结束。

不过显然，那些机器人是冲着诺亚等月球人而来，它们似乎对真正的地球人不感兴趣。这也好，少了许多牵挂和拖累，不用担心神山里众人的安全，可以全身心投入到战斗中去了。

在高加索休息了一天后，诺亚和白云驾驶飞碟径直向白令海峡方向赶过去。

他们一边赶路，一边注意搜索，所以走得比较慢。两天后，才接近了目的地。

当他们刚刚赶到，就在高空中看到了令人震惊的一幕：许多身着黄色外表的机器人都在忙着跨越海峡，而且在天空飞行的机器人显然比原来的要先进得多。那些飞行的机器人飞得很高速度也很快。

突然，白云尖叫起来："你看，那是什么？"

诺亚转过头来吃惊地发现，有两个碟型飞行器正在向他们飞过来。由于不了解对方的性能或武器装备，诺亚决定先逃跑了再说。

诺亚一拉操纵杆，飞碟打了一个漂亮的弧形急速地向南方而去。前面是辽阔的太平洋，诺亚想要了解对方的飞碟究竟具备什么样的性能。

不一会，诺亚看到，后面的飞碟越来越近。看来，今天真遇到对手了。

诺亚开足马力往前赶。

在两万米高空，三个飞碟犹如流星一般急急地射向太平洋腹地。大洋里有一个热带气旋，正好被当做速度参照点。

诺亚惊讶地看到，这个台风漩涡眨眼间就被抛在了后头，这表明现在飞碟的速度十分惊人。

“你快点呀！快点呀！”白云还在旁边不断地催促着诺亚。

“我知道啦，我也没有办法，已经够快的啦！”诺亚不满地回应白云。其实诺亚已经尽力，可是后面的飞碟仍然没有甩掉。

诺亚急得满头大汗，他知道即使自己的飞碟比对方先进，那也很危险。因为自己的飞碟里除了一支步枪以外没有任何武器，而现在的步枪简直连弹弓都不如。

但种种迹象表明，对方都是携带有武器的。到目前为止所有遇到的机器人无一例外的都是先进科技装备的冷血杀手。而眼下更危险的是，现在还不知道对方飞碟持有何种武器。

突然，诺亚开始迅速爬升，他想进入太空飞行，却不料后面的飞碟还是紧紧跟了上来。

看看实在没有办法，诺亚只好使出他唯一的杀手锏，他紧急启动“遥远的感觉”反重力仪。

果然，很快地后面的飞碟就不见了踪影。

诺亚长长地舒了一口气，白云也感觉到后背心都湿透了。

甩掉了后面的飞碟，诺亚重新振作起来。只见他一个左转，向大陆的方向飞去。必须抓紧侦察美洲大陆，搞清楚整件事的来龙去脉，最好能够找到那些机器人部队的中央控制室。

诺亚意识到，如果不能控制那些机器人部队，就必须彻底摧毁那个可怕的指挥机构。

两个小时后，诺亚和白云来到了落基山脉。

落基山脉属于科迪勒拉山系的一部分。在这座贯穿整个南北美洲的雄伟大山系里，当年国力强盛的美利坚花了将近一百年的时间，打造了当时世界上最先进的导弹防御系统。可是，令人哭笑不得的是，现在教条主义的机器人居然将地球血统的月球人也视为外星人，从而使得“地球之盾”真正变成了一股极其可怕的力量。

“他妈的，真是一帮饭桶，一群蠢猪猡！”诺亚想着想着竟然骂出了声音。

“在骂谁呢？”白云不满地朝诺亚瞅了一眼。

突然，耳机里传来了柳青青的声音：“我已经查明了那些机器人的中央控制室，它就在落基山里，我决定立即用原子弹炸毁它！”柳青青缓慢的声音里带着一种坚定和冷酷。

“不要匆忙！我们商量后再说。”诺亚急忙回答。可青青却关掉了无线电，没有继续说话。

“是青青吗？”白云问。

“是的，她好像就在附近地区。她显然有危险。”

“那我们赶快去和她会合。”

诺亚的飞碟急急地在茫茫落基山里搜索，可是却始终不见飞碟一号的影子。

诺亚和白云越来越着急。他们必须尽快会合，因为那些飞行机器人很快就会赶到这里，尤其是那几个十分先进的机器人控制的飞碟。

前方出现了一处风光秀美的景色：远山重重，峰峦叠嶂，老远有一片浅蓝色的水面，在阳光的照耀下不断地闪着亮光：好一个高峡出平湖！

很快就来到了湖泊的上空。

眺望很远处的一座最高山峰的上方，隐隐地，诺亚发现了一个运动目标。但由于实在太远，竟看不清究竟是不是青青的飞碟一号。

此时无线电又响了，传来的却是青青的厉声警告：“请远离这里，这里危险！不要靠近我！不要靠近我！”柳青青的声音明显带着狂怒。

“慢慢来，我们商量以后再说。”诺亚的声音几近哀求。

“滚开！原子弹马上就要爆炸了。滚开！滚开！滚开！操你这个狗娘养的！”耳机里柳青青的声音歇斯底里，令人胆寒。

诺亚万般无奈，只好调转方向迅速离去。

飞行了几公里后，诺亚忍不住掉过头来看望。

不知道柳青青是来不及逃跑还是压根儿不想逃跑，她竟然慢慢悠悠迟迟疑疑地盘旋在那个已经变得极其危险的地方。

突然间，闪过一道极其耀眼的亮光，诺亚眼前一片空白。说时迟那时快，飞碟窗口迅速自动变暗。原来窗口玻璃高度对光敏感，这是一种能够自动快速变换晶格的特殊晶体，可以非常有效地保护人类眼睛或设备中的光敏传感器。

原子弹已经爆炸。

强力光波闪电般击中柳青青的飞碟，她的飞碟随之在空中翻滚着燃烧起来。山谷里，迅速腾起一股蘑菇云，并且不断地翻滚、膨大，直冲九霄！

很快，冲击波传来，极其有力地再次击打在柳青青的飞碟上，猛烈地把飞碟推出很远的距离。

最后，飞碟一号像一只破瓦罐一样从高空中坠落到了地面。柳青青粉身碎骨，一命呜呼！

诺亚的飞碟二号早已是一片红灯闪烁，迅速地进入自动保护程序。飞碟翻转九十度俯冲向湖面……飞碟很快沉入水中，平稳地隐蔽在五十米深的水中。

整个美洲的无线电立刻沉寂，“地球之盾”土崩瓦解。

落基山里，白令海峡，剩下的机器人杀手马上陷入混乱之中。它们没有了指令，分不清敌友，只有嗜杀的本性可以淋漓尽致地胡乱发挥，因而互相咬住厮杀。

机器人们完全成了疯子，超级疯子！也许它们在不断补充光电以后还可以活上许多时间，但它们已经像无头的苍蝇一样，终究离死亡不远了。

那些机器人已经不再构成威胁，只要离开得远一点就没有问题了。

让那些没有头脑的家伙自生自灭吧！

诺亚苦笑了一下驾驶飞碟和白云径自离去，不再去理会那些机器人。

第二十一章　高原牧歌（大结局）

公元 2320 年，诺亚 120 岁了。

实在太老了，从前的许多事情都已经记不清楚了，只有若干件事情还记得比较清楚。

大概在青青牺牲后的第五年左右白云就生病去世了。

白云实在太劳累了。后来她又帮助神山部落生产了整整 100 个孩子，至于人工繁殖的从昆虫到许多哺乳动物就不计其数，她是生生累死的。

说来也多亏了玛利亚，她极大地帮助了诺亚和白云，后来甚至她也学会了实验室的人工繁育技术。要是没有玛利亚，整个局面就会逊色不少，后来生产的那么多孩子就不可能顺利成长。可惜，后来因为电路故障无法维修，玛利亚也不幸去世了。

随后的岁月里，雪莲又陪伴了诺亚二十多年，这也是一个令人无限爱怜的好女人。可惜，天不借寿，最后的这个女人也过早地离他而去了。

虽然不免伤感，但过去的一切都始终难以割舍，因为那几乎是诺亚生命意义的全部所在。对于往事的回忆，往往成了老人唯一有意义的事情。

诺亚拼命地希望回忆更多的事情，但无奈一切都模模糊糊或者断断续续的，总不能令人满意。

以前，每年一次给白云、蓝天和柳青青他们去上坟，总能令人想起那可歌可泣的岁月，总是令人热血沸腾和热泪盈眶。

可如今诺亚已经整整十年都没有去上坟了。他早就走不动了，他甚至常常忘记了还有那么回事。

诺亚真的已经很老很老了。牙齿完全没有了；眼睛变得很小差不多只剩下一条缝，而且浑浊不堪，经常眼屎巴巴的样子；两腮深深地凹陷下去，颧骨相对地高高隆起；因为脸已经干瘪，额头大得与整个脸很不协调，满脸的皱纹远远超过了当年的那个大结疤长老；背也驼得像一张弓，个子因此大大地缩小了，就像一个小孩般大小。

与当年少年英雄的帅哥俊杰形象相比，现在简直就是一个老妖怪，不常见面的孩子们都害怕他。诺亚身体好时偶尔也会去看看小毛孩，可有时孩子们一看到他竟然大哭大叫起来，好像遇到了鬼一样。

诺亚偶尔也有很清醒的时候，这时他就会想得很多，或者说趁着清醒时多想一些事。但许多的想法似乎没有什么意义，因为现实与理想竟然越来越遥远。

在最近的几十年里，人类社会非但没有进步，反而一直在倒退，惊人地大倒退。

虽然代表人类科技文明的电灯熄灭后，人类成功点燃了篝火，但整个社会还是一下子堕落到了原始社会，远远超过了诺亚原来预想的落后程度。

令诺亚苦恼的是，他与现在的这些年轻人根本就没有什么共同语言。人们甚至越来越听不懂他的讲话。原始的人们与接受过文明社会高等教育的诺亚相比简直有天壤之别，简直是风马牛不相及。

诺亚越来越想念他的女人：美丽贤惠的白云，楚楚动人的雪莲。她们老早在那个世界里等待着诺亚，他赶快要动身前去与她们会面了。在另一个世界里，他们三人会和睦相处的，因为她俩是世界上最善良贤惠的女人了。

诺亚也想念战友。

蓝天，多好的战友，他应该活得更长一些，哪怕是自己的阳寿分一些给他也无所谓。

柳青青不知改掉了坏脾气没有。她不应该如此刁蛮，这害了她的丈夫也害了她自己，想必在阴间总要吸取教训了吧。

啊……也非常想念大本营所有的亲人们，他们都长眠在遥远荒凉的月球上，可大家庭美好的童年生活却永远不能忘怀。

唉……困了……要睡觉了，于是诺亚就睡着了。带着一种特别的宁静与安详，都因为那些令人牵挂的往事而陶醉。

诺亚总是这样，想着想着就睡着了。

除了清醒时断断续续的回忆，睡觉也是一件有意义的事情，甚至是一件令人向往的事情。因为只有在梦中或者在迷迷糊糊的朦胧间，诺亚才能回到过去：他的战友，他的飞碟，风驰电掣地奔向远方……

大概真的已经到了鬼门关。老眼昏花，混混沌沌。

诺亚的眼前，出现了雄伟的珠穆朗玛峰。一轮明月从那里冉冉升起，皎洁的月光洒满了苍茫的大地……

令老人稍感慰藉的是，他给子孙后代留下了两样东西。

一样是一个玻璃凸镜。

这在人类以前发达时是一件极为普通的东西，是诺亚从废旧仪器上拆下来的。在人类文明全面衰竭后的原始社会里，最重要的就是取火，这关系到起码的熟食和对于野兽最有效的防卫。

诺亚已经教会了变得非常笨拙的后代们如何使用这件现在极其重要的宝物：阳光透过凸镜聚热成火，可以引燃柴薪。

另一样重要的东西竟然是一本书：《权力论》。

这是诺亚在拯救人类的艰苦卓绝的斗争中，忙里偷闲呕心沥血完成的一部理论著作。为了地球永恒的绿色和人类社会的健康发展,汲取过去惨痛的教训,令人意想不到地,诺亚居然花费极大的努力研究了马克思的《资本论》。

不过即使那部在诺亚看来人类最伟大的历史巨著仍然不能令人满意,他从中还是找不到人类灭亡的最根本原因。

资本是一位迷人的白骨精,马克思清楚地告诉了世人她的险恶。然而人们总是趋之若鹜,甘愿为裙下死。

人类无可救药地走向灭亡,原因究竟在哪里呢?

诺亚认为,他应该写一本新的书,提醒人们警惕权力的种种魔力。

资本其实是权力的一种延伸、异化或另一种表现形式。最简单地可以把资本看作是一种自然支配权力。而资本的基本功能无非就是满足其支配者的种种欲望:好的或者坏的;健康的或者腐败的。

在人类的千百次革命运动中,人们用鲜血和肉体前仆后继一次次夺取了政权。但社会变化的实质其实不过是权力的一种游戏,劳动者在完成历史使命后常常回归原来的角色。

地球环境的破坏,弱肉强食就是一种基于实力基础之上的权力格局和斗争结果。人类根本无视他种生物的基本生存权利,即使诸多环境保护的种种理论,也无不赤裸裸地完全以人为本。

人类的进步与腐败从来都是一对孪生兄弟,而这对孪生兄弟的父母就是权力。当人类在原始社会后期的生产品有稍稍一点点剩余,这对孪生兄弟就呱呱坠地了。

奴隶社会,封建社会,权力都达到了登峰造极的地步,因而都充满了野蛮和血腥。后来文明社会里的权力被做成了一件件美丽的外衣,但腐败的污血却不断地渗透出来。

然而,诺亚也只是完成了一部书——纸上谈兵的东西,他远非无所不能。最令人懊恼的是:他一手创建的高原公社也已经出现了种种问题。

现在虽然差不多是原始社会,生产品剩余得极少,可人们自然地知道拍马屁——即使没有什么好处,仅仅是仰慕或害怕权力。

事实上诺亚拥有很大的权力。只要他愿意,他或者他的嫡系子孙就可以轻而易举地占有这里所有的剩余价值。他也完全有能力奴役他的人民。一切仅仅决定于他自己:高兴或不高兴,需要或不需要。

诺亚对于未来也充满了疑惑和忧虑:将来能够避免奴隶社会或封建社会吗?或者说,他的共产主义能够继续保持下去吗?

诺亚的内心完全没有把握。相反,一种令人忐忑不安的感觉却在这位历尽沧桑的老人心中越来越成长。他总觉得,人类社会似乎在重新走以前的老路。

世界的一切,都不过是又一个轮回,冥冥之中重蹈覆辙似乎不可避免。唉,人类这种东西,令人越来越有身在庐山而不识真面目的迷惘。

即使苟活120岁也是枉然!诺亚有时也会把自己包括进去唾骂得一塌糊涂,似乎这样才解恨。

但年龄不饶人,后来诺亚的意识越来越迷糊,他甚至对于思想和现实的界限也越来越分不清楚。

凡间的琐事令诺亚身心疲惫。操劳整整100多年了,他太老了,他累了不想烦了。他的阳寿已满,大限将至。

随他们去吧!都说,子孙自有子孙福。

生命的世界里诺亚没有获得理想。虽然不免迷惘、沮丧和太多的感叹,可100年的沧桑岁月没有完全浇灭他追求理想的热情。现在,诺亚要休息一下,要到另外一个世界里去一趟。

诺亚要去看一看,天堂或神仙的世界是怎么治理的。这样,等待下一个生死轮回他成为转世灵童重回人间,也好从根本上解决人类那些棘手的问题。

希望那时人类社会尚未走火入魔，希望那时地球尚未被重新推入绝境。

一天深夜，当所有的人们都进入梦乡，诺亚在睡梦中驾鹤西去。

人们按照诺亚的遗愿：要将他的遗体安放在离月亮最近的地方。这些原始社会的子孙们历尽艰难，最后终于将诺亚的遗体安放在珠穆朗玛峰的顶上。

不过百密一疏，诺亚生前还是没有考虑周到：按照当地人的丧葬习俗，摆放在山顶的遗体要有一种大鸟啄食后，死者的灵魂才能够升天。但诺亚一生繁忙于人类的生计问题，自己居然也有后事考虑欠妥之虞：他恢复了千千万万的物种，竟然忘记恢复那种大鸟在地球的生存。真不知道这算不算一个很大的错误，真不知道这是不是一个关键的问题。

但愿上苍不拘小节，原谅诺亚一次；但愿诺亚老人的灵魂能够早日升入天堂。

后来，人们建了一座最大的庙宇，叫做始祖庙。

不过由于生产力过于低下，根本拿不出什么像样的建筑材料，再说也完全没有什么工具，其实也就是一个山洞经过一番改造而已。虽然十分简陋，但这已经是全人类最大的努力了。

诺亚被尊为新人类的始祖。

当然，那里供奉着人类最为尊贵的两件宝器：一个玻璃凸镜和一本书。

没有人能够读懂那本书，因为实际上没有人识字。不过，也许人们只要到这里祷告就可以了。男男女女，老老少少，有权的和没权的。

一千年过去了，到了公元 3320 年。

西藏阿里高原。

湛蓝的天空显得格外高远，朵朵白云变幻着各种奇妙的图案飘飘然而去。远方的群山高低错落，皑皑白雪折射着耀眼的亮光，大地之母——珠穆朗玛峰傲然挺立直刺苍天。

阿里高原一望无际的褐色或绿色原野：片片草地，连绵起伏的山坡，几只藏羚羊一溜烟从山坡那边跑过，跑向另一座雄伟的山峰，这就是现在的神山。神山脚下，通向南方的是一条蓝色的地平线，那是新的高原圣湖。圣湖边，是一大片绿色的间或星星点点地点缀着美丽鲜花的草地，那里有许多羊在吃草。那些洁白的羊儿就像天上的云彩，一簇簇一片片。一切是那样恬静和美丽。

一个牧童唱起了一首古老的歌谣：

有一条连接着苍天的大江，
那就是雅鲁藏布江；
有一座顶天立地的大山，
那就是珠穆朗玛峰；
蓝天白云连着雪山，
森林草原鸟语花香，
杨柳青青轻舟荡漾，
那就是我美丽的家乡。
……

现在，阿里地区的若干区域，已经可以耕作一些农作物。主要是小麦、高粱和几种蔬菜，已经能初步满足农耕社会的基本需求。人们都善良勤劳，安居乐业。已经大约有 2 000 人口，包括了黑、白、黄等各种肤色，近 60 个种族。

人类重新回到原始社会，付出的代价实在太沉重了。

想当初，公元 21 世纪的人们从来不会关心一张纸是怎么造出来的，从来也不想知道一块随意丢弃的废铁从选矿到冶炼是多么不容易,更不要说珍惜几十亿年才演变得来的地球自然环境。人们享受前辈的体力和脑力劳动成果,挥霍着地球亿万年积累的各种自然资源,每天所干的,却是肆无忌惮地糟蹋地球环境。

现在的人们才知道,要制造出任何一样哪怕是最简单的东西都是很不容易的。

整个新人类社会的技术工具只是两根缝衣服的针,可这是举全社会之力历时两年才磨制出来的。而且原材料还是古代留下的一根小小的铜棒和一根锈迹斑斑的铁棒。

以目前的生产力,根本无法生产出铁。虽然据说炼铜比较容易些,但至今没有找到铜矿石,更不用说冶炼方面会遇到什么技术难题了。

没有人想写字,因为不知道这有什么用处或意义,所以倒也不用造纸。

纺织的工具和技术都实在太难了,所以古代的一种树皮衣服现在成为时髦。

也有比较方便的地方。最重要的就是取火很方便,不用像远古时代那样害怕不慎熄灭了火种,因为诺亚祖先留下了那个凸镜——现在叫“神火”。只要将“神火”在柴薪上经太阳照一会儿,就会燃烧起来,所以“钻木取火”被视为古代的笨拙而令人好笑。由此得万分感谢先祖,他们的努力不仅终于恢复了人类,而且留下了火种,没有让人类回到茹毛饮血的蛮荒时代,而是建立了一个稍稍进步的原始公社。

夜幕又一次降临了,远处照例传来了阵阵野兽的吼叫声。

人们在居住的洞穴前都燃起了一堆堆篝火在等待着明天。

然而,明天会是个什么样子?遥远的未来又将是什么样子?

虽然人类社会经历了一万年可歌可泣的历史,可是,这与地球

45亿年的历史相比实在算不了什么。浩瀚的宇宙也从来没有注意到某个无穷小的旮旯里发生了什么变故，地球大概不过是宇宙中的一粒灰尘，一切都由于渺小或不重要而忽略不计。

历史的车轮一如既往地滚滚向前。这就像一个人匆匆而去做他自己的事情，压根儿没有注意到已经踩死了一只蚂蚁。

这就是宇宙，这就是大自然。

夜空，依然如一万年以前星星闪烁，神秘莫测。

地球人重又开始了一个无比艰辛的时代。

2009年9月初稿于石头城

2011年11月修改于九龙湖